Leona Kavens

Darina –
Die Geliebte der Schatten

Buch

Darina hat alles verloren: ihre Rolle als Kralica, ihre Zukunft, ihre große Liebe. Am Boden zerstört flüchtet sie zurück in ihre Heimat, doch auch dort ist nichts mehr so, wie es war. Bedrängt von den Männern, die sie für sich beanspruchen, findet sie sich auch noch in einem Komplott wieder, das darauf abzielt, sie ein für allemal zum Schweigen zu bringen. Während sich Darina mit letzter Kraft für ihre Freiheit und ihre Prinzipien einsetzt, kämpft Tarabas um sein Leben und darum, seine geliebte Darina wiederzusehen.

Autorin

Leona Ravens ist das Pseudonym einer österreichischen Autorin, die schon als Teenager langweilige Schulstunden dazu nutzte, aufregende Geschichten aufs Papier zu bringen. Später machte sie ihre Leidenschaft zum Beruf und begann als Journalistin für bekannte Magazine zu schreiben. Wenn Leona nicht gerade vor dem Computer sitzt, kauft sie zu viele Schuhe, macht zu wenig Sport oder stürzt ihre Küche beim Versuch, etwas Essbares auf den Tisch zu bringen, ins Chaos.

Leona Ravens

DARINA
DIE GELIEBTE DER SCHATTEN

Roman

Diese Geschichte entführt in eine längst vergessene Zeit voller Abenteuer und Gefahren und enthält neben Spannung, Dramatik und großen Gefühlen auch prickelnde Erotik.

Originalausgabe 06/2015
Copyright © 2015 by Leona Ravens
Verlag: pink monday publishing e.U.
Umschlagillustration und -gestaltung: Damian M.
Bild: Eugene Partyzan @ shutterstock.com
ISBN-13: 978-3903041059
ISBN-10: 390304105X

DAS LAND

DIE VÖLKER

Pretarier: Das Kriegervolk, benannt nach dem Fluss von Preto, wird vom Kral Tarabas geführt. Nach vielen Kämpfen in der Vergangenheit gehört den Pretariern ein weiter Teil des Landes und zudem ein sagenumwobener Schatz.

Naori: Der Norden des Landes steht unter der Herrschaft Zivadins, des Krals von Efferston. Mit den Pretariern verbindet die Naori-Krieger Frieden, der durch eine Heirat vor vielen Jahren besiegelt wurde. Erst durch eine Intrige kommt das Bündnis in Gefahr.

Lakaren: Das Kriegervolk im Westen des Landes lebt friedlich neben den Pretariern, steht aber mit den Naori im Konflikt um das nördliche Grenzland.

Vilkonen: Das Volk, das früher den Südosten des Landes beherrschte, wurde vom Kral Tarabas in einem zermürbenden Krieg besiegt. Inzwischen steht das Land unter pretarischer Herrschaft.

DIE PERSONEN

Tarabas: Er ist der König (»Kral«) der Pretarier und der mächtigste Mann des Reiches, das sich von der Burg Preto bis weit in den Süden und Osten erstreckt. Man sagt ihm nach, barbarisch zu sein. Ein gefährlicher Kriegsherr, der sich nimmt was er will.

Darina: Statt ihrer Schwester wurde die jüngste Tochter eines Gutsherrn mit dem berüchtigten Kriegerkönig Tarabas verheiratet und kam als seine fünfte Ehefrau (»Kralica«) auf die Burg.

Zatira (1. Kralica): Sie ist nicht nur die erste und älteste Gemahlin des Krals, sondern auch die Mutter seines Sohnes. Dass der Junge ein Bastard ist, hat sie dem König viele Jahre verschwiegen, genau wie ihre wahren Absichten.

Shana (2. Kralica): Die zweite Kralica hat ihm drei Töchter geschenkt. In der Burg Preto führt sie eine Zweckehe mit ihm.

Katalina (3. Kralica): Katalina ist eine Schauspielerin, die es versteht, die Männer an der Nase herumzuführen und deren Leidenschaft zu ihrem eigenen Vorteil zu nutzen.

Helena (4. Kralica): Die vierte Ehefrau kam kurze Zeit vor Darina an den Hof, war aber nie mehr als eine Gespielin für den Kral.

Dimitras: Er ist Zatiras Sohn und wie er glaubt, der des Krals. Er weiß nicht, dass sein richtiger Vater Vigo, der Husar, ist. Am Hof von Preto verbrachte er eine unbeschwerte Kindheit und verliebte sich zum ersten Mal. Bis ein Unfall eine Kralica das Leben kostete.

Endea: Die aus ärmlichen Verhältnissen stammende Endea kam als Zofe an den Hof von Preto und wurde dort zur wichtigsten Vertrauten Darinas. Ein Unglück zwang sie, die Burg zu verlassen.

Timotei: Er ist Darinas bester Freund aus Kindheitstagen, mit dem sie früher viel Zeit verbracht hat.

Zivadin: Der Kral von Efferston ist der Anführer des Naori-Volkes und damit zugleich der wichtigste Verbündete, aber auch der gefürchtetste Gegner von Tarabas.

Darina:
IM DUNKEL DER NACHT

Die Nacht ist so schwarz, dass ich nicht einmal meine Hand vor Augen sehe. Kein einziger Stern leuchtet am Himmel, selbst der Mond hat aufgegeben, sich der Dunkelheit zu widersetzen. So sehr ich mich auch anstrenge, ich schaffe es nicht, die Finsternis zu bezwingen und hinter die Schatten zu blicken. Doch auch wenn ich nichts sehen kann, weiß ich sofort, dass ich nicht alleine in meinem Gemach bin. Ich kann spüren, dass jemand da ist. Ich kann ihn atmen hören und ich kann seinen Duft riechen.

»Tarabas?«, frage ich mit zitternder Stimme in die Dunkelheit.

Keine Antwort.

»Tarabas, bist du hier?«

Er muss es sein. Ich kann seine Anwesenheit fühlen. Mit jedem Atemzug, den ich tue, atme ich seinen vertrauten Duft ein. Sein maskulines Aroma liegt so intensiv in der Luft, dass ich es auf meinen Lippen schmecken kann. Ich fühle seine Präsenz auf meiner Haut, spüre das Knistern, das den Raum erfüllt.

Vorsichtig stehe ich auf und taste mich auf Zehenspitzen in die Richtung, in der ich ihn vermute. Meine Finger fahren die raue Steinwand entlang, führen mich bis zum hintersten Winkel des dunklen Gemäuers.

»Ich weiß, dass du da bist«, sage ich, als ich näher komme. »Du musst dich nicht länger verstecken.«

Behutsam strecke ich meine Arme aus, versuche ihn in der Dunkelheit zu ertasten.

»Sag mir nur eines: Wie hast du es geschafft zurückzukommen?«

»Shhh«, flüstert er und er muss auch gar nicht mehr sagen, damit ich weiß, was er denkt. Ich fühle das Leid, die Ohnmacht, die Trauer und die Hoffnungslosigkeit. Und die Momente des Glücks, die wir geteilt haben.

Er legt seine Hand auf meine, streichelt zärtlich meinen Arm entlang und lässt hunderte kleine Schmetterlinge über meine Haut tanzen.

»Ich hab dich so vermisst«, flüstere ich ihm jetzt leise ins Ohr.

Dann spüre ich auch schon seine Lippen auf meinen. Mit einer schnellen Bewegung zieht er mich in seine starken Arme. Lässt mich seine muskulöse Brust spüren und seinen Herzschlag hören. Seine Küsse rauben mir den Atem und den Verstand, so süß, so liebevoll und so intensiv. Ich kann nicht genug kriegen, drücke mich ihm gierig entgegen und bettle um mehr.

Seine Arme umschlingen mich, halten mich fest und wiegen mich in Sicherheit. Zärtlich streichelt er über meinen Rücken, fasst in mein Haar, schiebt es zur Seite und beginnt meinen Nacken zu liebkosen. Dann finden seine Finger die Träger meines langen Nachtkleides und schieben sie hastig von meinen Schultern. Der zarte Stoff gleitet zu Boden, lässt mich unbedeckt in der kühlen Nachtluft zurück. Doch ich friere nicht solange er da ist. In seinen Armen fühle ich mich geschützt und geborgen. Glühe in der Hitze der Leidenschaft.

Seine Hände tasten sich weiter vor, streicheln meinen Rücken und meinen Po. Kneifen vorsichtig in meinen Hintern, liebkosen die empfindlichen Innenseiten meiner Schenkel und verursachen ein begehrliches Ziehen in meinem Unterleib.

»Ich liebe dich«, höre ich ihn stöhnen, während er sein Gesicht in meinem Dekolleté vergräbt.

Ich werfe meinen Kopf in den Nacken, gebe mich seiner sinnlichen Berührung hin, bis sich unsere Münder erneut finden und zu einem nicht enden wollenden Kuss vereinen. Ich kann spüren, wie sich seine Männlichkeit gegen mein Geschlecht drückt. Groß. Mächtig. Fordernd. Und es gibt nichts, das ich in diesem Moment mehr will als ihn.

»Nimm mich«, flüstere ich und dränge ihm ungeduldig mein Becken entgegen. Mir ist so heiß, dass ich das Gefühl habe, verglühen zu müssen, wenn ich nicht in seinen Armen Erlösung finde. »Lass mich dich noch einmal spüren!«

Er zieht mich noch weiter an sich, umfasst mit seiner kräftigen Hand meine Hüften. Dann hebt er mich mit einer raschen Bewegung hoch, wirbelt mich herum und drückt mich gegen die Wand. Mit einem Griff fasst er meine beiden Handgelenke über meinem Kopf zusammen und hält sie mit einer Hand fest. Eingeklemmt zwischen den Steinen und seinem Körper, zerfließe ich vor Begierde. Schlinge fordernd meine Beine um sein Becken und schließe die Augen, um mich voll und ganz seiner Leidenschaft hinzugeben. Mein Puls rast und das Kribbeln in meiner Mitte ist so intensiv, dass ich meine, es keinen Moment länger ertragen zu können. Ich brauche ihn, ich muss ihn spüren. Ich muss mich endlich wieder selbst spüren.

Als ich aus meinem Traum erwache, bin ich mit der Dunkelheit allein. Ich weiß nicht, ob die Nacht eben erst begonnen hat oder ob sie schon fast wieder vorüber ist, denn ich habe jedes Zeitgefühl verloren, seit er fort ist. Ich schlafe, weil ich ständig müde bin und ich verlasse mein Schlafgemach nur, wenn es unbedingt notwendig ist. Es gibt für mich nichts mehr da draußen. Nichts, wofür es sich lohnen würde, aufzustehen. Ich habe in den letzten Tagen wenig zu mir genommen. Ich kann mich nicht einmal daran erinnern, wann ich zuletzt etwas gegessen habe. Mein

Magen knurrt und tut weh. Doch ich bin froh, dass ich überhaupt etwas fühle.

Mühsam quäle ich mich aus meinem Bett, ziehe mir meinen Umhang über die Schultern, um mich vor der kühlen Luft des nahenden Winters zu schützen, und husche aus dem Zimmer. In den Gängen ist Licht, mehrere Fackeln leuchten den Weg hinunter zu den Sälen und zur Speisekammer und ich kann Geräusche hören, die darauf schließen lassen, dass der Abend gerade erst zu Ende geht. Laute Stimmen und kräftige Schritte, die von den Wachposten kommen. Heiteres Geplapper und Gekicher von den Frauen.

Ich habe keine Lust, an den Wachen oder - noch schlimmer - an den Kralici vorbeizugehen, also nehme ich nicht die nächste Treppe nach unten, sondern gehe den Gang weiter, bis ich zu den Oststiegen komme, die nach unten zum Kriegertrakt führen. *Dieser Flügel dürfte um die Zeit ruhig sein*, vermute ich, *vielleicht habe ich Glück und komme zur Vorratskammer ohne jemanden zu treffen.* Auf leisen Sohlen schleiche ich nach unten, halte an der letzten Stufe kurz inne, um mich umzusehen. Eigentlich habe ich hier gar nichts verloren, hier befinden sich nur die Kammern der wichtigsten Krieger … und die von Dimitras.

Ein eigenartiges Gefühl überkommt mich, als ich vor seiner Tür stehe. Ich habe seit dem Tag des Endes, so wie ich ihn jetzt nenne, kaum mit ihm gesprochen, so wie ich auch mit sonst niemandem gesprochen habe. Dabei hätte ich längst einmal nach ihm sehen müssen.

Vielleicht morgen, denke ich und will weitergehen, doch genau im selben Augenblick höre ich Gelächter aus dem Raum kommen. Es ist allerdings nicht Dimitras' Stimme, die ich vernehme, sondern eine andere, hellere Stimme. Katalinas Stimme. Dann noch eine zweite, ebenso weibliche Stimme. Was zum Teufel soll das? Was haben die Mädchen hier zu suchen? Kurzentschlossen klopfe ich an die Tür.

»Ja bitte?«, höre ich Dimitras sagen, begleitet von weiblichem Gekicher. »Komm rein!«

Das Bild, das sich mir bietet, als ich die Tür aufstoße, ist grotesk. Dimitras sitzt mit nacktem Oberkörper im Zentrum seines großen, einladenden Himmelbettes. Links und rechts neben ihm haben es sich Katalina und Helena inmitten von unzähligen kleinen, roten Kissen völlig unbedeckt gemütlich gemacht. Sie machen sich nicht einmal die Mühe, ihre nackten Körper zu bedecken als sie mich erblicken. Vielmehr ignorieren sie mich und schmiegen sich enger an den Jungen in ihrer Mitte. Katalinas volle Brüste drücken sich gegen seine Seite, während er mit den langen, brünetten Locken spielt, die über ihre Schultern auf sein Kissen fallen. Ein Bein hat sie um seines geschlungen, reibt sich an ihm, während sie mit ihren langen Fingernägeln kleine Kreise auf seine Brust zeichnet.

Auf der anderen Seite kuschelt sich Helena an ihn und wirft ihm mit ihren großen, blauen Augen schmachtende Blicke zu. Sie leckt sich die Lippen und streichelt verspielt über seine Oberschenkel, die zarten Hände nur wenige Zentimeter von seinem Geschlecht entfernt. Ich kann ihr ansehen, wie sehr es sie giert, dorthin zu greifen.

»Schämt ihr euch gar nicht?«, herrsche ich sie an. »Euer Kral ist noch nicht einmal einen Mond tot und ihr habt nichts Besseres zu tun als in das Bett seines Sohnes zu kriechen?«

In den Gesichtern der beiden Kralici sehe ich kein Verständnis, keine Reue. Ich glaube nicht einmal, dass ihnen bewusst ist, wie würdelos sie sich verhalten. Katalina zieht einen Schmollmund und sieht zu Dimitras, wartet ab, wie er reagiert. Helena tut es ihr gleich. Ich folge ihrem Blick, bis mich die Augen des Jungen treffen. Die Augen des zukünftigen Krals.

»Wie kannst du nur?«, fahre ich ihn an.

Ich schüttle den Kopf und laufe aus dem Zimmer. So etwas hätte ich nicht erwartet. Nicht von Dimitras.

»Darina, warte!«, höre ich ihn sagen, doch es ist zu spät.

Ich kann meine Enttäuschung nicht länger zurückhalten. Ich spüre schon, wie mir Tränen in die Augen steigen und ich will keinen von ihnen mehr ansehen müssen. Schnellen Schrittes eile ich zurück in meine Kammer, drehe mich ein paar Mal nach möglichen Verfolgern um. Doch da ist niemand, es scheint keinen zu kümmern, was ich tue. Also husche ich zurück in meinen Schlafraum, zurück in mein Bett. Der Hunger ist ohnehin längst vergessen.

Darina:
EIN UNMORALISCHES
ANGEBOT

Als ich das nächste Mal die Augen aufschlage ist es hell draußen, ein neuer Tag ist angebrochen.

»Guten Morgen, Darina«, höre ich Dimitras Stimme noch bevor ich ihn sehe.

Erschrocken fahre ich herum.

»Dimitras, was machst du hier?«

»Ich habe es nicht übers Herz gebracht, dich zu wecken«, sagt er und zuckt entschuldigend mit den Schultern.

»Ich hab dir Frühstück mitgebracht!« Er hebt ein Tablett hoch, auf dem sich mehrere Teller und Schalen türmen »Eigentlich hat es die Zofe geholt, aber der Wille zählt, oder?«

»Du solltest nicht hier sein, bevor ich gewaschen und angemessen gekleidet bin.«

»Ach komm schon, Darina, nach letzter Nacht sollten wir doch über solche Förmlichkeiten hinaus sein, oder?«

Sofort drängen sich die Bilder von Katalina und Helena zurück in mein Gedächtnis. Nackte Körper, die sich an ihn schmiegen. Brünettes und blondes Haar, das wie ein Wasserfall auf seine Polster fällt. Mädchenhaftes Gekicher und neugierige Hände, die frivol über seinen Körper wandern, um seine Lust zu entfachen.

»Wie konntest du das nur tun? Das ist widerlich! Grotesk!«

Wütend funkle ich ihn an, bereit mich mit ihm zu streiten. Zu meiner Überraschung kommt aber kein böses Wort zurück, sondern er senkt betroffen den Kopf.

»Es tut mir leid«, sagt er, »die haben mich überrumpelt. Sie waren plötzlich da und sind einfach in mein Bett gekommen. Und sie waren so ... nackt.« Wieder blickt er zu Boden, bevor er es endlich schafft den Blick zu heben und mir in die Augen zu sehen. »Ich bin auch nur ein Mann.«

Seufzend richte ich mich auf und greife nach meinem Umhang. Es sieht nicht so aus, als ob er vorhätte, bald zu verschwinden, da will ich zumindest etwas tragen, das nicht ganz so transparent und freizügig den Blick auf meinen Körper freigibt. Ich kann Dimitras noch nicht einmal verübeln, was heute Nacht passiert ist. Ich weiß wie überzeugend Katalina und Helena sein können, und ich weiß, dass sie Argumente haben, die selbst den stärksten Willen brechen.

»Mutter möchte, dass ich bei meiner offiziellen Erklärung zum Kral meine erste Kralica nenne. Die beiden versuchen mich zu überzeugen, eine von ihnen zu wählen«, sagt er schulterzuckend.

»Du musst nicht tun, was deine Mutter will«, sage ich schroff. »Du bist jetzt Kral, sie hat dir nichts mehr zu sagen.«

»Ich weiß, dass ich es nicht tun *muss*«, gibt er zurück. »Aber vielleicht *möchte* ich es ja machen.«

»Wenn ich dir einen Rat geben darf«, sage ich jetzt etwas ruhiger, weil mir klar wird, dass mir selbst schon gar nicht zusteht, meine Stimme gegen den zukünftigen Kral zu erheben, »dann würde ich dir empfehlen keine von den beiden zur Kralica zu nehmen. Geh in die Dörfer, such dir ein hübsches, junges Mädchen. Eines, das ehrlich zu dir ist und dir eine loyale Frau sein wird. Gespielinnen wie Katalina oder Helena kannst du viele haben, aber als erste Kralica solltest du jemanden suchen, der dir bedingungslos zur Seite steht. Auch dann, wenn schlechte Zeiten kommen.«

Dimitras nickt nachdenklich, dann lächelt er mich schüchtern an. »Du hast recht, Darina. Und ich denke, ich weiß auch, wo ich eine solche Frau finden kann.«

Überrascht sehe ich ihn an, doch schon im nächsten Moment wird mir klar, worauf er hinaus will.

»Nein Dimitras, ich meinte doch nicht…«

»Hör zu Darina, ich weiß, du hast meinen Vater geliebt. Ich verstehe, dass du um ihn trauern willst und dass du deine Zeit brauchst. Aber schlage meine Bitte nicht aus, ohne darüber nachzudenken.«

Ich spüre, wie sich ein dröhnender Schmerz in meinem Kopf ausbreitet, wie sich das Zimmer um mich zu drehen beginnt und wie mein Körper so schwer wird, dass ich mich kaum aufrecht halten kann. Die letzten Tage haben sehr an meinen Kräften gezehrt.

»Das, was ich dir anbiete ist mehr, als du denkst. Ich will dich nicht nur zu *einer* Kralica haben, sondern zu meiner *einzigen* Königin. Ich brauche die anderen Mädchen nicht. Weder Katalina, noch Helena oder Shana, noch sonst irgendeines. Ich will dich an meiner Seite, als Freundin, als Frau und als Mutter unserer Erben. Du kannst hierbleiben und ein sorgenfreies Leben führen.«

Müde sinke ich zurück in meine Kissen. Ich bin zu ausgelaugt, um etwas Sinnvolles erwidern zu können.

»Überleg es dir Darina. Du musst mir nicht sofort antworten.« Er steht auf, um mir das Tablett mit den Speisen zu bringen. »Ich denke, du solltest dich erst einmal stärken. Du weißt ja, wo du mich findest.«

Ich bleibe noch eine ganze Weile regungslos sitzen, als Dimitras längst verschwunden ist. Starre stumm die Schalen an, die mir Brot, Dörrobst und Haferbrei schmackhaft machen wollen. Mein Magen reagiert mit einem lauten Knurren auf die Köstlichkeiten, zeigt mir deutlich, dass ich ihn nicht länger ignorieren kann. Dimitras hat recht, ich muss etwas essen. Ich muss mich stärken, denn ich werde die Kraft brauchen. Es bleibt nicht mehr viel Zeit, bis zur Erhebung des neuen Krals und bis dahin erwartet er auch meine Entscheidung. Nicht, dass mir die schwer fallen würde, denn ich weiß ohnehin, was zu tun ist.

Obwohl die Bäume bereits ihr letztes Laub verloren haben und schon bald der Winter ins Land ziehen wird, scheint die Sonne als ich in den Hof komme. Nichts hat sich hier verändert, der Brunnen, die Bäume, die Bänke und Karren, alles steht an seinem gewohnten Platz. Dennoch ist mir alles so fremd, als würde ich zum ersten Mal Fuß auf den steinigen Boden setzen. In der Ferne sehe ich Kinder lachen und um die großen Steine am Rande des Burghofes tollen. Weiter nördlich führen zwei Stalljungen die Pferde hinaus auf die Wiese.

In der Nähe der Tore kann ich eine größere Gruppe Reiter ausmachen, Krieger, wie ich unschwer an ihren metallisch schimmernden Kettenhemden erkenne, die sie über der ledernen Kleidung tragen. Zwei von ihnen kenne ich, sie haben zu Tarabas' engstem Gefolge gehört und zur Gruppe, die aufgebrochen ist, ihm zur Hilfe zu eilen. Ohne nachzudenken steuere ich schnurstracks auf sie zu. Sie bemerken mich, sobald ich den Brunnen passiere, ich kann sehen, wie die Köpfe zu mir herumfahren und neugierig beobachten, wie ich mein langes, dunkles Kleid über Stock und Stein in ihre Richtung schleife. Ich lasse mich von ihren Blicken nicht verunsichern, gehe unbeirrt weiter, bis ich bloß wenige Schritte vor ihnen zu stehen komme.

»Kralica«, grüßt mich der Erste und deutet eine Verbeugung an. Die anderen tun es ihm gleich.

»Was ist mit Wildron passiert?«, frage ich ohne Umschweife.

Die Männer sehen mich verdutzt an, sichtlich verwirrt, dass ich auf die üblichen Höflichkeiten der Begrüßung verzichte. Ich kann ihre Blicke in meinem Gesicht fühlen, auf meinem geschwächten Körper, doch keiner wagt es, mir in die Augen zu sehen oder zu antworten.

»Er ist mit euch fort, um nach Tarabas zu suchen. Warum ist er nicht mit euch zurückgekehrt?«

Es ist mir egal, dass die Männer mich irritiert mustern, verwundert, dass ich sie so direkt zur Rede stelle. Mag sein, dass ich ihnen nur bis zu den Schultern reiche, aber ich habe es satt, dass man auf mich herabsieht und mich wie ein Kind behandelt. Ich habe ein Recht zu erfahren, was ich wissen will und ich werde nicht eher zurückgehen, bevor ich eine zufriedenstellende Antwort erhalten habe.

Endlich räuspert sich einer. »Wildron ist fort, Kralica. Es tut mir sehr leid.«

»Fort? Was meinst du mit fort?«

»Wir haben eine Spur gefunden, er ist zusammen mit Tihomir losgeritten, um nachzusehen. Aber den beiden ist etwas zugestoßen.«

»Was ist passiert?«

»Wir wissen es nicht, Kralica«, sagt er mit einem Blick zu seinen Kameraden. »Wir haben sie gesucht, als die beiden nicht zurückgekehrt sind. Aber wir haben nur ihre Pferde gefunden. Wir haben überall nach ihnen gesucht, doch da war nichts. Als wären sie von der Erde verschluckt worden.«

»Was habt ihr dann gemacht?«

Dieses Mal ist es ein anderer Kämpfer, der mir antwortet: »Wir haben die Spur weiterverfolgt, bis wir…« Er hält inne und sieht zurück zu dem Mann, der vorhin gesprochen hat.

Ungeduldig trete ich von einem Bein aufs andere. »Bis ihr was?«

»Bis wir auf die Überreste des Kampfes mit den Naori gestoßen sind«, sagt er schließlich langsam, so als müsste er seine Worte sorgfältig abwägen, um mich nicht allzu sehr zu belasten.

»Naori?«, frage ich ungläubig. »Ihr denkt, es hat einen Kampf mit den Naori gegeben?«

Die beiden Männer, die vorhin gesprochen haben nicken zögerlich und sehen mich dabei mit einem Blick an, als ob ich es wäre, die nicht alle Sinne beisammen hat. »Natürlich hat es einen Kampf gegeben. Ihr habt doch gehört, was dem Kral zugestoßen ist!«

»Aber wisst ihr denn nicht, was wirklich passiert ist?«

Verzweifelt sehe ich von einem Krieger zum anderen. Ratlosigkeit ist ihnen in die Gesichter geschrieben. Ich weiß nicht, ob sie es tatsächlich nicht wissen oder ob sie mich täuschen wollen, aber wenn dem so ist, machen sie ihre Sache gut.

»Hat euch Wildron denn nichts erzählt?«, wage ich einen letzten Versuch.

»Erzählt?«, fragt der Erste.

Wieder tauschen die Männer ernste Blicke.

»Ich weiß nicht, wovon sie spricht«, sagt ein Zweiter.

»Wovon hätte Wildron denn erzählen sollen?«, höre ich eine dritte Stimme, die mir sofort durch Mark und Bein geht. Eine nur allzu bekannte, gefährliche Stimme.

Erschrocken drehe ich mich nach, um ihn anzusehen. Ich habe ihn nicht kommen gehört, doch er ist da. Der Husar steht ganz nahe neben mir und sieht mich mit einem bedrohlichen Blick an. Ich weiß, dass ich mich auf dünnem Eis bewege. Ich habe bereits mehr gesagt, als gut für mich ist und selbst wenn er mir jetzt, in diesem Augenblick neben den Männern nichts antun kann, bin ich mir sicher, dass er andere Gelegenheiten dafür finden wird. Wenn er mich zum Schweigen bringen will, wird er das schaffen, daran gibt es keinen Zweifel.

»Verzeiht! Ich denke, ich bin einfach nicht ganz bei mir, seit dem Tod des Krals«, murmle ich schnell und wende mich ab, um zu gehen.

Als ich zum Stall komme, begrüßt mich Altinda mit einem lauten Wiehern, sichtlich erfreut, mich nach den vielen Tagen der Ruhe endlich wiederzusehen. Ich strecke meinen Arm aus, um über das golden schimmernde Fell meiner geliebten Stute zu streicheln, kraule sie sanft und flüstere eine Entschuldigung dafür, dass ich sie in den letzten Tagen so jämmerlich im Stich gelassen habe.

»Ist Dimitras schon ausgeritten?«, frage ich den Stalljungen als ich ihn vorbeikommen sehe.

»Ja, Kralica. Er war vorhin mit Altinda eine Runde draußen, so wie jeden Morgen. Er hat sich gut um Euer Pferd gekümmert in den letzten Tagen.«

Sofort überkommt mich wieder das schlechte Gewissen, weil ich mich zurückgezogen habe, während Dimitras so viel für mich getan hat, trotz seiner Trauer.

»Der junge Kral ist vorhin mit seinem Schimmel losgeritten«, sagt der Bursche und er muss nicht mehr verraten, damit ich weiß, wo ich Dimitras finde.

Ich bitte den Jungen, mir Altinda zu satteln.

»Möchtet Ihr nicht lieber noch warten, Kralica? Ihr seht geschwächt aus, wenn ich das so sagen darf.«

Ich weiß, dass mich der Junge nicht kränken will, sondern dass er sich ehrlich um mein Wohlergehen sorgt. Doch es liegt nicht an ihm, meine Entscheidung in Frage zu stellen.

»Das kann nicht warten«, sage ich und bleibe neben der Box stehen, während er davon eilt um alles vorzubereiten.

Ein frischer Wind bläst über die leergeernteten Felder, als ich in ihrer Mitte Richtung Süden reite. Die Landschaft hat sich verändert, seit ich das letzte Mal draußen war, das geht um diese Jahreszeit besonders schnell. Selbst die Steckrüben sind inzwischen gezogen, alle Wurzeln und Knollen sorgfältig aus der Erde gegraben. Die Bauern haben ihre Ausbeute bereits verarbeitet oder für die kalten, hungrigen Wintertage gelagert, auch wenn sie noch keine Gelegenheit hatten, ihrem Dank für die Erträge gebührend Ausdruck zu verleihen. Die Botschaft über den Tod des Krals hat das sehnlich erwartete Erntedankfest überschattet, also war es das Beste, die Feier nach hinten zu verschieben. Wie hätten wir auch dankbar und fröhlich sein können? Wie sollten wir feiern, wenn uns der Krieg bevorsteht und unser Anführer fort ist?

Es war besser das Fest zu verschieben, das sah selbst Zatira ein. Doch nun ist die Schonfrist zu Ende. Mit dem nächsten Mond ist es an der Zeit dem Volk nicht nur die Feier zu geben, auf die es sehnlichst wartet, sondern auch seinen neuen Kral.

Schon von Weitem kann ich Dimitras sehen, wie er am Flussufer sitzt und Steine in den Bach wirft. Er trägt dasselbe Leinenhemd, das ich schon früher an ihm gesehen habe, dieselben dunklen Beinkleider. Nachdenklich und bescheiden sieht er aus, wie er auf dem großen Stein kauert, gar nicht wie der Kral, der bald das gesamte Kriegsheer führen soll.

Er dreht den Kopf und ein Lächeln erscheint auf seinem Gesicht, als er mich näher kommen sieht. Ich habe Altinda neben seinem Schimmel festgemacht und kämpfe mich zu Fuß die letzten Meter durch das Dickicht, bis ich unsere Lieblingsstelle am Fluss finde, an der wir so viele schöne Sommer- und Herbsttage verbracht haben. Dann klettere ich über die letzten Steine und Sträucher, um mich neben Dimitras auf den harten Boden fallen zu lassen. Schweigend sitzen wir eine Weile nebeneinander, sehen wortlos auf den Fluss, der sich unbeirrt zwischen den schroffen Felsen und ihren spitzen Kanten bis nach unten ins Flachland kämpft, hie und da unterbrochen durch aufragende Gesteinsbrocken oder durch Bäume, die es wagen, sich ihm in den Weg zu stellen. Eine Anmaßung, die das Wasser mit tosendem Gezeter quittiert, bevor es sich schäumend um den Eindringling schlingt und unbeirrt seinen Weg fortsetzt.

Der Untergrund ist kalt, er erinnert daran, dass bald der erste Schnee fallen wird. Doch die Kälte stört mich heute nicht. Ich fühle keine Kälte, selbst wenn ich nicht viel mehr als ein einfaches Stoffkleid und einen dünnen Umhang um meine Schultern trage.

»Bist du gekommen, um mir meine Frage zu beantworten?«, bricht Dimitras die Stille.

Ich nicke wortlos. Sehe ihm in die Augen und vermute, dass er die Antwort bereits kennt, bevor ich meine Lippen öffne.

»Es tut mir leid, Dimitras. Ich weiß wirklich zu schätzen, was du bereit bist, für mich zu tun. Aber ich kann das einfach nicht. Ich kann nicht vorgeben etwas zu sein, das ich nicht bin. Und du hast etwas Besseres verdient.«

Er sagt nichts, sondern sieht stumm auf den Fluss. Stößt mit seinen schweren Lederstiefeln kleine und größere Steine in den Strom und beobachtet, wie sie laut platschend vom Wasser verschluckt werden.

»Ich weiß, dass du mich nicht liebst, Darina. Aber das kann sich ändern. Viele Herrscher werden jung verheiratet mit jemandem, den sie gar nicht kennen und es sind erst die Jahre, die sie zusammenwachsen lassen. Das könnte bei uns genauso sein.«

Kann es nicht, denke ich. Ich kann in meinem Herzen keinen Platz für ihn finden. Nicht nur, weil mein Herz schon jemand anderem gehört, sondern auch, weil mein Herz gebrochen ist.

»Es geht nicht«, sage ich nach einer Weile. »Bitte verzeih mir.«

Ohne ihn noch einmal anzusehen, stehe ich auf. Ich weiß, dass ich ihn verletze und das tut mir leid, weil ich Dimitras als Freund schätzen gelernt habe. Aber deshalb mein Leben an seiner Seite verbringen und ihm etwas vorspielen? Das wäre Heuchelei. Natürlich ist das Angebot großzügig und ich weiß, dass kein anderes Mädchen in diesem Reich lange überlegen würde. Doch es anzunehmen, wäre nicht nur ein Verrat an Tarabas, sondern auch an seinem Erben. Und außerdem … selbst wenn ich wollte, ich könnte unmöglich länger in der Pretari-Burg bleiben. Nicht mit Zatira, nicht mit dem Husaren und den ganzen anderen Verrätern. Es gibt hier nichts mehr für mich. Nicht ohne Tarabas.

Als ich zurück in die Burg komme steht mein Entschluss fest und ich beginne, ein paar Sachen zusammenzupacken. Es gibt nicht viel, das ich mitnehmen will. Ziergegenstände, Schmuck, der ganze Schnickschnack, das ist mir alles nicht wichtig. Ich stopfe nur Proviant in die Tasche und ein paar der wenigen Dinge, die Bedeutung für mich haben. Ein Fläschchen mit dem duftenden Rosenöl, mit dem mich Endea vor jeder Begegnung mit meinem Liebsten eingerieben hat. Das goldene Kleid, das Tarabas mir fürs Erntedankfest geschenkt hat, um der ganzen Welt zu zeigen, dass ich *die Eine* für ihn bin. *Die Einzige*. Tränen laufen mir übers Gesicht, bei dem Gedanken, dass ich dieses Kleid niemals tragen werde. Dass die Feier, bei der er sich vor allen Leuten zu mir bekennen wollte, nie stattfinden wird. Ich tupfe die Tränen fort und lege mich aufs Bett. Ich kann nicht sofort losreiten, das würde ein zu großes Risiko bedeuten. Ich weiß, dass mich Dimitras nicht einfach so fortlassen würde. Obwohl ich sein Angebot ausgeschlagen habe, würde er wollen, dass ich bleibe. Er hat ein zu gutes Herz dafür, jemanden zu verstoßen.

Darina:
EIN PLATZ UNTER SÜNDERN

Ich habe kein Auge zugetan, als die Nacht sich dem Ende zuneigt und der Himmel langsam von Schwarz in einen dunklen Grauton übergeht. In der Burg herrscht eine gespenstische Stille, kein einziges Geräusch stört die nächtliche Ruhe. Hastig nehme ich die Tasche, die ich bereitgestellt habe, schnappe mir feste Schuhe und einen schweren Fellumhang, dann eile ich auf den Gang und schleiche leisen Schrittes die Stufen hinunter, folge dem Weg bis nach draußen.

Mehrmals kommt es mir vor, als hörte ich ein Geräusch hinter mir, doch jedes Mal, wenn ich mich umdrehe, sind die Gänge leer und die Türen verschlossen. Ich muss wohl einsehen, dass es mein eigenes Blut ist, das so beunruhigend laut durch meine Ohren rauscht. Dabei fürchte ich nicht nur, dass Dimitras kommen könnte, um mich von meinem Vorhaben abzuhalten. Auch vor einer Begegnung mit Zatira oder - Gott bewahre - dem Husaren habe ich Angst. Nach dem Zusammentreffen gestern am Tor, weiß ich nicht mehr, wem ich vertrauen kann und wem nicht. Hat Wildron seinen Männern tatsächlich nichts von dem Komplott gegen Tarabas verraten? Denken sie wirklich noch immer, dass er einer heimtückischen Attacke der Naori-Kämpfer zum Opfer gefallen ist? Oder haben sie sich am Ende selbst gegen Wildron und gegen ihren Kral gestellt? Gehören sie ebenfalls zu den Verschwörern?

Ich weiß weder, wie viele Männer Zatira auf ihre Seite ziehen hat können, noch welche Lügen sie benutzt hat, um die Krieger zu manipulieren. Aber ich fürchte, dass ich mit meinen Nachforschungen zu unvorsichtig war. Wenn der Husar weiß, dass ich Fragen stelle, wird er bestimmt nicht abwarten, bis ich Antworten finde. Oder bis ich mein Wissen weitergeben kann. Ich bin gut beraten, selbst zu verschwinden, bevor er dafür sorgt, dass ich hier keine Unruhe stiften kann.

Mein Herz klopft, als würde es jeden Augenblick zerspringen, als ich durch das Tor hinaus in den Burghof trete. Frische Nachtluft empfängt mich und kriecht unter meine Felle wie kleines Krabbelgetier. Es ist so kalt, dass ich meinen Atem sehen kann und dass ich den Winterbeginn förmlich auf der Zunge schmecke.

Schnellen Schrittes eile ich über den Hof, lasse den Brunnen hinter mir und gehe schnurstracks weiter, bis ich zu den Stallungen komme. Ich wage nicht mehr, mich umzudrehen, weil ich überall Schatten sehe. Da blicke ich lieber geradeaus, halte mir mein

Ziel vor Augen. *Bloß noch ein kleines Stück*, denke ich, und erhöhe noch einmal meine Geschwindigkeit, weil ich ein Rascheln hinter mir höre.

Mein Puls beruhigt sich erst, als ich die Pferdeboxen erreiche und mich Altinda mit einem freudigen Wiehern begrüßt. Erst jetzt halte ich ein, um mich noch einmal umzusehen und mich zu überzeugen, dass mir niemand gefolgt ist. Ruhig und friedlich liegt der Hof hinter mir, keine Schritte und kein Wort stören das Morgengrauen. Außer mir und den Pferden scheint noch niemand wach zu sein, selbst die Stalljungen dürften noch am Heuboden schlummern.

Leise tappe ich in die Kammer, um mir Zaumzeug und Sattel zu nehmen. Ich beeile mich, meine Stute aus ihrem Stall zu befreien und sie fertig zu machen, bevor uns jemand entdeckt.

Ich bin froh, dass ich mich früher in meinem Dorf immer selbst um mein Pferd gekümmert habe, wenn ich mit meinem Vater oder mit meinem Kindheitsfreund, Timotei, ausgeritten bin. Wäre ich auf einer Burg wie dieser aufgewachsen, wüsste ich vermutlich nicht einmal meine Stute selbst aufzusatteln und zu zäumen.

Die schwerste aller Hürden folgt allerdings erst, als ich das Südtor erreiche. Müde von der Nachtwache, aber dennoch aufmerksam beäugt mich der Krieger, der das schwere Eisentor sichert. In seiner Hand liegt die Entscheidung, wer die schützenden Mauern passieren darf.

Überrascht hebt er seine Augenbrauen, als er mich unter dem schweren Umhang erkennt.

»Kralica.«

Er begrüßt mich mit einer kleinen Verbeugung, die Neugierde über meinen frühmorgendlichen Ausritt steht ihm deutlich ins Gesicht geschrieben.

»Guten Morgen«, grüße ich freundlich zurück. »Ein schöner Tag, um sich den Sonnenaufgang vom Hügel aus anzusehen, nicht wahr?«

Misstrauisch hebt er den Blick, um meinen Augen ins Gebirge zu folgen.

»Man muss doch die Gunst der frühen Stunde nützen, wenn man von selbst wach wird«, lege ich nach und lächle ihn so überzeugend an, wie ich kann.

Noch immer zögerlich nickt er nun, und tritt zur Seite, um die schweren Ketten zu bedienen, die das Tor verschlossen halten. Geduldig warte ich, bis die Öffnung groß genug ist für Altinda und mich, dann nicke ich ihm ein letztes Mal zu und galoppiere davon. *Gut, dass die Wache bei Sonnenaufgang abgelöst wird*, denke ich. *So wird niemandem auffallen, dass ich nicht zurückkehre.*

Der Wald wirkt unheimlich und bedrohlich in der Dunkelheit des frühen Morgens, doch es ist nur ein kleines Stück, das ich überwinden muss, ehe die Sonne aufgeht. Tapfer führe ich Altinda über Stock und Stein, ehe wir gemeinsam mit den ersten Lichtstrahlen die dahinter liegenden Felder erreichen. In den

Sommermonaten würden uns hier schon die Bauern begrüßen, die ihre Schafe und Rinder auf die Weide führen oder ihre Anbauflächen beackern. Doch jetzt vor dem Winter ist hier alles menschenleer, die Knechte und Mägde haben sich auf die Höfe zurückgezogen, um dort das Vieh zu versorgen oder bei den Arbeiten in den Stuben zu helfen. Nur weiter oben am Berg kann man gelegentlich eine Bewegung ausmachen, wenn die Männer unterwegs sind, Brennholz zu sammeln. So kalt wie es inzwischen geworden ist, werden sie davon große Mengen brauchen.

Ich bin noch keinen halben Tag unterwegs, als ich das erste Mal müde werde. Doch ich habe einen Ort im Sinn, wo ich etwas rasten kann. Ruhig und friedlich liegt das kleine Dorf von Endea in der Mittagssonne vor mir. Schon aus der Ferne kann ich ein paar Menschen sehen, die sich über den Dorfplatz tummeln. Ein eigenartiges Gefühl macht sich in meinem Bauch breit. Ein Gefühl, das ich schon lange nicht mehr empfunden habe: Freude! Ich freue mich, meine Vertraute, meine Zofe und Freundin wiederzusehen.

Ich führe mein Pferd bis zu Endeas Hütte und trete an die Tür. Ich weiß nicht, wie ich hier empfangen werde. Die Kunde von Tarabas' Tod hat sich bestimmt zu den Dorfbewohnern herumgesprochen, doch ihr Mitleid ist nicht das, was ich jetzt brauchen kann. Ich klopfe an die Tür. Einmal, zweimal. Es regt sich nichts. Erst als ich umkehren will, höre ich Geräusche im Inneren. Kinderlachen und Sessel, die fortgerückt werden, weil jemand aufsteht und zur Tür kommt. Endea. Ich hoffe, dass es meiner Freundin gut geht.

Doch es ist nicht die junge Zofe, die mir öffnet, sondern ein alter Mann.

»Ich möchte zu Endea«, sage ich.

»Endea ist fort«, entgegnet er kühl.

»Ich bin Darina, Kralica des Pretari-Krals, möge er in Frieden ruhen. Könnt Ihr mir sagen, wo ich Endea finde? Ich muss unbedingt zu ihr.«

»Wir haben Endea fortgeschickt, um ihr Auskommen zu finden«, sagt er nun etwas freundlicher. »Wir können uns nicht leisten, hier noch jemanden durchzufüttern. Meine Frau und ich haben noch vier jüngere Kinder zu versorgen.«

Traurig sieht er zu Boden.

»Hattet ihr denn keine gute Ernte dieses Jahr?«, frage ich überrascht, da mir im Allgemeinen keine Beschwerden zu Ohren gekommen sind. Der Sommer war lang, brachte viele Sonnenstunden und Regen.

»Doch, die Erträge waren reichlich«, sagt er noch immer mit gesenktem Kopf. »Doch die Pretarier haben uns nicht viel davon gelassen.«

Als er meinen entsetzten Blick sieht, legt er nach: »Versteht mich nicht falsch, Kralica, wir sind dankbar für alles, was für uns getan wird. Dankbar für den Schutz, den wir hier erfahren. Es hat nur niemand damit gerechnet, dass nach den üblichen Abgaben nochmals jemand kommen würde, um Vorräte einzusammeln. Das hat es bisher noch nie gegeben.« Er schüttelt den Kopf. »Verzeiht mir Kralica, das ist erst ein paar Tage her und hier stehen noch alle unter Schock.«

Der Mann lädt mich ein, ihn ins Haus zu begleiten und auf Endeas Mutter zu warten, die mir ein wenig Suppe zur Stärkung anbietet. Im Gegenzug packe ich meine Vorräte aus, um Brot und Äpfel mit der Familie zu teilen und lege in einem unauffälligen Moment ein paar Silberstücke auf die Ablage, um den Leuten über den kalten Winter zu helfen. So bleiben wir eine ganze Weile um die offene, mit Lehm ummantelte Feuerstelle sitzen, bis ich mir nochmals das Herz fasse, nach Endea zu fragen.

»Sie ist mit ein paar anderen Mädchen in den Norden gezogen«, sagt ihre Mutter, »um dort in einem wohlhabenderen Haus als Magd unterzukommen.«

Ins Gebiet der Naori, denke ich. Keine ungefährliche Reise in Zeiten des Krieges.

Als ich später die Hütte verlasse, um meinen Weg fortzusetzen, wollen mir zwei Fragen nicht aus dem Kopf gehen: Geht es Endea gut? Und: Wieso wurden nach Tarabas' Tod Reiter ausgeschickt, um noch mehr Vorräte aus den Dörfern zu beschaffen?

Die Gedanken kreisen durch meinen Kopf, doch je länger ich nachdenke, desto sicherer bin ich, dass es nur eine Antwort geben kann: Die Pretarier bereiten sich auf einen Krieg vor.

Die Dämmerung taucht die Landschaft bereits in düstere Schatten, als ich das nächste Mal halte. Weit und breit ist kein Dorf in Sicht, keine Mauer hinter der ich Schutz und Zuflucht für die kalte Nacht finden könnte. Ich spiele kurz mit dem Gedanken, mich im Dickicht zu verkriechen um ein wenig Ruhe zu bekommen. Altinda einfach unter einer großen Tanne festzumachen, bis die Nacht vorüber ist. Doch die Angst, entdeckt zu werden, ist zu groß. Nicht auszudenken, wenn uns hier jemand erspähen würde, so mutterseelenallein in der Dunkelheit. Gewiss könnte ich kein Auge zumachen vor lauter Angst. Da reite ich lieber gleich weiter, auch wenn der Weg immer mühsamer wird und die Sicht immer schlechter. Ich weiß, dass das nächste Dorf nicht mehr weit sein kann. Bleibt nur zu hoffen, dass ich die Mauern erreiche, bevor die Bewohner die Tore schließen um die Nacht auszusperren.

Tatsächlich ist die Finsternis schon über das Land hereingezogen, als ich bewohntes Gebiet erreiche. Ich habe Glück am Tor noch jemanden anzutreffen, der mich einlassen kann.

»Wo kann ich mein Pferd hinbringen, damit es versorgt wird?«, frage ich die Männer an der Mauer.

»Das kann ich übernehmen«, antwortet einer der beiden und beobachtet grinsend, wie ich mich von Altindas Rücken schwinge. »Für einen Silberling.«

»In Ordnung«, antworte ich, obwohl mir der Kerl sehr unsympathisch erscheint. »Könnt Ihr mir sagen, wo ich Quartier finde?«

»Dort drüben ist eine Taverne«, sagt er und deutet zu einem steinernen Gebäude, aus dem jede Menge Krach dringt.

Schon als ich das Tor öffne, bezweifle ich, dass die Entscheidung die richtige war. Doch andererseits, was bleibt mir übrig in meiner Lage? Draußen im Wald schlafen? In der Dunkelheit, bei den Wölfen?

Die Stube ist klein, ich zähle ein Dutzend Männer, die allesamt nur knapp unterkommen. Dazu eine kräftige Wirtin, die fleißig die Becher ihrer Gäste füllt. Als ich eintrete, fahren die Köpfe zu mir herum. *Weiblicher Besuch ist hier eher die Ausnahme,* denke ich, denn die Trunkenbolde mustern mich so neugierig und hungrig, als würden sie frischen Braten riechen. Zwei Kerle schmatzen ungeniert in meine Richtung. Ein dritter leckt sich die Lippen, während er sich an dem bisschen nackter Haut satt sieht, das meine schwere Kleidung unbedeckt lässt. Ich ignoriere alle drei und gehe schnurstracks an den Tresen zur Wirtin.

»Was kann ich für Euch tun, mein Kind?«, fragt sie und beäugt mich ebenso neugierig wie ihre Gäste.

Ihre Gesichtszüge sind herb, gewiss hat sie schon viele Winter gesehen. Und viele raue Abende mit ihren Gästen erlebt. Dennoch wirkt ihr Lächeln freundlich. Einladend.

»Man hat mir gesagt, Ihr hättet einen Schlafplatz in Eurer Stube frei«, sage ich und lasse meinen Blick von ihren vollen Grübchen über den stämmigen Oberkörper wandern.

»In der Tat, das habe ich.« Sie nickt mir auffordernd zu. »Fünf Silberlinge, dann ist das Bett Eures.«

Sofort zücke ich meinen Beutel, um der Frau ihren Zoll zu geben, doch als ich das samtene Täschchen öffne, wird mir schnell klar, dass ich überhaupt nicht mehr genug Münzen bei mir trage, um die Zeche für die Nacht zu bezahlen.

»Ist der Preis verhandelbar?«, frage ich.

»Verhandelbar? Wo kämen wir denn da hin?« Die Wirtin bricht in ein wirres Lachen aus. »Als nächstes verhandeln wir dann die Zeche für den Wein oder was? Das würde euch gefallen, Männer, nicht wahr?«

Zustimmendes Gelächter macht sich in der Spelunke breit. Es hat keinen Zweck. Ich wende mich ab, um zu gehen. Gerade als ich zur Tür hinaus will, spüre ich allerdings eine Hand auf meinem Hintern und es ist keine zufällige Berührung. Der Mann, dem die Hand gehört drückt fest zu, begleitet vom Gegröle seiner Kollegen.

»Du kannst bei mir schlafen, Schätzchen«, bietet er mir an.

»Danke, aber ich fürchte dieses großzügige Angebot muss ich ablehnen«, sage ich und schiebe seine
Hand mit einem schnellen Griff zur Seite.

»Jetzt hab dich nicht so, Süße, ich wärme dich auch
gut heute Nacht!«

Der Kerl greift nach meinem Arm und zieht mich
mit einer schnellen Handbewegung an seinen Körper.
Sein weingeschwängerter Atem schlägt mir ins Gesicht, als er sich zu mir runter lehnt, um meinen
schweren Umhang zur Seite zu schieben.

»Was sagt ihr, Männer, wir könnten uns das Püpp-
chen doch teilen?«

Panisch registriere ich, wie die umstehenden Kerle
näher kommen, um ebenfalls einen Blick auf meinen
Hals und meine Schultern zu werfen, die ihr dreister
Kamerad inzwischen entblößt hat. Ich spüre nicht nur
die Blicke, die an meinem Körper auf und ab wandern und sich an meine Kurven schmiegen, sondern
auch Hände, die gierig nach mir greifen, so als wäre
ich eine Ware, die hier zur Prüfung angeboten wird.
Gierige, große Männerpranken, die sich um meine
Taille legen, meine Brüste betatschen und in meine
Pobacken kneifen. Verzweifelt versuche ich mich aus
der Umklammerung eines stämmigen Mannes mit
Bärenfell zu befreien, doch noch ehe ich mich aus seinem dicken Unterarm winden kann, zerrt mich schon
der nächste Kerl an sich, um mir mit der Zunge übers
Gesicht zu lecken.

»Frisch wie der Frühling«, sinniert er, während ich angewidert den Kopf zur Seite drehe.

»Lass mich auch kosten.«

Ein anderer Mann mit einem langen, dunklen Rossschwanz greift nach meinem Arm um mich an sich zu ziehen, doch der Erste reagiert schnell und hält mich zurück.

»Schluss jetzt, ihr Hitzköpfe!« Die Köpfe fahren herum, als die Wirtin einen vollen Becher zur Wand schleudert, sodass sich der Inhalt auf die umstehenden Gäste vergießt. »In meinem Haus wird niemand belästigt!«

Es wird augenblicklich still in der Stube, doch es fühlt sich nicht nach Frieden an, sondern eher nach der Ruhe vor dem Sturm. Ich kann mir nicht vorstellen, dass sich die trunkenen Raufbolde von einer Frau etwas sagen lassen. Da hilft auch nichts, dass sie recht kräftig auftritt in ihrer Erscheinung. Viel mehr fürchte ich, dass sie jetzt erst recht ihrer Wut und Hitze freien Lauf lassen werden. Doch die Wirtin lässt sich von der Situation nicht beirren. Sie ist zu alt und zu erfahren, um sich von ein paar lüsternen, betrunkenen Kerlen aus der Fassung bringen zu lassen. Seelenruhig geht sie zur Schanke zurück, holt einen neuen Krug und stellt ihn mit lautem Krach vor ihre Gäste auf die Theke.

»Los, hebt eure Becher. Ich gebe eine neue Runde aus.«

Zustimmendes Gemurmel und ein paar Pfiffe folgen, selbst der Rossschwanz und der Kerl mit dem Bärenfell lassen von mir ab, um das großzügige Versöhnungsangebot wahr zu nehmen. Erleichtert schnappe ich nach Luft und rücke meine Kleider zurecht.

»Kommt mit«, sagt die Wirtin, als alle Becher gefüllt sind, und schiebt mich nach draußen.

Dankbar und erleichtert folge ich ihr in die kühle Nachtluft. Der Schreck sitzt mir noch immer im Nacken, gar nicht auszudenken, wozu diese Kerle noch fähig gewesen wären. Wie Vieh haben sie sich benommen, denke ich.

»Ihr schuldet mir eine Karaffe Wein«, sagt die Frau und sieht mich mit ihren durchdringenden, schwarzbraunen Augen an.

Ich nicke und gebe ihr den Beutel mit meinen letzen zwei Silberlingen. Da ich mir damit ohnehin nicht das Gastbett in ihrer Stube kaufen kann, dient mir das Säckchen auch nicht mehr. Ohne nachzusehen steckt die stämmige Wirtin meinen Beutel in ihre Schürze und schiebt mich weiter fort von der Schenke.

»Ich kann Euch das Gästebett nicht geben, ohne Bezahlung. Mein Mann ist da streng und ich habe mich an die Regeln zu halten. Aber was ich Euch anbieten kann, ist ein Platz in unserem Heuboden.« Sie bleibt stehen und deutet auf die Ställe hinter dem Wirtshaus. »Dort oben, über dem Vieh ist es zumindest warm heute Nacht.«

»Das würdet Ihr für mich tun?«

»Mag sein, dass ich alt bin und wild vom Charakter. Aber ich hab' ein Herz«, sagt sie und schiebt mich weiter in Richtung des Stalles. »Und jetzt geht, bevor noch einer der Trunkenbolde kommt und zu Euch stößt!«

Dankbar folge ich ihrem Rat und eile durch die Tür zu den Ställen, wo mich eine Handvoll Rinder und Pferde schnaubend begrüßt. Es ist finster und unheimlich, zwischen dem Vieh, hie und da sehe ich eine Maus oder eine Ratte um die Ecke huschen, dann eine Katze hinterher. Es sind nicht viel mehr, als ein paar Schatten, die ich vernehme, dazu die Geräusche, die mich wissen lassen, dass ich hier in munterer Gesellschaft bin.

Besser, als die Kerle im Wirtshaus, denke ich, und nehme die Sprossen der Leiter, um nach oben auf den Heuboden zu klettern. Es ist gewiss eine Umstellung am harten Stroh zu schlafen, statt in meinem eigenen Schlafgemach in Preto auf weichen Federkissen und unter schweren Samtvorhängen zu ruhen. Doch solchen Luxus kann ich mir von nun an sowieso abgewöhnen. Vorbei das privilegierte Kralica-Leben. Ab jetzt erwartet mich eine Zukunft als einfache Magd am Land, da brauche ich mir gar keine Illusionen zu machen.

Ich bin sofort hellwach, als ich die Stalltür aufschwingen höre. Sie sind gekommen, denke ich. Die

Wirtin hat mich an die Männer verraten. Panisch rutsche ich weiter nach hinten, kauere mich in die dunkelste Ecke, als ich sehe, wie unten jemand ein Öllicht hereinträgt, um sich den Weg zu leuchten. *Ich werde kämpfen,* nehme ich mir vor. *Ich werde mich bis zum letzten Atemzug gegen diese Wilden verteidigen. Gegen diese Tiere!*

Statt lautem Männergeröle vernehme ich allerdings das helle Lachen eines jungen Mädchens. Dann das Gelächter eines Burschen. Das Öllicht wird unten abgestellt, während ich die Schritte der beiden zur Leiter führen höre und dann nach oben zu meinem Heuboden.

»Du musst leise sein«, zischt der Junge, »sonst hört uns noch dein Vater!«

Wieder kichert das Mädchen, dann kreischt es kurz auf, so als ob sein Begleiter es gekitzelt hätte. Bewegungslos bleibe ich in meiner Ecke sitzen. Denke, dass es besser ist, mich nicht bemerkbar zu machen, und hoffe, dass die beiden bald wieder verschwinden und mich in meiner Nachtruhe alleine lassen.

Im fahlen Licht, das auf der anderen Seite nach oben dringt, kann ich die Silhouetten des jungen Paares ausmachen, wie sie von der Leiter nach hinten ins Stroh stürzen. Eng umschlungen. Glücklich verliebt. Küssend und turtelnd versinken sie in einem Heuhaufen, sanft begleitet vom glockenhellen Lachen, das dem Mädchen ab und an entkommt. Ich kann am Schatten sehen, wie sich die beiden ihrer Sachen entledigen. Wie der Junge seiner Freundin ungestüm das Hemd aufschnürt und ihre Röcke nach oben schiebt.

»Sei vorsichtig«, flüstert das Mädchen.

»Bin ich doch immer«, antwortet ihr Liebhaber.

Im Schattenspiel kann ich sehen, wie die beiden Silhouetten miteinander verschmelzen. Eins werden. Selig gluckst die Kleine auf, als ihr Freund in sie eindringt. Wird immer lauter, während er mit fließenden Bewegungen über sie kommt. Die Vorsicht scheint vergessen, sie stöhnt lauthals ihre Lust heraus, lässt Kühe, Pferde und Mäuse an ihrer Wonne teilhaben. Dann klingen ihre Geräusche dumpf. Unterdrückt. Ihr Freund muss seine Hand auf ihren Mund gelegt haben, um ihre Schreie zu ersticken. Zweifelsohne würde den beiden großer Ärger blühen, wenn jemand von ihrem frevelhaften Treiben Wind bekäme.

Obwohl das Mädchen jetzt leiser ist, kann ich dennoch in jedem Atemzug, mit jedem unterdrückten Keuchen ihre Begierde spüren. Die Luft am Heuboden fühlt sich eigenartig an, sie knistert nahezu vor sexueller Spannung. Ich bemerke, wie mein eigener Puls beschleunigt, während die beiden Liebenden auf ihr Finale zusteuern. Wie ich selbst nach Atem ringe, als die beiden seufzend zum Höhepunkt kommen. Mein Herz pocht so laut, als der Junge auf dem Mädchen zusammenbricht, dass ich schon befürchte, die beiden könnten mich entdecken. Tun sie aber nicht, denn sie haben bloß Augen füreinander.

»Ich liebe dich«, stöhnt der junge Liebhaber seiner Angebeteten ins Ohr, die Worte noch immer bebend vor Erregung.

»Ich liebe dich auch«, gibt sie mit zittriger Stimme zurück. »Ich werde dich immer lieben!«

Dann höre ich draußen Geräusche. Sofort springen die beiden auf und beeilen sich, die Stufen hinunter zu kommen.

»Los, da lang!«, sagt der Junge und zieht das Mädchen hinter sich her. Ich sehe gerade noch, dass jemand das Öllicht schnappt, dann sind die beiden schon zum hinteren Tor nach draußen verschwunden.

Im selben Moment geht auf der anderen Seite die Tür auf.

»Juliana, bist du hier?«, höre ich die tiefe Stimme eines Mannes in die Dunkelheit fragen.

Er macht ein paar Schritte in den Stall hinein, doch als nicht mehr als ein leises Schnauben und Wiehern zurückkommt, dreht er um und zieht die Tür wieder hinter sich zu.

Erleichtert lasse ich mich zurück ins Stroh sinken. Augenblicklich ist es um mich leise geworden, auch wenn mir vorkommt, als könnte ich noch immer das Kichern des Mädchens hören. Die Liebe spüren, die Juliana und ihr Liebhaber hereingetragen haben. Es scheint, als ob die Luft nach wie vor knisterte vor Leidenschaft.

Doch das tut sie nicht. Es gibt keine Leidenschaft mehr um mich. Keine Lust. Keine Liebe. Es gibt nur noch mich, das kratzende Stroh und die Tiere. Ich bin alleine, seit Tarabas fort ist.

Als ich aufwache, sind die Tränen in meinem Gesicht getrocknet und die Dunkelheit ist einem neuen Tag gewichen. Ich höre noch keine Geräusche auf der Straße, deshalb nehme ich an, dass es noch früh am Morgen ist. Für mich allerdings ist es höchste Zeit aufzubrechen und nach Hause zu reiten.

Tarabas:
VERLANGEN
VERPFLICHTET

Ein brennendes Gefühl schleicht seine Kehle hinunter. Der Druck zu atmen ist jetzt so groß, dass er kaum noch vermag, weiter die Luft anzuhalten. Alles in ihm zieht sich zusammen: der Brustkorb, die Lunge, das Herz. Er kann spüren, wie das Wasser in seine Nase eindringt, in Augen und Ohren. Nur die Lippen hält er nach wie vor eisern verschlossen. *Durchhalten*, sagt die Stimme in seinem Kopf. *Du musst durchhalten! Für mich!* Einen Moment lang ist er abgelenkt, denn er kennt diese Stimme gut. Es ist Darinas Stimme. Doch schon im nächsten Augenblick nimmt das Brennen in seiner Lunge überhand. Noch einmal mobilisiert er all seine Kräfte, versucht sich gegen seine Peiniger zu stemmen und seinen Kopf aus dem Wasser zu heben. Doch er hat keine Chance.

Der Druck wird so groß, dass er nicht länger widerstehen kann. So sehr er auch dagegen hält, sein Körper will ihm nicht länger gehorchen. Er hat keine Macht mehr über seinen Mund, kann nur noch wahrnehmen, dass sich seine Lippen öffnen, so als würde er einen Fremden beobachten, der sein Schicksal besiegelt.

Gerade in dem Moment als er spürt, wie das Wasser seine Kehle hinunter rinnt, packen ihn ein paar kräftige Männerhände an der Schulter und zerren ihn hoch. Raus aus dem Holzzuber, raus aus dem Wasser. Ein heftiger Hustenanfall beutelt seinen Körper. Er würgt und spuckt, so gut er kann, versucht alle Flüssigkeit aus seinen Lungen hinauszupressen.

»Willst du meine Frage jetzt beantworten?«

Es ist Zatiras zynische Stimme, die als erste an sein Ohr dringt und ihn zurück in die Gegenwart holt. Er antwortet nicht, stattdessen erschüttert ein weiterer Hustenanfall seinen Körper.

»Los, Tarabas! Sag es mir! Sag mir endlich, wo sie sind, dann können wir das hier ganz rasch beenden!«

Beenden, indem du mich tötest, fügt er in Gedanken hinzu. Nein, diesen Gefallen wird er ihr nicht tun. Da muss sie sich schon noch etwas anstrengen. Sich gemeinere Foltermethoden für ihn einfallen lassen.

»Wie du willst!«, sagt Zatiras Stimme, die er längst zu verabscheuen gelernt hat, und sie gibt den Kerlen an ihrer Seite ein Zeichen.

Dieses Mal ist er besser vorbereitet. Dieses Mal holt er so tief Luft wie er kann, und bemüht sich ruhig zu bleiben, um möglichst lange durchhalten zu können. *Sie wird mich nicht ertrinken lassen*, geht es ihm durch den Kopf. *Nicht, bevor sie die Information hat, die ihr so wichtig ist.*

»Tarabas, Tarabas. Was soll ich nur mit dir machen?«

Nachdenklich geht Zatira im schmalen Kellerloch auf und ab, während ihre Männer ihn zurück an die Gesteinswand schleifen.

»Fixiert ihn im Knien!«, kommt ihr Befehl. »Die Handgelenke über dem Kopf, die Knöchel am Boden.«

Zufrieden beobachtet sie, wie ihre Lakaien seine Armfesseln am Eisenring an der Wand einhängen und seine Fußfesseln an den Haken weiter unten. Wie ein Sünder kniet er jetzt vor ihr, sinkt auf seine Fersen, um sich von der Wasserbehandlung zu erholen. Sie genießt den Anblick, wie er in seinen Fesseln hängt. Gefangen und ausgeliefert und dabei dennoch so stark und elegant, wie der mächtige Kriegerkönig, der er einst war.

»Ich hab dir eine Stärkung mitgebracht.«

Tarabas traut seinen Augen kaum, als sie einen Korb holt und beginnt, alle möglichen Leckereien vor ihm auszupacken. Wein, Fleisch, Brot und eingelegtes Gemüse. *Das ist ein Trick,* sagt er sich. *Sie wird mir nicht einen einzigen Bissen vergönnen.* Doch noch bevor er wegsehen kann, findet der Krug zu seinem Mund.

Der Wein schmeckt so süß auf seinen Lippen, als würde er zum ersten Mal in seinem Leben davon kosten. Fruchtig, lieblich, ein Tröpfchen reinster Genuss. *Ob diese Rebe aus den Weinhügeln von Darinas Vater stammt?*, geht ihm durch den Kopf. Gleichzeitig fragt er sich, wieso er sich nie die Mühe gemacht hat, den Weinberg zu besichtigen. Oder den Keller seines Besitzers, der ihn seit vielen Jahren mit so herrlich mundenden Sorten versorgt.

Auch der Biss in das Dörrfleisch ist eine himmlische Freude. Fast hätte er die Hoffnung aufgegeben, jemals wieder in diesem Leben an etwas nagen zu dürfen, das mehr ist, als bloß ein paar Knochen. Hungrig verschlingt er ein Stück nach dem anderen, dankbar für jeden Bissen, den Zatira zu seinem Mund führt und für jeden Schluck, den sie ihm gewährt. Es tut gut, endlich wieder etwas Ordentliches zwischen die Zähne zu bekommen und sein Bauch dankt es ihm, indem er endlich das nervtötende Knurren aufgibt, das ihn schon seit Tagen begleitet. Gierig verschlingt er das Fleisch und leckt sich den letzten Tropfen Wein von den Lippen.

Spät, viel zu spät wird ihm sein Fehler bewusst. Ihre gelbgrünen Augen beginnen eigenartig zu leuchten, als sie über sein attraktives Gesicht wandern, über das triefend nasse Haar, das jetzt so ungewohnt kurz ist. Sie bleiben an seiner muskulösen

Brust hängen, die selbst hier, im spärlich beleuchteten Kerkerloch, verführerisch bronzefarben schimmert.

»Du bist noch immer attraktiv«, sagt sie und ihre Stimme klingt grotesk verzerrt. »Fast tut es mir leid, dass unsere Beziehung eine so tragische Wende genommen hat!«

»Die Wende, dass du mich hintergangen hast und töten willst, meinst du?«

Seine Zunge fühlt sich eigenartig taub an, als er spricht. Ein bitteres Lachen erfüllt den Raum und hallt von den steinernen Wänden wieder wie ein dämonisches Echo.

»Ach Tarabas, sei doch nicht so dramatisch!«

Mit einer schnellen Handbewegung scheucht Zatira die drei Wachmänner aus dem Verlies. Wartet ab, bis sie verschwunden sind, um sich dann mit wiegendem Becken ihrem Gefangenen zu nähern. Ihre Bewegungen verschwimmen vor seinen Augen, als sie wie eine Katze um ihn herumschleicht und sich dabei wie selbstverständlich an den eigenen Gewändern zu schaffen macht.

»Was tust du da?«, fragt Tarabas, als die ersten Stofflagen zu Boden gleiten. Er blinzelt mehrmals, doch es gelingt ihm nicht mehr, in voller Schärfe zu sehen. »Was hast du mit mir gemacht?«

Zatira ignoriert ihn, lockert ihre Röcke, bis sie fallen und ihren Hintern und ihre Scham unbedeckt zurücklassen. Dem Mieder blüht ein ähnliches Schicksal. Erst als sie splitternackt ist, bleibt sie direkt vor seinem Gesicht stehen und präsentiert Tarabas ihre wogenden Brüste. Ihre plötzliche Nähe kommt unerwartet. Im flackernden Öllicht sieht ihr rotes Haar aus, als würde es in Flammen stehen und ihre Haut wirkt so blass und zart, als wäre sie aus Kalkstein. So zerbrechlich und unnatürlich schön, dass er nicht umhin kommt, sich zu fragen, wie ein so zartes Geschöpf bloß so abgrundtief böse und durchtrieben sein kann.

»Was treibst du für ein Spiel, Weib?«, fragt er, als ihre Finger seine Brust berühren. »Was zum Teufel hast du mir ins Essen getan?«

Die Schmerzen in seinen Rippen sind wie weggeblasen, sein ganzer Körper fühlt sich leicht an und zugleich unglaublich kräftig. Er weiß, dass seine schlimmsten Wunden verheilt sind und es kommt ihm vor wie ein Wunder. Denn die Zeit in diesem Loch, ob es nun eine Woche war oder schon zwei, war wahrlich die Hölle. Kein Licht, wenig Frischluft, keine Bewegung oder Schonung. Nur eine Wanne mit Eiswasser und die Essensreste der Wachen gestand man ihm zu. Doch das, was er jetzt fühlt, hat mir normaler Heilung wenig zu tun. Es ist, als ob eine dunkle Kraft durch seinen Körper strömte und ihn in ihren Besitz nähme.

Langsam, fast zärtlich, fährt Zatira mit ihren überlangen Nägeln seine Muskeln entlang und jede Berührung fühlt sich an, als würde ihn der Blitz streifen. Dann lässt sie plötzlich von ihm ab, um die Liebkosung an ihrem eigenen Körper fortzusetzen.

»Lass das«, sagt er, ohne Regung in der Stimme. »Hör auf mit deinem teuflischen Spiel!«

»Shhh«, flüstert sie, mehr wie eine Liebhaberin und nicht wie die Hexe, die eben noch im Begriff war, ihn in einem Holzzuber zu ertränken. »Früher warst du doch auch nicht so skeptisch, wenn ich dich berührt habe.«

»Früher wolltest du mich auch nicht töten!«

Sobald er die Worte ausspricht, wird ihm klar, wie sehr er sich in ihr getäuscht hat. Ihr höhnisches Lachen wirkt wie eine boshafte Bestätigung, während es unaufhörlich von den Wänden widerhallt.

»Sag endlich, welches Gift du mir gegeben hast!«

Ohne auf ihn einzugehen, streicheln ihre Hände weiter seine kräftigen Arme und seine Schultern. Beginnen hingebungsvoll seinen Nacken zu kneten und die Verspannungen zu lösen, die sich dort in den letzten Tagen und Nächten angesammelt haben, die er gefesselt an der Steinwand verbracht hat.

»Beruhige dich, Liebster«, haucht sie, während sie seine Muskeln knetet. »Alles was ich will ist, dass du dich entspannst.« *Und dass du deine Zunge lockerst*, geht es ihm durch den Kopf und er überdenkt alle Gifte, die sie ihm verabreicht haben könnte. Einen Pilz vielleicht? Die unklaren Bilder, sprechen dafür. Aber würde er davon so benommen werden, ihr seine Geheimnisse zu verraten?

»So ist es gut«, sagt Zatira und lässt ihre Finger zurück zu ihrem eigenen Körper wandern. Beginnt vor seiner Nase, ihre Brüste zu kneten und an ihren Nippeln zu spielen. Ihre Bewegungen sind so wild, so animalisch, dass er es nicht schafft, seinen Blick von ihren Fingern loszureißen, auch wenn es das ist, was ihm sein Verstand befiehlt. Es ist wie ein Zauber, der ihn gefangen hält. Der ihn so lange starren lässt, bis er mit eigenen Augen sieht, wie ihr Gesicht verschwimmt und langsam die Züge einer anderen annimmt. Bis es nicht mehr Zatira ist, die vor ihm steht, sondern die hübsche, unschuldig lächelnde Darina.

»Ich kann nichts dagegen tun«, haucht sie mit sanfter Stimme und er hängt bei jedem Wort an ihren Lippen.

»Was ist los? Was ist mit dir passiert?«, fragt er besorgt.

»Es macht mich einfach so scharf«, haucht sie und wählt Worte, die so gar nicht zu Darina passen und ihr dennoch so unglaublich leicht über die Lippen huschen.

»Was?«, fragt Tarabas, obwohl er fast sicher ist, dass ihm die Antwort nicht gefallen wird.

»Dich zu sehen, Tarabas!« Ihr Lachen klingt glockenhell, bis es immer höhnischer wird, immer lauter. Langsam verschwimmt das hübsche Gesicht. Er will es fest halten, zurückrufen, doch es ist Zatiras Fratze, die nun ihre Gestalt zurück erlangt. »Zu sehen, wie du hilflos angekettet bist, wie ein räudiger Köter!«, schleudert sie ihm grinsend entgegen.

Stück für Stück kratzen sich ihre langen Nägel über ihre eigene Brust weiter nach unten. Hinterlassen eine rote Spur auf ihrem Bauch, hinunter bis zum Nabel und dann über den Schamhügel. Genüsslich leckt sie sich die Lippen, während ihre Hand ihr Geschlecht erreicht und sich gierig in ihre feucht glänzende Spalte schiebt. Ein heiseres Stöhnen kommt über ihre Lippen, als die Finger ihre Perle finden und dort ihr sündhaftes Treiben fortsetzen. Sie vergisst sich einen Moment, gibt sich ihrer ungezügelten Lust hin und reibt über die pulsierende Stelle. Dann reißt sie plötzlich wieder die Augen auf, so als ob ihr eben wieder eingefallen wäre, dass sie einen Zuseher hat. Erneut streichelt sie seine Brust, fährt seine ausgeprägten Bauchmuskeln entlang nach unten, bis sie den ledernen Saum seiner Beinkleider erreicht. Frech schieben sich ihre Finger in den Saum, um die Entdeckungsreise auf seiner nackten Haut fortsetzen zu können.

»Lass das!«, zischt er, doch sie denkt gar nicht daran, aufzuhören. Stattdessen machen sich ihre Finger jetzt am Verschluss zu schaffen, um seine Männlichkeit aus ihrem Gefängnis zu befreien.

Sein Blick ist wütend, er verflucht sie, schimpft sie eine Hure. Doch das hindert sie nicht daran, sein bestes Stück in ihre schmalen Hände zu nehmen.

»Hör auf mit deinen Spielchen!« schreit er, doch statt ihn anzuhören verändert sie abermals ihre Gestalt. Lässt ihren Körper weicher werden, kurviger. Bis es erneut Darina ist, die vor ihm steht.

»Hör auf, verdammt!«, schreit er, obwohl er weiß, dass nicht sie es ist, die ihm einen Streich spielt, sondern sein eigener Verstand. Doch so sehr er sich auch anstrengt, es gelingt ihm nicht, die Trugbilder aus seinem Kopf zu verbannen.

»Ach komm schon, sag, dass dir das gefällt!«, lächelt seine blonde Geliebte. Sieht ihn aus großen grünen Augen an und bettelt so brav, dass er all seine Kraft zusammennehmen muss, um ihr nicht zu geben, wonach sie verlangt.

»Nun gut, eigentlich musst du gar nichts sagen, das ist mir Antwort genug.«

Mit einem Lächeln sieht sie auf seinen Schwanz, der in ihren Händen zu seiner vollen Größe angeschwollen ist. Hart und bereit, für was auch immer sie mit ihm vorhat. Erfreut über ihre Wirkung lässt sie die Finger schneller über seinen Schaft gleiten.

»Und *wie* dir das gefällt«, grinst sie. »Das hat es schon immer getan, nicht wahr?«

Sie lehnt sich mit ihrem Gesicht so weit nach vorne, dass ihre Lippen seine Wange streifen, ignoriert das Risiko, dass sie durch die Nähe eingeht. Sie kennt ihn gut genug, um zu wissen, dass er sie nicht beißen würde. Nicht einmal jetzt.

»Soll ich dir ein Geheimnis verraten? Mir hat es auch gefallen!«

Er dreht sein Gesicht weg, versucht ihrem Blick auszukommen, doch das lässt sie nicht gelten. Mit ihrer Hand an seinem Kinn, zwingt sie ihn, sie anzusehen, ehe sie das letzte bisschen Abstand zwischen ihnen verringert und ihre Lippen auf die seinen legt.

Tarabas zerrt an seinen Fesseln, doch so sehr er sich auch bemüht und anstrengt, mehr als ein müdes Klirren ist den Ketten nicht zu entlocken. Die Wachmänner haben ihre Sache gut gemacht, er ist ihrer Herrin auf Wunsch und Gedeih ausgeliefert.

Tarabas Augen weiten sich, als er sieht, wie sie auf ihn steigt. Wie sie sich auf seinen Oberschenkel sinken lässt und beginnt sich an ihm zu reiben. Er weiß, dass diesem Weib alles zuzutrauen ist. Dass es jedes Opfer bringen würde, um sein Ziel zu erreichen. Auch den eigenen Körper. Trotzdem kommt ihm die Situation so surreal vor, so unwirklich, als wäre es ein Anderer, auf dessen Schoß sie sich bewegt.

Zatira hält seinen erstarrten Blick fest, fixiert ihn wie die Schlange, die in ihr steckt, als sie sich langsam auf seinen Speer gleiten lässt.

»Darin warst du gut«, sagt sie und fast klingt ihrer Stimme ein bisschen wehmütig bei der Erinnerung. Dann werden ihre Worte von einem heißeren Seufzen verdrängt, als sie seine volle Länge zu spüren bekommt. Einen Moment hält sie inne, genießt das Gefühl, wie er sie dehnt. Es ist so lange her, dass sie fast vergessen hätte, wie groß und dick sein Schwanz ist. Wie herrlich er sie ausfüllt und wie weit er in ihr Innerstes reicht.

Langsam, ganz langsam, hebt sie ihr Becken und senkt es wieder, ohne auch nur einen Wimpernschlag lang seinen Blick auszulassen. Viel zu sehr genießt sie die Demütigung, die sie in seinen Augen lesen kann. Die Wut. Und die unglaubliche Kraft, die er damit mobilisiert.

Erneut reißt Tarabas an seinen Ketten. Dieses Mal so fest, dass er einen Moment lang glaubt, er könne es tatsächlich schaffen. Doch es ist unmöglich. Ein Daumendick Eisen gegen reine Muskelkraft. Diesen Kampf kann selbst der stärkste Krieger nur verlieren.

Tarabas biegt und windet sich in den Ketten, versucht es seiner Herrin so schwer wie nur möglich zu machen, aber auch daran scheitert er kläglich. Es scheint sogar, Zatira genießt es nur umso mehr, wie er sich unter ihr bewegt, um sich ihr zu entziehen oder sich ihr mit groben Stößen entgegenzuschleudern.

Stöhnend beißt sie sich in die Lippen, als er seine Lenden gegen ihre knallt. Genießt den festen Ruck, mit der er sich in sie schiebt und sie aufspießt. Egal, was er auch tut, sie wirkt nur noch erregter. Noch unersättlicher. *Hexe*, geht es ihm immer wieder durch den Kopf. *Ein Weib wie dieses, kann nur eine Hexe sein.* Und so sehr er diesen Gedanken auch hasst, schön langsam dämmert ihm, dass er auch diesen

61

Kampf nicht gewinnen wird. Nicht, wenn ihn sein Körper und sein Geist so gemein verraten.

»Sag es mir, Tarabas«, fordert Zatira mit Darinas zärtlicher Stimme, als er ganz tief in ihr drinnen ist. »Sag mir, wo die Steine sind!«

Er muss die Augen schließen, denn er weiß, wenn er noch ein paar Atemzüge länger in Darinas hübsches Gesicht blickt, kann er für nichts mehr garantieren. *Sie ist nicht hier,* sagt er sich immer wieder. *Es ist nur ein gemeiner Trick! Es ist Zatira!*

»Du hast kein Anrecht auf die Steine!«, schleudert er ihr wütend entgegen.

»Ohne mich hättest du sie niemals gefunden!«

Zatiras Schenkel schlingen sich nur noch fester um ihn. Pressen ihn weiter an sich, während sie mit langsamen Bewegungen ihr Becken auf seinem Schoß kreisen lässt und sich selbst an ihm reibt.

Er vergisst seinen Vorsatz und blickt ihr erneut ins Gesicht. Doch dieses Mal spielt ihm sein Verstand keinen Streich. Klar und deutlich sieht er ihr bleiches Gesicht, das ihn hasserfüllt anstarrt.

»Du hast mich betrogen und in einen Krieg geschickt, Zatira! In einen Kampf, der so brutal war, dass zahlreiche gute Männer ihr Leben verloren haben. Auf beiden Seiten! Du hast gemütlich vor dem Burgfeuer gesessen, während draußen am Schlachtfeld die Köpfe gerollt sind, damit wir den vermeintlich gestohlenen Schatz deiner Familie zurückholen. Einen Schatz, der euch niemals gehört hat!«

»Schwamm drüber, Tarabas! Das sind doch nur Kleinigkeiten am Rande! Du hast Motivation gebraucht, die Vilkonen anzugreifen und ich habe sie dir gegeben! Du hast dein Reich erweitert und mir stehen im Gegenzug die Steine zu!«

Er keucht nach Luft, als sie ihr Becken anhebt, um sich blitzschnell und kräftig auf ihn fallen zu lassen.

»Wozu brauchst du sie so dringend? Um die Söldner zu bezahlen, die dich bei deinem Verrat unterstützen?«

»Sag mir endlich wo sie sind, Tarabas!«

Sie legt den Kopf in den Nacken, als würde sie sein Widerstand nur noch mehr antreiben. Fasst sich selbst an die Brüste und stöhnt ihm lauthals ihre Lust ins Gesicht. Ihre schier unersättliche Gier, während sie sich immer schneller und fester auf ihn schiebt.

Seine Stimme ist inzwischen bloß noch ein heiseres Röcheln. »Nein«, presst er zwischen zusammengebissenen Zähnen hervor. Er muss seine gesamte Kraft aufbringen, um sich dem gemeinen Zauber zu widersetzen. Um seine Sinne beisammen zu halten und ihr zu verwehren, was sie am meisten begehrt.

»Komm schon, Tarabas!«

Zatira fixiert ihn, während sie sich an ihm reibt. Härter. Wilder. Bis sie irgendwann ihre Augen verdreht und einen lauten Schrei ausstößt, während ihr Körper auf ihm unkontrolliert zu zucken beginnt.

63

»Sag es mir!«, kreischt sie wie von Sinnen.

»Nein!«

»Sag es mir, verdammt noch einmal!«

»Niemals!«

Zatira springt so schnell und unvermittelt von ihm hoch, dass ihr Fuß gegen den Zuber stößt, der einen dumpfen Knall von sich gibt. Wutentbrannt stemmt sie sich gegen den Holzrand, bis der Zuber überkippt und das eiskalte Wasser sich über Tarabas' Mitte ergießt.

Im nächsten Moment ist sie aus seinem Blickfeld verschwunden und mit ihr das Öllicht, das für kurze Zeit sein Gefängnis erhellt hat.

»Wir brauchen neues Wasser im Zuber!«, hört er ihre Stimme, die von den Steinwänden widerhallt. Massive Steinwände, wie sie in den Gebirgen des Nordens zu finden sind.

Er weiß nicht, wann sie wiederkommen wird. Wie lange sie ihn alleine lässt mit den Käfern und Ratten, die sich zu ihm in den Kerker verirren. Nur eines weiß er bestimmt: Sie wird nicht aufgeben, ehe sie ihren Willen bekommt.

Dimitras:
BLUT UND WASSER

Mit einem leisen Plätschern hüpft der flache Stein übers Wasser. Einmal, zweimal, dreimal trifft er die Oberfläche und schafft es erneut abzuprallen und weiterzuspringen, ehe er den Kampf gegen die Fluten verliert und geschlagen zu Boden sinkt. Nicht schlecht, aber auch nicht gut.

Wie von selbst langt Dimitras' Hand nach dem nächsten Stein, um ihn über den Fluss hüpfen zu lassen und auszuprobieren, ob sich dieses Mal vielleicht vier statt nur drei Sprünge ausgehen. Es gelingt, Wette gewonnen. Bloß, dass niemand hier ist, um sich mit ihm über den kleinen Triumph zu freuen. Niemand, der den tollen Wurf loben hätte können, so wie es Darina früher immer gemacht hat. Früher, als sie noch bei ihm auf der Burg war.

Dimitras' Finger greifen nach neuen Steinen, dieses Mal soll es gleich eine ganze Hand voll sein. Wütend schleudert er sie ins Wasser, alle auf einmal, ohne Rücksicht darauf, ob sie hüpfen oder nicht.

Das Leben ist beschissen, denkt er, obwohl er sich eigentlich freuen sollte, denn sein großer Tag steht

65

bevor. Das große Fest, an dem er zum neuen Kral ernannt wird. Eine Ehre, eine Auszeichnung und eine große Bürde zugleich. Ein Schicksal, das er alleine entgegennehmen und tragen muss und das er mit niemandem teilen kann. Genauso wenig wie heute jemand hier ist, um seinen tollen Steinwurf zu loben, wird morgen jemand da sein, um seinen neuen Status zu feiern. Das heißt, da sein werden natürlich alle. Krieger, Untertanen, Hofdamen, Bauern. Sie alle werden zusammenlaufen, um zu frohlocken und sich die Bäuche vollzuschlagen. Doch kommen werden alle wegen dem neuen Kral. Nicht wegen Dimitras.

Ein kleines Seufzen entfährt ihm, während seine Hand noch einmal ausholt, um ein paar letzte Steine ins Wasser plumpsen zu lassen. Vielleicht ist es sein Schicksal, ab morgen nicht mehr Dimitras zu sein, sondern nur noch der Kral. Das zu tun, was alle von ihm erwarten.

Ihm wird heiß bei dem Gedanken, ein leichtes Gefühl der Panik überkommt ihn, angesichts der gewaltigen Aufgaben, die bald auf ihn zukommen. Es ist nicht die beste Zeit, um die Pretarier zu führen. Ein Krieg steht bevor und alle erwarten, dass er seinem Volk den Sieg bringt. Den Sieg gegen Efferston, den Sieg gegen seinen eigenen Onkel. Keine leichte Aufgabe für jemanden, der überhaupt keine Erfahrung mit Angriffen hat. Natürlich ist da eine ganze Reihe an erfahrenen Kriegern, die ihm zur Seite steht. Die ihn beraten und die mit ihm in die Schlacht ziehen werden, um ihn zu schützen, für ihn zu gewinnen und wenn es sein muss, für ihn zu sterben. Doch der Befehl für all das wird von ihm kommen. Ein Gedanke, der einen kühlen Schauer über seinen Rücken nach unten jagt, so als ob jemand mit einem Eiszapfen daran entlang streichen würde. Hunderte Fragen gehen ihm durch den Kopf, eine schwieriger als die andere. Was, wenn Efferston besser geschützt ist als vermutet? Was, wenn die Naori bereits von der Attacke wissen und seine Truppen erwarten? Nach dem gemeinen Mord an seinem Vater, müssen sie doch jeden Tag mit einem Angriff rechnen! Was also, wenn der Widerstand heftiger wird, als gedacht? Was, wenn er im Kampf tatsächlich seinem Onkel gegenübersteht?

Fragen, die er am liebsten mit Zatira besprechen würde. Mit seiner Mutter und seiner einzigen Vertrauten, die absolut unerschrocken und entschlossen ist, was diesen Kampf angeht und die ganz bestimmt Antworten auf alle seine Fragen hätte. Doch leider ist Zatira nicht da.

Es gab bestimmt schon hunderte Tage in seinem Leben, wo er ihre Anwesenheit verflucht hatte. Damals zum Beispiel, als er mit Savanna durch die Burg zog und seine Mutter auftauchte, um ihn vor der neuen Kralica lächerlich zu machen. Dass er zum Unterricht müsse, hatte sie gesagt, und ganz beiläufig erwähnt, dass er erst zwölf Lenze zählte. Ein Kind, sozusagen.

Oder ein anders Mal, als er gerade dabei war, seinen eigenen Körper zu entdecken, während er aus der Luke auf Savanna in den Hof hinunter sah. Ausgerechnet da war seine Mutter in sein Schlafgemach gekommen und hatte den intimen Moment gestört und ihn in peinliche Verlegenheit gebracht.

Ihm würden noch unzählige weitere Situationen einfallen, wo er seine Mutter am liebsten verflucht hätte, doch gerade jetzt würde er sie ganz dringend an seiner Seite brauchen. Aber jetzt ist sie nicht da. Nur der Teufel weiß, wo sie steckt und warum sie genau am Tag vor dem großen Ereignis nicht an seiner Seite ist, um ihm, ihrem einzigen Sohn beizustehen.

Dimitras bleibt am Fluss, bis die Sonne sich langsam verabschiedet und die Dunkelheit ins Land zieht. Dann kehrt er zurück in die Burg, um sein letztes Abendessen als Dimitras einzunehmen - wohlbewusst, dass er ab morgen als Kral speisen wird, mit all den Förmlichkeiten und Riten die dieser Status erfordert.

»Dimitras!« Die Mädchen kichern, als sie ihn sehen, zupfen verlegen ihre Kleider zurecht und sehen ihn mit ihren großen Augen und den langen Wimpern an. »Möchtest du Gesellschaft heute Abend?«

Die Aufmerksamkeit ist überwältigend. In den letzten zwei Wochen schienen die beiden jüngeren Kralici, Katalina und Helena, ein geradezu übernatürliches Gespür dafür entwickelt zu haben, wann sie ihm über den Weg laufen konnten. Und sie ließen keine Gelegenheit aus, das zu tun. Sie bezirzten ihn, machten ihm Komplimente und rückten sich ins beste Licht, wenn er vor ihnen stand. Genau wie heute Abend. Würde er es nicht besser wissen, er könnte glatt denken, das die Mädchen aufrichtiges Interesse an ihm haben. Doch leider ist dem nicht so. Die letzten Jahre, die sie ihn wie Luft behandelt hatten, haben ihn eines Besseren belehrt.

»Nun denn?«, strahlt ihn Katalina an und spielt mit ihren langen, brünetten Locken. »Dürfen wir uns zu Euch gesellen?«

Langsam gleitet Dimitras Blick von Helena zu Katalina und dann wieder zurück zu Helena. Die beiden Mädchen sind schön, keine Frage. Zierlich und dennoch ausgestattet mit allen Reizen, die ein Mann begehren kann und mit dem nötigen Wissen, um ihn glücklich zu machen. Zweifelsfrei sind die beiden bereit, alles zu geben, um ihr Ziel zu erreichen. Warum also sollte er nicht alles nehmen?

»Wartet in meinem Schlafgemach. Ich komme später zu euch«, sagt er und setzt seinen Weg zum Speisesaal fort.

Ein weiteres Kichern der Mädchen folgt, dann sind sie in den Gängen verschwunden.

Als Dimitras später seine Gemächer betritt, stockt ihm der Atem. Nackt, wie Gott sie schuf, knien die beiden Kralici auf seinem Bett, die Hände im Haar der anderen vergraben, die Lippen zu einem verheißungsvollen Kuss vereint. Kurz fragt er sich, ob er vielleicht gestorben ist, denn genau so stellt er sich den Himmel vor und die Engel, die dort warten.

Katalina und Helena tun so, als ob sie ihn gar nicht bemerkt hätten. Als ob sie nicht wüssten, dass sie bei ihrem sündigen Treiben längst einen Zuschauer haben. Sie haben nur Augen füreinander. Zärtlich streicht Katalinas Hand Helenas Rücken hinunter, fasst ihr neckisch an den runden Po, nur um sich dann gleich wieder zu lösen und ihre Entdeckungsreise an der Vorderseite der hübschen Blondine fortzusetzen. Willig legt Helena den Kopf in den Nacken. Schüttelt ihr langes, glattes Haar, das so hell leuchtet wie die Weizenfelder im Sommer. Ein genüssliches Stöhnen kommt über ihre schönen, roten Lippen, als die Hände ihre Brüste finden. Sie kneten, massieren, und an ihren Nippeln spielen, bis es Katalina nicht mehr aushält und sich nach vorne lehnt, um die Knospen der Vertrauten mit der Zunge zu verwöhnen.

Es dauert einen Moment, bis Dimitras registriert, dass er noch immer mit offenem Mund im Eingang steht. Erst als sich die beiden Mädchen zu ihm umdrehen und ihm einladende Blicke zuwerfen, stößt er die Türen zu und kommt näher. Bei jedem Schritt merkt er, dass es in seiner Hose schon mächtig eng geworden ist und das Kichern der Mädchen lässt ihn vermuten, dass sie es auch registriert haben.

Komm spiel mit uns, scheinen sie mit jeder Geste zu sagen. Mit jedem Kuss, den sie sich gegenseitig auf die blütenweiße Haut hauchen und mit jeder Berührung, die wie zufällig die Brüste der anderen streift. Katalina ist die Mutigere von den beiden und die Frechere ebenso, wie es scheint. Sie sieht Dimitras tief in die Augen, während sie die Finger ihrer Kameradin erst in den Mund nimmt, um genüsslich daran zu saugen und sie anschließend direkt zwischen ihre Beine zu legen. Genüsslich schüttelt sie ihr langes Haar nach hinten, öffnet den süßen Schmollmund, um ihre Lust lauthals heraus zu keuchen, als Helena sie an ihrem Intimsten berührt. Benommen verzieht sie das Gesicht, sieht ihn mit einem Ausdruck an, der irgendwo zwischen Lust und Schmerz liegt, als die Finger ihrer Freundin sich mit einem schnellen Ruck in sie hineinschieben.

Es ist dieser eine Blick, der das Fass zum Überlaufen bringt. Dimitras kann sich nicht länger zurückhalten und lässt sich zwischen die beiden Engel in die weichen Kissen fallen. Und die beiden reagieren prompt. Mit geübten Fingern befreien sie ihn aus Hose und Hemd, streicheln sein bestes Stück, das ohnehin schon steif und willig in die Höhe ragt.

Sie tauschen einen schnellen Blick, als müssten sie sich abstimmen. Dann tauchen sie zugleich ab, um ihre schönen Gesichter in seinem Becken zu verlieren.

71

Ganz vorsichtig und sanft spürt er die Zungen an seinem Schwanz, kann fühlen, wie sie beinahe gleichzeitig seinen Schaft entlang lecken und ihn damit noch härter machen, als er sowieso schon ist. Katalina ist die Erste, die ihn mit ihren süßen Lippen ganz umschließt. Die ihn hineingleiten lässt, so tief und so weit, dass er die weiche Wand ihres Rachens spüren kann. Mit sanften Schlägen massiert ihre Zunge seinen Schwanz. Reizt ihn, bis er denkt, es wäre jeden Wimpernschlag um ihn geschehen. Doch so einfach will er es den beiden nicht machen. Es ist ja nicht so, als würde er zum ersten Mal mit jemandem das Bett teilen. Dimitras konzentriert sich und er hält durch, bis Katalina irgendwann außer Atem das Feld für ihre blonde Kameradin freimacht. Doch wenn er gedacht hatte, sie würde sich eine kleine Pause zur Erholung gönnen, dann lag er falsch. So wie Helena die mündliche Arbeit an seinem kleinen Krieger wieder aufnimmt, rutscht Katalina hinter seinen Rücken, um ihre langen Beine um ihn zu schlingen und ihm ihre vollen Brüste gegen seine Kehrseite zu pressen. Hingebungsvoll beginnen ihre kleinen Hände, seine Schultern zu kneten, vertreiben nach und nach alle Sorgen und Bedenken, die sich in seinem Kopf gesammelt haben.

Kurz setzt sie aus, als sie sieht, dass ihre Freundin inzwischen aufgegeben hat, ihn mit der Zunge zu verwöhnen und sich voller Begierde auf seinen Schoß schiebt. Die Schenkel weit gespreizt und die Spalte nass vor Verlangen, lässt sich Helena auf ihn nieder, um seinen Speer in sich aufzunehmen. Die Lust ihrer Gespielin zaubert Katalina ein Lächeln auf die Lippen und löst bei ihr selbst ein wohliges Ziehen im Unterleib aus. Doch es dauert ein wenig, bis sie wieder zum Zug kommt. Erst als der zukünftige Kral von seiner passiven Rolle genug hat und Helena mit einem schnellen Griff schnappt und herumdreht, wendet sich das Blatt zu ihren Gunsten. Helena kommt auf allen Vieren zu knien und während Dimitras sich hinter ihr in Position bringt, um sie in seinem eigenen Rhythmus zu nehmen, senkt sie ihr Gesicht nun mit einem Lächeln zwischen Katalinas Beine.

»Himmlisch«, seufzt sie entzückt und betört vom Liebessaft der hübschen Brünetten und beginnt die heißesten Lustlaute auszustoßen. Ein Stöhnen. Ein Keuchen. Ein flehentliches Wimmern. Sie windet sich etwas, versucht Dimitras in seiner Gier zu bremsen, doch das lässt er jetzt nicht mehr gelten. Die Mädchen haben das sündhafte Spiel begonnen, also müssen sie es jetzt auch zu Ende bringen. Mit sicherem Griff hält er Helena an der Hüfte, stößt sie so fest, dass ihr Hören und Sehen vergeht. Erst als sie zuckend unter ihm zusammenbricht und er sich sicher ist, ihr einen ordentlichen Höhepunkt beschert zu haben, schiebt er sie zur Seite, um zwischen den Beinen ihrer brünetten Kameradin Platz zu nehmen, die schon mit sehnsüchtigem Stöhnen auf ihn wartet.

Ihre langen Beine auf seiner Schulter, bringt er die Sache zu Ende. Nimmt die schöne Katalina, bis sie nur noch ein zuckendes, wimmerndes Abbild ihrer selbst ist und bis er sich laut keuchend in ihr verströmt.

Als Dimitras am nächsten Morgen erwacht, schlafen die Mädchen an seiner Seite noch tief und fest. *Engel.* Er schüttelt den Kopf. Nein, nichts weiter als Huren sind die beiden. Verkaufen sich und schenken ihm ihren Körper, weil sie denken, damit an Macht und Reichtum zu kommen. An die Spitze des Pretarischen Reiches.

Ohne sich besondere Mühe zu geben, leise zu sein, springt er aus dem Bett und geht in seinen Waschraum, wo ihn schon die Zofen empfangen, um ihn für seinen großen Tag vorzubereiten. Ohne Fragen zu stellen, waschen sie seinen Rücken und sein bestes Stück. Drücken sanft die Schwämme in sein zerstrubbeltes Haar und tupfen ihn anschließend zärtlich wieder trocken. Die Prozedur dauert heute besonders lange, es scheint fast die Dienerinnen würden sich außergewöhnlich viel Mühe geben, ihn für das Fest angemessen zu reinigen und zu pflegen. Als sie ihm allerdings auch noch mit Duftöl kommen, hat er genug. Mit einer schnellen Handbewegung schiebt er den Weiberkram beiseite und eilt voran, um sich ankleiden zu lassen. Zumindest in dem Bereich kann er die Mühe der Zofen gut schätzen, die ihn in neues,

74

weiches Leder hüllen und in aufwendig gearbeitete Felle, die ihn nicht nur vor der eisigen Winterkälte draußen schützen, sondern ihm auch noch ein sehr stattliches Aussehen verleihen.

Zufrieden verlässt er die Waschräume, eilt zurück in sein Schlafgemach. *Die Mädchen,* so denkt er, *sind inzwischen bestimmt ebenfalls verschwunden, um sich hübsch zu machen. Oder weiß der Teufel, was sie sonst den ganzen Tag tun.* Als er die schwere Tür aufstößt, sieht die Sache jedoch anders aus. Noch immer räkeln sich Katalina und Helena verschlafen in seinem Bett. Die jungen Körper umhüllt von feinen Tüchern, die mehr zeigen als sie verhüllen und das lange Haar noch immer offen und zerwühlt als Erinnerung an die Hitze der letzten Nacht.

»Kommst du wieder zu uns?«, fragt die Blondine und sieht ihn mit großen blauen Augen an.

»Setz dich doch«, fordert auch die Zweite, winkt ihn einladend an das Bett heran.

Doch Dimitras zögert, unsicher wie er auf die erneute Invasion in seinen Räumlichkeiten reagieren soll. Es ist ihm nicht nach Leidenschaft und nach Liebesgeplänkel schon gar nicht. Eigentlich will er nur seine Ruhe haben. Die Mädchen allerdings geben sich keine Mühe, ihre eigenen Absichten zu verschleiern.

»Los komm, Liebster«, haucht eine verführerische Stimme. »Setz dich zu uns! Lass dich verwöhnen.«

»Sag uns, welche von uns beiden du zur ersten Kralica nimmst und welche zur zweiten!«

Es ist dieser Satz, der Dimitras wachrüttelt. Schnellen Schrittes geht er aufs Bett zu, greift erst nach Helenas Hand, um sie aus den Kissen zu zerren, dann nach Katalinas.

»Los raus, ich brauche Ruhe von der Feier!«

»Aber Kral«, die Mädchen kichern. Noch immer scheinen sie nicht zu kapieren, dass es ihm ernst ist mit dem Rauswurf. »Ihr müsst uns doch sagen, welche es wird! Ihr wollt uns doch nicht etwa bis zur Feier auf die Folter spannen, nicht wahr?«

Helena ist erneut an ihn herangetreten, um ihre Fingerspitzen nach seinem Haar auszustrecken und seine Kopfhaut zu kraulen.

»Ihr wollt es unbedingt wissen?« Mit schroffem Griff packt er Helena am Handgelenk und hindert sie daran, ihn weiter zu berühren. »Keine von euch beiden kann ich als Kralica gebrauchen! Ich vermähle mich doch nicht mit Huren!«

Ein paar Atemzüge lang ist es still im Gemach, selbst der sonst so gewitzten Katalina scheint es die Sprache verschlagen zu haben. Sie starrt ihn nur an, mit böse funkelnden Augen, sichtlich verstört darüber, dass ihre Anstrengungen bei ihm nicht auf fruchtbaren Boden gestoßen sind. Unsicher tritt sie vor und zurück, überlegt sichtlich, was zu tun ist, um ihn doch noch umzustimmen. Ob sie einen neuen Vorstoß wagen kann. Dann setzt sie alles auf eine Karte.

76

»Ich weiß, warum du zögerst«, sagt sie und vergisst kurzfristig auf jede Art von Unterwürfigkeit und Respekt. »Du denkst noch immer, dass Darina zurückkommt. Aber ich muss dich enttäuschen! Sie hat sich längst zurück in ihr Kuhdorf verkrochen! Du kannst sie vergessen, Dimitras! Darina wird lieber die Hure irgendeines armseligen Bauern als deine Königin!«

Ihre Augen treffen sich und Katalina beißt sich erschrocken auf die Lippen. Als sie ausgesprochen hat, was sie denkt, ist ihr auch schon klar, dass sie damit zu weit gegangen ist. Viel zu weit.

»Ich will, dass du aus meiner Burg verschwindest«, sagt er. »Pack deine Sachen, nimm dir ein Pferd. Ich will, dass du fort bist, noch bevor die Feierlichkeiten beginnen!« Mit einem Blick auf Helena fügt er hinzu: »Und deine Hurenfreundin kannst du auch gleich mitnehmen.«

»Aber ich… wir… bitte überdenkt Eure Strafe noch einmal, mein Kral!« Katalinas Stimme ist nur noch ein erschrockenes Flüstern.

»Wir wissen doch überhaupt nicht, wohin!«, stimmt Helena ebenso panisch mit ein.

»Das schert mich nicht! Bis zum Fest seid ihr verschwunden, sonst lasse ich euch aus der Stadt jagen!«

»Mutter! Na endlich!«

Erleichtert bleibt Dimitras im Tor stehen und wartet auf Zatira, die eiligen Schrittes den Gang entlang

77

schwebt. Sie trägt ein wunderschönes, zinnoberfarbenes Kleid, dass sich eng um ihre schlanke Mitte schmiegt und in feurigen Wellen über ihre Hüften bis zum Boden fällt. Das ebenso feuerrote Haar hat sie zu einem eleganten Turm drapiert, das Gesicht ist fein gepudert, was ihre milchweiße Haut noch mehr zum Leuchten bringt.

»Wo wart ihr so lange? Ich habe nach Euch suchen lassen!«

Entschuldigend zuckt Zatira die Schultern. »Verzeiht mir, mein Sohn. Die Geschäfte warteten, ich hatte zu tun.«

Ein rascher Blick bestätigt ihr, dass sich der Junge nicht so rasch mit ihrer Entschuldigung abspeisen lässt, also fügt sie hinzu: »Nichts Wichtiges, Dimitras! Mach dir keine Gedanken! Lass uns jetzt erst einmal deine Inthronisierung genießen und deine Ernennung zum neuen Kral feiern!«

Noch immer unzufrieden, beschließt Dimitras es vorerst dabei zu belassen. Das Gefolge drängt bereits, den Gang zum Kirchplatz fortzusetzen und die Schaulustigen scharen sich schon Seite an Seite, den ganzen Weg entlang.

»Sie werden dich lieben, keine Sorge!«, haucht Zatira und streicht ihrem Sohn beruhigend über den Rücken. Dann treten sie gemeinsam ihren Weg an, um mit dem Volk Gott für die Ernte zu danken und für den neuen Anführer, der den Pretariern beschieden ist.

Darina:
FREMDE HEIMAT

»Darina? Seid Ihr es wirklich?«

Es ist Tahomir, ein Knecht meines Vaters, der als Erster meinen Weg kreuzt. Ein Stück weit entfernt vom Gut ist er dabei, seinen Karren mit schwerem Brennholz zurück zum Hof zu ziehen, als er mich sieht.

»Darina, mein Gott, was für eine Freude! Kommt mit, ich bringe Euch zu Eurem Vater!«

Tahomir, der sich schon etwas schwer tut beim Gehen, lässt seinen Karren stehen und greift nach den Zügeln meines Pferdes, um mich galant den Rest des Weges bis zum Hof zu führen. Eine Geste, die gewiss nicht nötig wäre, die er sich aber unter keinen Umständen nehmen lassen möchte.

»Seht nur wer da ist«, ruft er, als wir in die Nähe meines Elternhauses kommen. »Eilt herbei und seht!«

Jamir, ein anderer Feldknecht, kommt zuerst in den Hof, gefolgt von Margrit, der stämmigen Magd. Überrascht schlägt sie die Hände vors Gesicht als sie mich sieht. Mir bleibt nicht viel Zeit sie zu begrüßen oder gar ihre Fragen zu beantworten, mit denen sie mich geradezu überschüttet. Hinter ihr sehe ich jetzt nämlich die große, kräftige Statur meines Vaters auftauchen, dahinter den blonden Schopf meiner Mutter und den rötlichen meiner Schwester Ella. Dann folgen die Lockenköpfe meiner beiden kleinen Brüder.

»Darina, mein Kind, kann das wahr sein?«

Meine Mutter bleibt wie angewurzelt im Haustor stehen. Ein paar Wimpernschläge lang starren wir uns nur an, ohne ein Wort zu sagen. Ich kann sehen, wie sich eine Träne aus ihren blauen Augen löst und ihren Weg über die Wange nach unten findet, während meine eigenen Augen ebenfalls vor Rührung feucht werden. Wie lange ist es her, dass ich meine Familie zuletzt gesehen habe? Ein halbes Dutzend Monde? Der Sommer hatte erst begonnen, als ich fortgebracht wurde und jetzt steht schon der Winter vor der Tür.

Als ich vom Pferd springe, können sich auch meine Lieben nicht länger zurückhalten. Beinahe gleichzeitig stürmen Mutter, Ella und die Kinder auf mich zu, dann folgt mein Vater, um mich in die Arme zu schließen.

»Darina, du hast mir so gefehlt«, flüstert meine Mutter.

Und selbst Ella, die mich bei meinem Abschied mit so viel Wut in ihrem Blick strafte, weil der Kral mich an ihrer Stelle gewählt hatte, fällt mir jetzt strahlend um den Hals.

»Schön, dass du da bist, Schwester«, sagt sie und drückt mich an sich.

Es gibt so viel zu erzählen, dass wir bis spätabends alle zusammen in der Stube sitzen und unsere Geschichten austauschen. Erst die Oberflächlichkeiten, etwas später die schwereren Themen: den Tod meiner Großmutter, den Tod des Krals, der sich ohnehin längst bis zu unserem Dorf herumgesprochen hat und meine Rückkehr.

»Du siehst hungrig aus Darina, du musst mehr essen«, verlangt meine Mutter und stellt mir gleich eine neue Portion Suppe auf den Tisch. »Hast du denn auf der Burg nichts zu Essen bekommen?«

»Wie geht es weiter?«, möchte mein Vater wissen. »Wann greifen die Pretarier Efferston an?«

»Bald«, vermute ich, obwohl ich seit Tarabas' Tod nichts mehr von der Kriegsplanung mitbekommen habe. Doch ich denke, dass Zatira ihren Plan rasch umsetzen möchte, solange die Naori-Krieger noch durch ihren Kampf mit den Lakaren abgelenkt sind. Auch wenn mir noch immer nicht klar ist, wie sie davon profitiert, wenn die Männer in die Schlacht ziehen.

Ich weiß nicht, ob ich meiner Familie vom Komplott erzählen soll. Davon, dass es Tarabas' eigene Leute waren, die ihn getötet haben und nicht die Naori. Mein Blick fällt auf meinen Vater, ein harter Mann, der sich immer für die Gerechtigkeit eingesetzt

81

hat und der ein Unrecht wie dieses mit Sicherheit nicht auf sich beruhen lassen würde. Dann auf meine Mutter und meine Schwester. Ich kann mir ihre Reaktionen gut vorstellen. Das Entsetzen und das Mitleid, das mir jetzt schon überschwänglich entgegengebracht wird. Es ist besser, denke ich, wenn ich fürs Erste nichts von der Verschwörung erwähne. Dafür bleibt später noch immer Zeit.

»Was gibt es hier im Dorf Neues?«, frage ich stattdessen.

Ella und meine Mutter tauschen Blicke, doch statt einer Antwort bekomme ich nur Schulterzucken.

»Hattet ihr eine gute Weinernte?«, frage ich nach.

Mein Vater nickt: »Ich kann mich nicht beklagen, die Erträge waren reichlich. Doch mir scheint, dass ich Jahr für Jahr mehr davon abgeben muss.«

»Das habe ich schon von anderen gehört«, stimme ich zu, »es scheint die Pretarier rüsten sich für einen langen Winter. Oder für einen großen Krieg.«

Nachdenklich zwirbelt er seinen Rauschebart. »Das habe ich mir auch gedacht. Ihr Angriff auf Efferston wird nicht ohne Folgen bleiben. Es wird zermürbende Schlachten geben.«

»Du musst müde sein, Darina«, sagt meine Mutter als der Mond längst schon in seiner vollen Pracht vom Himmel scheint. »Lass mich dich in dein Bett bringen. Wir haben in den nächsten Tagen noch genug Zeit unsere Geschichten auszutauschen.«

»Mein Bett?«, frage ich erstaunt.

»Ich habe es nicht übers Herz gebracht, deine Sachen wegzuräumen«, gesteht meine Mutter, während sie uns mit ihrer Laterne den Weg durch den dunklen Gang leuchtet. »Du hast uns gefehlt, Kind!«

»Ihr habt mir auch gefehlt.«

Obwohl es schon spät ist und meine Reise tatsächlich sehr anstrengend und beschwerlich war, liege ich an diesem Abend noch lange wach und kann keine Ruhe finden, während Ella auf der anderen Seite unserer Kammer schon lange friedlich schlummert. Es tut gut, wieder in meinem alten Bett zu schlafen, auch wenn es nicht halb so groß ist, wie das in meinem Schlafgemach als Kralica.

Ein paar Mondstrahlen fallen an die Wand in der Stube und treffen genau auf die Stelle, dich ich irgendwann als Kind mit Kohle beschmiert habe. Mein erstes Kunstwerk, wie ich damals überzeugt war. Ein paar hässliche Flecken, wie meine Schwester meinte, die mich auch prompt bei unseren Eltern verpetzte. Nichts desto trotz durfte mein Schmetterling an der Wand bleiben, dafür hatte sich seinerzeit meine Großmutter eingesetzt. »Ein paar Erinnerungen an die Kindheit sollte man immer bewahren«, hatte sie gesagt. »Sonst vergisst man irgendwann, wie unbeschwert das Leben sein kann.«

Wie recht sie hatte, denke ich, und kuschle mich in die schweren Laken.

Am nächsten Morgen brauche ich einen Moment, um zu begreifen, dass ich wirklich zu Hause bin. Zurück im elterlichen Gutshof. Schlaftrunken wandern meine Augen über die rauen Wände des Schlafraumes, bleiben neuerlich am Schmetterling hängen und reißen sich dann los, um weiter über das leere Bett meiner Schwester zu ziehen, bis zum gemeinsamen Frisiertisch, auf dem fein säuberlich eine Waschschale, Krug und Kamm liegen. Es sieht tadellos aus, genau so, wie Ella es gern hat. Ich kann mich gut erinnern, wie sie früher immer aufgebracht war, wenn der Kamm fort war oder der Krug leer neben der Schale lag. »Darina«, schimpfte sie dann, »Wieso kannst du nicht einmal Ordnung halten?« Noch schlimmer war nur, wenn ich eines ihrer Haarbänder nahm, oder gar eines der Kleider. Da konnte es schon vorkommen, dass sie mich durch das ganze Haus jagte und mit Prügeln drohte. Mein einziges Glück war, dass ich immer schneller war als meine große Schwester und dass ich die besseren Verstecke kannte.

Nach der Morgentoilette hülle ich mich in dicke Stoffe, da die Luft selbst hier drinnen im Hofgemäuer beißend kalt und unfreundlich ist. Mutter und Ella sitzen bereits in der Stube bei der Handarbeit, als ich mich zu ihnen geselle. Margrit, die Magd, reicht mir eine große Schale mit Haferbrei und etwas Milch zur Stärkung. Dankbar nehme ich das Morgenmahl an, selbst wenn ich noch immer nicht so recht Appetit empfinden kann.

»Was möchtest du heute machen?«, fragt Mutter und mustert mich neugierig.

»Ich möchte als erstes das Grab von Nonna besuchen«, sage ich und schiebe mir den Holzlöffel zwischen die Lippen. »Ich werde ihr ein paar Tannenzweige und Heidekraut bringen.«

»Das ist eine gute Idee.« Lächelnd wendet sich Mutter an Ella. »Möchtest du deine Schwester nicht zum Grab eurer Großmutter begleiten?«

Ellas Blick ist verdutzt, als sie mit der Nadel in der Hand von ihrem Stoff aufsieht. »Aber Mutter, heute kann ich nicht. Heute ist doch…«

Wieder tauschen die beiden Blicke, schweigen dann aber. *Eigenartig,* denke ich, lasse es aber auf sich beruhen. Wenn Ella mich nicht begleiten möchte, kann ich auch gut auf ihre Gesellschaft verzichten. Ich bin ohnehin lieber eine Weile mit Nonna allein.

Nach der Mahlzeit nehme ich meinen schweren Fellumhang, sammle Reisig ein und mache mich auf zum Friedhof. Der Weg durchs Dorf kommt mir fremd vor, ruhig und verlassen. Nur allzu klar kann ich mich daran erinnern, wie ich das letzte Mal hier entlang gekommen bin. Brütend heiß schien die Sonne vom Himmel, tauchte die Wiesen und Felder den Weg entlang in ein saftiges Grün und ließ das Wasser im Bach in verführerischem Türkis schimmern. Heute ist die Landschaft schlammfarben und grau. Das saftige Grün ist trockenen Braun- und Gelbtönen gewichen, der Bach wirkt dunkel und wenig einladend, als ich die steinerne Brücke überquere.

Neugierig blicke ich mich nach bekannten Gesichtern um, frage mich, wen ich hier wohl treffen werde und was sich getan hat seit meiner Abwesenheit. Ein Paar eilt schnellen Schrittes den Weg entlang, verschwindet aber noch in einem Eingang, ehe ich grüßen kann. Etwas weiter entfernt kann ich den Müller sehen, wie er Mehlsäcke von seinem Karren lädt.

Als ich weitergehe, sehe ich Serefina, ein Mädchen, das ich seit meiner Kindheit kenne. Ich winke ihr zu, doch sie geht ohne meinen Gruß zu erwidern zurück ins Haus ihrer Eltern. Eigenartig, denke ich. Hat sie mich nicht gesehen oder kennt sie mich nicht mehr? Ich habe mich doch wohl nicht so stark verändert, seit ich fortgegangen bin?

Ich versuche einen Blick nach drinnen zu erhaschen, als ich an dem alten Steinhaus vorbeigehe, doch es sind alle Luken dicht gemacht. Kein Wunder, bei der eisigen Kälte, die uns umgibt. Lange kann es nicht mehr dauern, bis der erste Schnee fällt, vermute ich, als ich in den tristen, grauen Himmel blicke.

Ich folge dem steinernen Weg, der mich zur Nordseite wieder aus dem Dorf hinaus führt und sich dort die Hügel nach oben schlängelt, bis zum Friedhof, auf dem wir unserer Ahnen gedenken.

Noch bevor ich das Plateau erreichen kann, kommen mir allerdings zwei andere bekannte Gesichter entgegen: Sanara und Leonora, zwei Schwestern, mit denen Ella und ich früher viel Zeit gemeinsam verbracht haben.

»Darina?«

Ungläubig sehen mich die beiden an, sichtlich überrascht, mich hier im Dorf anzutreffen.

»Ich bin es«, sage ich und zwinge mich zu einem kleinen Lächeln. »Ich bin zurück gekommen.«

Gleich werden sie mich mit Fragen überschütten, denke ich und ein bisschen graut mir bei dem Gedanken. Es fällt mir schwer über den Kral zu sprechen und ich bin auch nicht erpicht, noch mehr Mitleidsbekundungen zu seinem Tod entgegenzunehmen.

Doch die Fragen und die Beileidswünsche bleiben aus. Die Schwestern sehen mich bloß mit Blicken an, die ich nicht so recht zu deuten weiß.

»Wie geht es euch?«, frage ich schließlich, um das peinliche Schweigen zu beenden.

Sanara, die ältere der beiden räuspert sich. »Wir haben es eilig, Darina, entschuldige. Wir unterhalten uns ein anderes Mal.«

»Sofern die Kralica nicht ohnehin Besseres zu tun hat, als sich mit uns einfachen Dorfmädchen zu unterhalten«, fügt Leonora hinzu.

Verdutzt sehe ich, wie sie sich abwenden.

»Aber wartet, so ist das doch gar nicht…«

87

Es hat keinen Sinn, die beiden gehen einfach weiter und lassen mich alleine mit meinen Tannenzweigen und dem Heidenkraut am Feldweg zurück. Fieberhaft überlege ich, was den Schwestern wohl für eine Laus über die Leber gelaufen sein mag. Nehmen sie es mir übel, dass ich im Sommer gegangen bin, ohne ein einziges Wort des Abschiedes? Dass ich Kralica geworden bin und nicht eine von ihnen? Nein, Eifersucht ist das Letzte, das ich ihnen unterstellen möchte. Es hat keinen Sinn, ich muss später Ella fragen, ob sie irgendetwas darüber weiß.

Ich schiebe das unangenehme Erlebnis gedanklich zur Seite und laufe die letzten paar Schritte den Hügel hoch, bis ich die Steine der Verstorbenen erreiche.

Ein eigenartiges Gefühl überkommt mich, als ich den geweihten Boden betrete. Früher habe ich diesen Ort immer gemieden. Hatte Angst vor den Toten, und vor ihren Geistern, die ich hier vermutete. Fühlte mich unwohl bei jedem Atemzug, den ich nahm. Von der Angst ist inzwischen nichts mehr zu spüren, viel mehr scheint mir, dass ich jetzt den Frieden fühlen kann, den dieser Hügel ausstrahlt und dass ich hier die Ruhe finde, die ich so bitter nötig habe.

Auf der Burg der Pretarier blieb mir diese Ruhe verwehrt. Es gab kein Grab. Keinen Ort, meinen Liebsten zu besuchen und ihm noch einmal nahe zu sein.

»Die Pretari-Krieger kommen nicht unter die Erde«, hatte mir Dimitras erklärt. »Man verbrennt sie, oder in diesem Fall, das was von ihnen geblieben ist, und streut ihre Asche in den Wind, damit sie direkt zu den Göttern fliegen kann.«

Ich stand noch immer unter Schock, als der Zopf des Krals verbrannt wurde, unfähig auch nur ein Wort des Abschiedes zu murmeln. Die Tränen versagten mir die Sprache beim gemeinsamen Gebet. Dafür fand Zatira viele Worte. Lauter Lügen! Und machte tatsächlich alle glauben, dass sie es sein würde, die Tarabas am meisten vermisste.

Mit langsamen, ehrfürchtigen Schritten überquere ich den zentralen Platz und gehe weiter bis zur hintersten Ecke, in der ein einfacher, weißer Stein unser Familiengrab ziert. Ein paar Blumen liegen am Boden, ein paar Kerzen, die bereits weit nach unten gebrannt sind, stecken daneben in der Erde. Ich lege mein Reisig dazu und das Heidekraut. Ich weiß, dass sich Nonna darüber gefreut hätte, denn sie liebte alle Pflanzen. Früher habe ich sie oft auf die Wiesen und Felder begleitet und ihr dabei zugesehen, wie sie die Kräuter fein säuberlich schnitt und zur heilenden Verwendung verarbeitete.

»Wofür ist das?«, habe ich dann gerne gefragt und sie hat mir geduldig erklärt, dass Birkenporlinge, fein geschnitten, helfen, Wunden zu heilen und dass man Umschläge mit Heublumen verwenden kann, um Erkältungen entgegenzuwirken.

»Du fehlst mir Nonna«, sage ich und sinke vor dem Grab auf die Knie.

Ich mag mir nicht vorstellen, dass meine Großmutter dort unten liegt, unter feuchter, dunkler Erde. Viel lieber stelle ich mir vor, dass sie irgendwo oben im Himmel ist, auf mich herabsieht und mich beobachtet, bei dem, was ich tue. Ich will nicht daran denken, dass ihr Körper hier eingegraben ist, um zu zerfallen. In meiner Erinnerung sehe ich sie so vor mir, wie ich sie gekannt habe. Eine Kämpfernatur, die nach dem viel zu frühen Tod ihres Mannes nicht nur meinen Vater und seine jüngeren Brüder, sondern auch noch die beiden Kinder ihrer verstorbenen Schwester mit großgezogen hatte. Eine weise Frau, die immer Rat wusste, auch wenn die Lage noch so aussichtslos erschien. Egal, ob es die eigene Schwester war, die mich zur Verzweiflung trieb, oder ein Streit mit Timotei, dem Nachbarsjungen. Nur an dem Tag, als mein Kätzchen verschwunden war, da konnte sie mich nicht trösten.

»Ach Nonna, wenn ich nur wüsste, was ich machen soll!«

Ich kauere mich auf dem kalten Erdboden zusammen, die Beine angewinkelt unter dem dicken Umhang.

»Ich fühle mich so einsam«, sage ich und starre in den Himmel, als würde ich auf ein Zeichen warten. Natürlich bekomme ich keine Antwort. Die Wolken sind noch genauso grau wie schon den ganzen Tag über und die Sonne wirft so wenig Licht, dass man meinen könnte, sie hätte ebenfalls die Lust am Strahlen verloren.

»Ich vermisse dich, Nonna«, sage ich. »Und *ihn* vermisse ich auch.«

Wie gerne würde ich mich jetzt mit Großmutter in die Stube setzen, einen heißen Tee trinken und von ihr hören, dass alles wieder gut wird. Dass das Leben weiter geht. Wie gerne würde ich einer ihrer Geschichten lauschen, über das, was sie schon erlebt hat und wie letztendlich immer alles einen Sinn hatte.

»Weißt du Nonna, ich denke, ich habe ihn wirklich geliebt!«

Es sind gewichtige Worte, die mir über die Lippen kommen. Worte, die meine Großmutter genauso überraschen würden, wie sie mich selbst überrascht haben, als ich sie das erste Mal ausgesprochen habe. In unserer letzten, gemeinsamen Nacht. Niemals hätte ich geglaubt, dass es so kommen könnte, an jenem Tag, als der Kral in mein Dorf kam, um mich zu holen. Ich war überzeugt, die Tage, Wochen und Jahre mit ihm würden eine einzige Qual werden. Dabei ist die einzige Qual, nun ohne ihn sein zu müssen.

»Wird das je wieder aufhören?«, frage ich in den grauen Himmel. »Wird der Schmerz weniger werden?«

91

Darina:
ALTE WUNDEN, NEUE TRÄNEN

»Darina?«

Erschrocken fahre ich herum, als ich die Stimme höre. *Seine* Stimme.

Timotei ist wenige Schritte hinter mir aufgetaucht und sieht mich mit großen Augen an.

»Es stimmt also. Du bist zurückgekehrt.«

Schnell tupfe ich mir die Tränen aus den Augen und stehe auf.

»Timotei. Schön dich zu sehen.«

Etwas unsicher gehe ich auf meinen Kindheitsfreund zu, der sich in einigem Abstand von mir aufgebaut hat und mich noch immer ansieht, als wäre ich ein Geist. Ich weiß nicht, wie er auf mich zu sprechen ist, nach unserer letzten Begegnung. Sein Versuch, mich aus dem Reich der Pretarier zu befreien. Seine Hoffnung, irgendwo in weiter Ferne ein neues Leben mit mir beginnen zu können. Unsere erste und einzige Liebesnacht. Alles zerstört, durch meine Flucht. Eine Flucht, die mich zurück in die Arme des Krals führte und Timotei einsam und alleine in den Wäldern zurückließ. Sein Opfer und seine Mühe zunichte gemacht. Die Vision von einer gemeinsamen Zukunft zerplatzt.

»Timotei, es tut mir so leid«, setze ich an, doch schon im selben Moment ist er bei mir und legt mir seinen Finger auf die Lippen.

»Sag nichts«, bittet er mich, »ich bin froh, dass du wieder hier bist.«

Fragen über Fragen schwirren mir durch den Kopf. *Wie es ihm ergangen ist,* will ich wissen, *was er gemacht hat, seit jener verhängnisvollen Nacht im Wald. Was in unserem Dorf passiert ist und wieso die Leute so eigenartig auf mich reagieren.* Doch die Fragen können warten. Erst einmal setzen Timotei und ich uns einfach nur nebeneinander ans Grab meiner Großmutter, sehen schweigend in den Himmel und hängen unseren Gedanken nach.

»Sie hat auf alles eine Antwort gewusst«, sagt Timotei nach einer Weile. »Sie war eine tolle Frau.«

»Ja, das war sie«, stimme ich meinem Freund zu.

»Sieh mal«, sagt er und zeigt nach oben.

Ich folge seinem Blick und sehe eine erste Schneeflocke, die tanzend vom Himmel fällt. Sie dreht sich, ändert ihre Richtung, beschließt dann aber doch, direkt zwischen uns beiden auf der grünen Nadelspitze eines Tannenzweiges zu landen, den ich Nonna mitgebracht habe. Und sie bleibt nicht alleine mit ihrer Entscheidung, denn bald gesellen sich eine zweite und eine dritte Flocke dazu.

»Da ist auch eine«, sagt Timotei und streckt seine Hand aus, um den kalten, kleinen Tropfen wegzuwischen, in den sich die Schneeflocke bei ihrer Landung auf meiner Nasenspitze verwandelt hat.

Ich zucke zurück, als ich seine warmen Finger in meinem kalten Gesicht fühle, als ob sie mich verbrennen würden.

»Tut mir leid«, sagt er, sichtlich gekränkt von meiner Reaktion.

»Nein, ich wollte nicht…«, stammle ich und streiche mir verlegen eine lange Haarsträhne hinters Ohr, die inzwischen ebenfalls ein paar Schneeflocken zu ihrem Landeplatz auserkoren haben. Unsicher lächle ich Timotei an, dann sehen wir beide erneut hinauf in den Himmel, wo inzwischen eine ganze Gruppe von Schneeflocken einen zauberhaften, synchronen Tanz aufführt.

Den Nachmittag verbringe ich mit meinem Vater im Gemäuer, wo die Weinfässer lagern. Lasse mir von ihm zeigen, in welchen Ecken und Winkeln die besten Tropfen zu finden sind und erklären, welche Reben heuer besonders ertragreich waren.

»Weißt du Darina, irgendwann wird einer deiner Brüder die Weinhügel übernehmen«, sagt er, »doch egal welcher der Zwillinge es sein wird, er kann sich glücklich schätzen, wenn du dich entschließen solltest hier zu bleiben, um ihm zu helfen.«

Vater mustert mich mit einem eindringlichen Blick. »Trotzdem hoffe ich nicht, dass es diese Entscheidung ist, die du treffen wirst. Du bist klug, Darina, außerdem hübsch und noch immer sehr jung. Ich bin sicher, dass wir noch einen anderen, guten Mann für dich finden können.«

Ich kann die Worte meines Vaters schätzen und die Bürde, die er bereit ist, für mich auf sich zu nehmen. Ich weiß, dass es nicht einfach wäre, jetzt noch eine gute Partie für mich zu finden. Ich bin kein unbeschriebenes Blatt mehr. Wer will schon eine Blume, die er nicht selbst gepflückt hat? Trotzdem weiß ich, dass es Vater mit seinem Willen und seiner Überzeugungskraft schaffen würde, mich noch einmal gut zu vermählen. Bloß will ich das gar nicht! Ich will keinem anderen Mann gehören!

Die ersten Tage in meinem Dorf verfliegen so rasch, dass ich sie wie eine Traumwandlerin wahrnehme. Aufstehen, Haferbrei essen, mit Vater in den Weinkeller gehen oder Mutter und Schwester in der Stube bei den Näharbeiten helfen. Mittagstisch, Abendbrot. Schlafengehen und dann das Ganze wieder von vorne. Nur ab und an gelingt es mir die Routine zu durchbrechen, indem ich einen kleinen Spaziergang unternehme. Einen Spaziergang, den ich meist hinauf zum Friedhof mache, weil das der Ort ist, an dem ich momentan am ehesten Ruhe finde, um meinen Gedanken nachzuhängen.

»Hier steckst du also!«

Timotei winkt, als ich ihm über die kleine Brücke entgegenkomme, die beide Teile unseres Dorfes miteinander verbindet.

»Versuchst du mir irgendwie aus dem Weg zu gehen?«

Ich schüttle den Kopf, »nein, ich hatte bloß zu tun.«, lüge ich.

»Unglaublich, wie viel Schnee schon gefallen ist, oder?«, fragt er und stellt sich neben mich ans Geländer der Brücke.

Ich folge seinem Blick auf den Bach, der inzwischen gefroren ist und auf die Grashalme, die von feinem Reif bedeckt sind. Tatsächlich scheint es, als ob der Winter heuer besonders früh und heftig eingezogen wäre.

»Möchtest du mitkommen und heiße Brühe bei uns trinken?«, fragt Timotei.

Ich setze schon an, erneut den Kopf zu schütteln, mir irgendeine Ausrede einfallen zu lassen, warum ich keine Zeit habe und rasch zurück nach Hause muss. Doch Timotei sieht mich mit einem so eindringlichen Blick an, dass ich sicher bin, er würde jede Lüge sofort erkennen.

»Ich denke Isanna und Tamira würden sich auch freuen, dich wiederzusehen.«, legt er nach, um mir die Entscheidung zu erleichtern.

Seine Mutter und seine Schwester habe ich immer sehr gemocht. Früher habe ich viele Tage in ihrem

Haus verbracht, habe mit den Kindern gespielt, die kleinen Küken oder Kälber besucht und mit der Familie zu Tisch gesessen, wann immer mein Vater es erlaubte.

»Also gut«, sage ich schließlich, »ich komme mit, um Isanna und Tamira zu begrüßen. Aber ich kann wirklich nicht lange bleiben.«

Timotei gibt sich mit meiner Antwort zufrieden und so folge ich ihm durch das verschneite Dorf, bis wir den Hof seiner Familie erreichen.

»Komm herein in die gute Stube«, sagt Timotei und hält galant das schwere Tor vor mir auf. Dankbar husche ich ins Innere, wo der große Kessel bereits den Raum mit verführerischem Suppenduft füllt.

»Darina, das ist eine Überraschung!«

Isanna ist herbeigeeilt und drückt mich an sich.

»Tamira, Tristan, seht nur wer da ist!«

Nach und nach sammelt sich Timoteis gesamte Familie in der Stube und teilt mit mir das Mittagsbrot. Neugierige, wissende und mitfühlende Blicke erreichen mich, doch die Leute halten sich mit ihren Fragen zurück und ich bin ihnen dankbar, dass sie mich nicht bedrängen. Es ist eigenartig, aber es scheint, als wäre es gestern gewesen, dass ich zuletzt in ihrer Mitte saß, mit ihnen gemeinsam speiste und lachte. Und doch kommen mir die Erinnerungen vor, als würden sie aus einem anderen Leben stammen. Aus einem Leben, in dem ich jung, unbeschwert und glücklich war. Als ich noch keine Ahnung hatte, wie viel Hass, Trauer und Schmerz es auf dieser Welt gibt. Wie viel Ungerechtigkeit.

»Komm, ich möchte dir noch etwas zeigen«, sagt Timotei nach dem Essen und zerrt mich ungeduldig mit sich.

»Was denn?« Ich sehe ihn erwartungsvoll an, doch er verrät nichts und auch der Rest der Runde hüllt sich in Schweigen.

»Es wird dir gefallen«, lächelt Isanna und zwinkert mir zu.

Neugierig folge ich ihm aus der Stube zurück hinaus in den kalten Hof. Er führt mich weiter zum Stall, öffnet die knarrende Tür, hinter der das Vieh seine Wintertage fristet.

»Komm weiter«, fordert er mich auf und nimmt mich an der Hand, weil ich ihm zu langsam bin. Zieht mich vorbei an Schafen und Hühnern, bis wir den hintersten Teil des Stalles erreichen. Suchend blickt sich Timotei um, späht in jede Ecke und hinter jedes Brett.

»Was suchst du?«, frage ich neugierig.

Ich bekomme keine Antwort, stattdessen schiebt er mich weiter bis in den Teil, wo die Kühe untergebracht sind. Er bückt sich und schielt auch dort in jede Ecke und jeden Winkel.

»Da, sieh mal!«

Strahlend deutet er an die hintere Wand. Erst sehe ich nur einen schwarzen Schatten, dann noch einen und schließlich noch einen dritten. Dann erblicke ich drei kleine Kätzchen, die vergnügt miteinander durchs Stroh tollen, sich gegenseitig jagen und foppen, bis sie aufeinander purzeln und am Boden hin und her rollen.

»Sind die entzückend!«, quietsche ich begeistert und trete ein paar Schritte näher heran, immer bedacht genug Abstand von den Kühen zu halten.

»Drollig, nicht?«

Timotei tritt vor mich und streckt seine Hand nach den Kätzchen aus, die ihn offenbar schon gut kennen. Mit sicherem Griff hebt er eines der kuscheligen schwarzen Fellknäuel hoch und legt es mir in die Arme.

»Bist du süß!«

Vorsichtig lasse ich meine Finger über das weiche Katzenhaar wandern, kraule Köpfchen und Nacken, bis ich ein wohliges Schnurren vernehme.

»Wie alt sind sie denn?«, will ich wissen.

»Ganz klein«, sagt er, »Sie haben noch keine drei Monde gesehen. Wir hoffen, dass wir sie durch den Winter bringen. Wird nicht leicht, bei der Kälte!«

Mit dem Kätzchen am Arm folge ich Timotei etwas weiter in die Mitte des Stalles, um mich auf einem Berg aus Brennholz niederzulassen. Geduldig bleibt das Kätzchen auf meinem Schoß sitzen, lässt sich streicheln und verhätscheln und genießt die sanften Berührungen.

»Habt ihr ihnen Namen gegeben?«

Timotei schüttelt lachend den Kopf.

»Nur der Kleinen dort hinten, mit den weißen Ohren. Die hat meine Schwester *Mia* genannt. Aber wenn dir für den Kerl hier etwas einfällt«, sagt er und streichelt über das zarte Fellknäuel, »darfst du ihn gerne benennen.«

Seine Finger stoßen an meine, während wir gemeinsam das Tier herzen und löst ein wohliges Kribbeln auf meiner Haut aus.

»Hmm...« Ich überlege einen Moment, hebe das Kätzchen hoch um es von allen Seiten zu betrachten. »Ich denke er sieht aus wie ein Mani-Manko.«

»Mani-Manko?« Timotei lacht.

Doch ich bleibe bei meinem Entschluss.

»Gut, mein Kleiner, dann heißt du ab heute Mani-Manko.«

Timotei lehnt sich runter zum Kätzchen, das aufgeregt nach seinen Fingern schnappt.

»Mein Beileid, kleiner Kerl!«, flüstert er und erntet dafür einen Ellenbogenhieb in seine Rippen.

»So schrecklich ist der Name doch gar nicht!«

Noch immer grinsend hebt Timotei seine Arme, um einen zweiten Hieb abzuwehren und das Kätzchen nützt die Gelegenheit von meinem Schoß zu springen und die Flucht zu ergreifen.

»Irgendwie süß«, sagt er und legt den Kopf schief.

»Meine Namensgebung?«

»Nein, wie du dich zu verteidigen versuchst!«

Ich hole gleich nochmals aus, um nach Timotei zu schlagen, doch dieses Mal ist er schneller und hält meinen Arm fest, bevor ich ihn erreichen kann.

»Netter Versuch«, grinst er, ohne mich wieder loszulassen.

Wie in Zeitlupe, kann ich sehen, wie sich sein Gesicht meinem nähert. *Nein!*, denke ich. *Das ist falsch! Ganz falsch! Das dürfen wir nicht tun!* Doch ich bin wie erstarrt. Unfähig auszuweichen, außer Stande auch nur ein einziges Wort des Widerspruches über meine Lippen zu bringen. Und dann berührt sein Mund auch schon meinen. Vorsichtig. Zärtlich. So als würde er eine filigrane Blume berühren.

Er hält inne, sieht mich mit großen Augen an. Es gibt so vieles, das mir durch den Kopf geht. So viele Einwände, so viele Gründe, warum das hier nicht richtig ist. Doch bevor ich etwas vorbringen kann, tut er es.

»Ich habe dich so vermisst«, sagt er. »Ich dachte, ich hätte dich für immer verloren!«

Seine Lippen finden erneut die meinen. Ich will ihn aufhalten. Wegstoßen. Doch ich kann nicht. Ich bin zu schwach und irgendetwas in mir scheint völlig zu blockieren. Ich lasse mich anstecken von seiner Hitze, mitreißen von seiner Leidenschaft. Gebe mich seinen Küssen hin und lasse zu, dass unsere Münder miteinander verschmelzen. Dass sich unsere Zungen finden und miteinander einen unheilvollen Tanz beginnen. Er drückt mich näher an sich, lässt mich die

101

Wärme seines Körpers fühlen. Wärme, die mir gut tut. Geborgenheit, die ich lange vermisst habe.

»Ich habe jede Nacht an dich gedacht«, flüstert er an mein Ohr, während seine Hände meine Schultern streicheln. Meinen Nacken. Meine Arme.

Jede Stelle, die er anfasst, beginnt zu glühen. Es ist, als würde sein Feuer durch meine Kleider hindurch dringen, bis auf meine Haut. Es verbrennt mich nicht, es fühlt sich viel mehr so an, als würden unzählige kleine Flammen meinen Körper streicheln. Mich in gleißendes gelbes, oranges und rötliches Licht tauchen. Mich zu einem einzigen Bündel geballter Energie verwandeln.

Timoteis Küsse werden leidenschaftlicher. Fordernder. Sie rauben mir den Atem und vernebeln meine Gedanken. Ich lasse zu, dass sich seine Hände an meinem Umhang zu schaffen machen, dann an meinem einfachen Leinenkleid. Forschend drängen sich seine Finger unter die Stoffe, ertasten meinen Körper so zielstrebig, als wäre es die natürlichste Sache der Welt. Zärtlich streichelt er über meinen Rücken, dann über die Schultern und das Dekolleté, bis er schließlich meine Brüste berührt. Sofort reagieren meine Knospen auf den sanften Reiz. Richten sich neugierig auf, in ihrer vollen Empfindsamkeit, um die Streicheleinheiten zu genießen. Timotei lässt sich Zeit und verwöhnt meinen Körper ausgiebig. Er drückt und massiert das sanfte Fleisch, bringt meinen Busen mit seinen Fingerkuppen zum Zittern. Dann lässt er seine Hand langsam tiefer wandern, streicht meinen Bauch entlang und umrundet mit den Fingerspitzen meinen Nabel. Ein wohliger Schauer breitet sich von meiner Mitte aus, drängt sich kribbelnd in jedes Glied meines Körpers. Es fühlt sich an, als würde er den Eisklumpen zum Schmelzen bringen, der sich in meinem Inneren gefestigt hat, und langsam jeden Teil meines Körpers in Brand stecken.

Seine Hände wagen sich weiter vor, während mir sein Mund immer wieder Küsse raubt, um mich um den Verstand zu bringen. Langsam aber stetig rutschen sie tiefer, bis sie irgendwann die Stellen erreichen, die besonders empfindsam sind. Ein süßes Ziehen macht sich in meinem Unterleib bemerkbar, ein heißes Verlangen nach etwas, von dem ich dachte, dass ich es nie wieder empfinden könnte.

Ich schließe die Augen, als seine Finger meine Perle treffen. Träume mich fort in eine Welt voller Sinnlichkeit und Gefühl. Vergessen sind der Kummer, die Angst und der Schmerz der Wirklichkeit, alles was zählt sind die sanften Berührungen auf meiner Haut. Die Zärtlichkeit und die Erregung, die mich durchströmt. Ich denke an die Leidenschaft, mit der Tarabas mich angefasst hat. An seine Hände, die mir so unendlich viel Lust bereiten konnten. Unruhig rutsche ich zurück, winde mich unter den Fingern an meinem Geschlecht. Doch der Reiz hört nicht auf, im Gegenteil. Die Finger reiben mich weiter, bis ich das Gefühl habe, mein Schoß müsse jeden Augenblick zerspringen. Irgendwann schiebt sich ein Finger in mich hinein, bewegt sich in mir, nicht schnell genug, dass meine Lust überschwappen könnte, aber auch nicht so langsam, dass ich irgendeine Chance hätte, mich der teuflischen Versuchung zu entziehen.

»Mehr«, keuche ich und spüre wie er mich unter sich auf den Boden zieht und mich unter seinem Körper begräbt. Wie er mich mit seinem Gewicht festhält, während sein Mund und seine Hände ihr lustvolles Spiel an mir fortsetzen.

»Du willst mehr?«, fragt Timotei mit bebender Stimme und macht sich an seinen Kleidern zu schaffen.

Als ich die Augen aufreiße, sehe ich meinen Jugendfreund vor mir, wie er sich das Leinenhemd vom Körper zieht und seine Beinkleider öffnet. Erschrocken weiche ich zurück.

»Es ist alles in Ordnung, hab keine Angst!«, sagt er und will mich beruhigen. Doch das ist eine Lüge. Nichts ist in Ordnung! Ich bin dabei, einen schrecklichen Fehler zu begehen! Etwas zu tun, das ich mir niemals verzeihen könnte!

»Nein!«, kreische ich, ringe nach Luft und versuche endlich wieder zu Sinnen zu kommen.

»Shhh«, sagt er und streicht mir beruhigend übers Haar. »Du willst mich doch auch so sehr, wie ich dich will!«

»Ich kann nicht!«

Ich muss all meine Kraft aufbringen, um ihn von mir runterzudrücken und aufzuspringen. Verwirrt rollt er schließlich zur Seite, bleibt am Stroh liegen und sieht mich mit großen Augen an.

»Aber Darina, ich habe doch gespürt, dass du...«

»Ich weiß«, sage ich und knie mich noch einmal neben ihn, während ich meine Kleider zurecht rücke.

»Aber es ist nicht richtig. Das geht mir einfach alles viel zu schnell!«

»Heißt das, dass ich noch eine Chance habe?«, fragt er und in seiner Stimme schwingt jetzt wieder eine Spur Hoffnung mit.

»Gib mir einfach Zeit!«

Ich hauch ihm einen kleinen Kuss auf die Wange, ehe ich aus dem Stall laufe.

Als ich nach Hause komme, ist mir noch immer schwindelig von den Ereignissen des Tages. Mir ist, als ob die Zeit nur so verfliegen würde, genauso ungestüm und schnell, wie mein Herz flattert. Die Sonne ist bereits dabei, wieder unterzugehen, nur der Wind wirbelt die Schneeflocken noch genauso wild und munter durch die Luft, wie er es die letzten Tage unablässig getan hat. Ich bin froh, die Kälte aussperren zu können, als ich das schwere Tor hinter mir zuziehe. Wirklich warm ist es freilich auch im Inneren unseres Gutshofes nicht, doch besser als draußen ist es allemal.

Da ich Mutter und Ella nirgendwo erspähe, ziehe ich mich zurück in unsere Kammer. Es verwundert mich, dass die beiden schon wieder verschwunden sind, aber eigentlich stört es mich auch nicht weiter. Ich bin sogar froh, ein wenig Zeit für mich alleine zu haben, um meine Gedanken zu sortieren.

Die Geschehnisse schwirren durch meinen Kopf wie lästige Insekten. Surren und brummen, um mich daran zu erinnern, dass ich alles falsch gemacht habe, was man falsch machen kann. Ich habe mich hinreißen lassen. Verführen von einem Mann, für den ich keine Liebe empfinde. Zumindest nicht in der Form, die rechtfertigen würde, was wir heute getan haben.

Ich habe ihn glauben gemacht, dass etwas zwischen uns sein könnte, was gar nicht da ist. Was einfach nicht da sein darf! Ich habe in ihm Hoffnungen geweckt und ich werde ihn bitter enttäuschen. Schon wieder!

Doch das ist nicht einmal das Schlimmste. Viel schmerzlicher macht sich noch ein anderes Gefühl bemerkbar: das Gefühl, Tarabas hintergangen zu haben.

Wie von einer unsichtbaren Kraft angezogen, gehe ich hinüber zur Ablage und lasse meine Finger über das goldene Kleid wandern, das mein Kral für mich schneidern hat lassen. Sein letztes Geschenk. Ich streiche vorsichtig über den edlen Seidenstoff, befühle die unzähligen kleinen Stickereien und die winzigen Edelsteine, die das Dekolleté zieren. Stelle

106

mir vor, wie das Kleid an mir ausgesehen hätte und wie es sich angefühlt hätte, es am Erntedankfest zu tragen. An seiner Seite.

»Es ist wunderschön!«

Ella ist in unsere Kammer gekommen und betrachtet mit großen Augen das Kleid, das sich von meiner Ablage bis zum Boden ergießt wie fließendes Gold.

»War das ein Geschenk von ihm?«

Ich nicke.

»Traumhaft schön«, wiederholt sie. »Genau so ein Kleid hätte ich mir auch gewünscht, für…«

Ella bricht mitten im Satz ab, als hätte sie etwas Falsches gesagt.

»Für was?«, frage ich und sehe meine Schwester neugierig an.

»Ach nichts, vergiss es.«

»Warte Ella!«

So leicht lasse ich sie dieses Mal nicht davon kommen. Ich folge ihr aus der Stube bis zur Feuerstelle, wo sie stehen bleibt, um sich die Hände zu wärmen.

»Jetzt komm schon Ella! Du verheimlichst mir doch irgendwas!«

Ein paar Wimpernschläge lang starren wir uns nur an. Ich kenne dieses Spiel von früher, als Kinder haben wir so lange weitergemacht, bis die Erste aufgegeben und den Blick abgewendet hat. Heute ist das nicht anders.

»Also gut«, sagt Ella schließlich. »Setzen wir uns zum Tisch.«

107

Ich folge ihr, die Nerven gespannt vor Aufregung. Was kann passiert sein, das es notwendig macht, dass ich mich setze?

Ella fixiert mich mit ihren türkisgrünen Augen, mit den feinen, goldenen Pünktchen. Ich kann ihr ansehen, dass sie aufgeregt ist. Nervös, ihre Neuigkeiten mit mir zu teilen.

»Ich werde mich vermählen!«, platzt sie schließlich ohne Umschweife heraus.

»Vermählen?«, wiederhole ich ungläubig.

»Ja, schon bald!«, Ellas Augen mustern mich prüfend, unschlüssig, ob sie ihre Freude zu offenkundig geteilt hat. »Es tut mir leid«, sagt sie schließlich, »Mutter wollte nicht, dass ich dich jetzt schon damit überschütte, wo doch gerade der Kral...« Wieder sucht sie in meinem Gesicht nach einer Reaktion.

»Das ist gut Ella«, sage ich schnell. »Ich freue mich für dich!«

»Wirklich?« Ihre Augen erhellen sich wieder.

»Natürlich!«

Erleichtert fällt mir meine Schwester um den Hals.

»Wer ist der Glückliche?«, frage ich schließlich. »Jemand von hier? Aus dem Dorf?«

Ella nickt.

»Wer? Kenne ich ihn?«

Wieder ein Nicken.

»Jetzt mach es doch nicht so spannend!«

Ella lächelt geheimnisvoll. »Du kennst ihn sogar sehr gut!«

Verständnislos sehe ich sie an. Es gibt niemanden hier, den ich sehr gut kenne. Ich hatte mit den Burschen aus dem Dorf nie viel zu tun. Ab und an bin ich einem von ihnen über den Weg gelaufen, aber mir kommt keiner in den Sinn, der mir näher stehen würde, als alle anderen Dorfbewohner. Keiner, außer…

»Timotei?«, frage ich unsicher und mir ist im gleichen Moment, wo ich die Frage stelle, schon klar, dass die Idee völliger Unsinn ist. Wenn es jemanden gibt, den Ella nicht leiden kann, dann ist es mein Kindheitsfreund Timotei. Und die Abneigung beruht gewiss auf Gegenseitigkeit.

»Ja«, platzt Ella lachend heraus. »Unglaublich oder?«

»Was?« Ich bin mir sicher, dass ich mich verhört habe.

»Na ich und Timotei! Das hätte niemand gedacht, oder?«

»Du und Timotei«, wiederhole ich, noch immer versteinert vom Schrecken, der mir im Nacken sitzt. »Aber ihr könnt euch doch überhaupt nicht leiden!«

Ella sieht mich mit großen Augen an. »Natürlich können wir uns leiden! Es hat sich viel geändert seit letztem Sommer!«

»Aber ihr…«, ich suche nach den richtigen Worten. »Ihr seid doch so unterschiedlich wie Tag und Nacht! Ich meine… ihr passt doch irgendwie gar nicht zueinander!«

109

Ellas Blick wird kühler, schlagartig erscheint die überschwängliche Begeisterung von vorhin wie weggewischt.

»Freust du dich denn gar nicht für mich?«

»Ich... ja natürlich freue ich mich für dich! Ich bin nur... überrascht. Das ist alles!«

Ella funkelt mich noch immer an, die Augen zusammengekniffen, bereit für einen Angriff, wenn es soweit kommen sollte.

»Natürlich freue ich mich für dich«, wiederhole ich. »Sehr sogar. Wenn es jemand verdient, glücklich zu sein, dann du!«

Ellas Gesichtszüge entspannen sich wieder zu einem Lächeln. Dann springt sie vom Stuhl und fällt mir so überschwänglich um den Hals, dass ich einen Moment lang glaube, ersticken zu müssen. Das Gefühl hält an, selbst als meine Schwester mich längst wieder losgelassen hat. Nicht ihre Umarmung ist es, die mir die Luft zum Atmen nimmt, sondern der dicke Kloß, der mir jetzt im Hals steckt.

»Wann ist es soweit?«, frage ich und bemühe mich, den zitternden Unterton meiner Stimme zu verbergen.

»Bald«, strahlt Ella. »Schon mit dem nächsten Mond!«

Darina:
EIN OPFER FÜR DIE LIEBE

Timotei steht hinter dem Haus im Hof und hackt Holz, als ich ihn finde. Schnellen Schrittes stapfe ich durch den matschigen Boden auf ihn zu, fuchsteufelswild und bereit, meinem Ärger Luft zu machen.

»Darina, schön dich zu…«

Die Worte bleiben ihm im Hals stecken, als er meinen Gesichtsausdruck sieht.

»Wann wolltest du es mir erzählen?«

Ich schubse ihn so kräftig, dass er einen Schritt zurück taumelt. Schnell legt er die Axt zur Seite und hebt abwehrend die Hände, um meinem nächsten Angriff standzuhalten.

»Wann?«

Ich mache noch einen Schritt auf ihn zu und stoße meine Fäuste gegen seine Schulter, auch wenn ich dieses Mal keinen Überraschungseffekt mehr für mich nutzen kann.

»Wolltest du warten, bis du mit mir geschlafen hast?«

111

Er hält meine Handgelenke fest, während ich versuche gegen seine Brust zu trommeln.

»Aber nein, so ist das überhaupt nicht!«

»Was dann? Hast du gedacht, du triffst mich gelegentlich auf ein Schäferstündchen in der Scheune, während meine Schwester im Haus auf dich wartet?«

»Natürlich nicht!«

Timotei muss noch immer seine volle Kraft einsetzen, um meine Arme so zu fixieren, dass ich nicht erneut ausholen kann, ihn zu schlagen.

»Das war doch nicht geplant! Ich habe mich gestern genauso von meinen Gefühlen überrumpeln lassen wie du! Herrgott! Ich habe doch nicht ahnen können, dass du wieder auftauchst! Dass du ausgerechnet jetzt vor mir stehst, und dass du so…«

Timotei bricht ab, um mich anzusehen. Ich kann förmlich wahrnehmen, wie sich sein Blick wieder verklärt und wie die Begierde in seinen Augen erneut aufflackert.

»Hör auf, verdammt!«, zische ich ihn an. »Wie konntest du nur? Wieso ausgerechnet meine Schwester? Ihr habt euch doch noch nicht einmal leiden können!«

»Wir waren Kinder! Wir waren dumm! Ella ist ganz anders, als ich sie eingeschätzt habe! Es hat sich einiges geändert, seit du weg bist!«

»Das habe ich gemerkt!«

Wütend drehe ich meine Hände, um aus seiner Umklammerung loszukommen.

112

»Wir haben uns einfach besser kennen gelernt!«, sagt er und entspannt sich allmählich.

»Dann tu mir den Gefallen und mach sie glücklich! Gib ihr das, was sie verdient hat! Und wage es bloß nicht, mich noch einmal anzufassen!«

Mit einer kräftigen Bewegung reiße ich mich los und drehe mich um, um zu gehen.

»Und auch kein anderes Mädchen!«

Der Ärger steckt mir den ganzen Tag über in den Knochen. Zuhause bei der Handarbeit stopfe ich die Löcher so fest und penibel, als ob es der zerschlissene Stoff wäre, der mich beleidigt hat. Ich bin derartig aufgebracht, dass es auch Mutter und Ella nicht entgeht, auch wenn ich mich bemühe, meine Gesichtszüge unter Kontrolle zu halten. Keinesfalls will ich den Anschein erwecken, dass meine Laune mit Ellas Vermählung zu tun hat.

»Was ist los, Darina«, fragt meine Schwester schließlich, als Mutter kurz die Stube verlässt. »Es ist wegen meiner Hochzeit, nicht wahr? Sollen wir darüber sprechen?«

»Nein«, lüge ich, »das ist es nicht.«

Unschlüssig sieht mich Ella an, wiegt ab, ob sie mir glauben soll oder nicht. »Was dann?«, fragt sie schließlich.

»Die Mädchen im Dorf«, sage ich, um ein anderes Thema aufzubringen, das mir ebenso wenig aus dem Kopf gehen will. »Sie behandeln mich eigenartig. Fast

113

kommt mir vor, als ob sich alle daran störten, dass ich zurückgekehrt bin.«

»Wen hast du getroffen?«, fragt Ella nun etwas sanfter.

»Sanara und Leonora. Und Serefina.«

Ella legt ihre Handarbeit zur Seite und rückt ihren Stuhl etwas näher an meinen.

»Es tut mir leid, Darina«, sagt sie mit gesenkter Stimme.

»Was tut dir leid? Das ist ja nicht deine Schuld!«

»Ich fürchte doch«, sagt sie. »Ich habe mich bei ihnen ausgeweint im Sommer. Ich habe ihnen erzählt, was du getan hast.« Mit schuldbewusstem Blick sieht mich meine Schwester an. »Ich habe doch mit irgendjemandem sprechen müssen!«

»Was heißt, du hast ihnen erzählt, was *ich* getan habe?«, frage ich verwirrt.

»Naja, dass du dem Kral schöne Augen gemacht hast!«

»Aber das ist doch überhaupt nicht wahr!«, verteidige ich mich. »Ich habe gar nichts getan! Ich war einfach nur da!«

»Ich fürchte, das war schon zu viel«, seufzt Ella und ich kann sehen, wie ihre schönen, hellen Augen wieder diesen trübseligen Ton annehmen, wie sie es immer tun, wenn die Melancholie allzu sehr Besitz von meiner Schwester ergreift.

»Es tut mir leid, Darina«, seufzt sie. »Ich weiß auch nicht … Ich denke, ich habe das gesagt, um das Ganze leichter zu ertragen. Es ist mir nicht gut gegangen im Sommer. Überhaupt nicht gut. Weißt du, wie es sich anfühlt, abgelehnt zu werden? Es ist niederschmetternd! Es nagt an dir. Es verfolgt dich jede Nacht. Ständig ist da dieses bösartige Gefühl, dass du nicht gut genug bist!«

»Ach Ella, das ist doch Unsinn! Du weißt, dass du jeden Mann haben könntest! Und nur, weil einmal jemand einen anderen Geschmack hat, bedeutet das noch lange nicht, dass du nicht gut genug bist!«

»Ich weiß, ich weiß. Jetzt ist mir auch klar, dass das Unsinn war.« Langsam erhellen sich ihre türkisgrünen Augen und die goldenen Punkte darin kehren zurück, um zu tanzen. »Und Timotei hat mir sehr dabei geholfen, das zu verstehen.«

»Du musst das bei den Mädchen klarstellen, Ella«, sage ich mit ernstem Ton.

»Ich weiß.«

Es ist eigenartig, doch ich habe kaum noch Lust außer Haus zu gehen. Ich gehe mit meinem Vater in den Weinkeller, doch ich begleite ihn nicht, wenn er zum Markt fährt, um etwas zu verkaufen. Ich bleibe lieber bei den Frauen in der Stube, nähe, sticke und widme mich sonstigen Handarbeiten, die ich früher immer als sinnlosen Zeitvertreib verachtet habe. So gerne ich früher im Freien war, so sehr meide ich jetzt den Kontakt zur Natur. Nicht, dass mir im Winter da draußen viel entgehen würde, doch es ist auch nicht das Wetter, das mich zu Hause hält. Es ist mehr der Versuch, allen aus dem Weg zu gehen. Timotei aus dem Weg zu gehen.

Wenn ich Großmutters Grab besuche, dann breche ich zeitig in der Früh auf, denn ich weiß, dass er dann seinen Eltern am Hof helfen muss. Wenn ich durch das Dorf gehe, dann eile ich zügigen Schrittes voran. Verstecke mich unter meinem schweren Umhang und vermeide es, Blicke auf mich zu ziehen. Nicht immer kann ich ausweichen. Manchmal sehe ich ihn von weiter Ferne, manchmal auch etwas näher. Dann drehe ich mich einfach weg, ignoriere ihn und tue so, als ob ich ihn nicht bemerkt hätte.

Bei uns im Hause sind inzwischen alle aufgeregt. Laufen aufgescheucht herum und stecken die Köpfe zusammen, um Ellas großes Fest zu planen, selbst wenn noch ein halber Mond Zeit bleibt bis dahin. Doch es scheint, dass jedes Detail liebevoll überlegt werden will. Ich vergönne meiner Schwester diese Aufmerksamkeit. Ich vergönne ihr von ganzem Herzen das Glück, dass ihr zuteil werden soll.

Nur manchmal, wenn ich abends in der dunklen Kammer liege und Ella längst schläft, steigen bittere Tränen in mir auf und ich spüre wieder, wie diese eine Frage an mir zu nagen beginnt: Ist es wirklich das, was das Schicksal für mich wollte?

Natürlich verdränge ich die bösen Gedanken sofort wieder. Ich weiß, dass ich mich glücklich schätzen kann, für das, was mir widerfahren ist. Dafür, dass ich auf der Burg der Pretarier leben durfte. Eine Kralica war. Dafür, dass ich eine Ahnung davon bekommen habe, wie sich richtige Liebe anfühlen mag.

Es ist nur der Preis, den ich nun dafür zu bezahlen habe, der mir so hoch erscheint. So unangemessen hoch. Ist es mir wirklich bestimmt, den Rest meines Lebens alleine zu verbringen? Einsam und als trauernde Witwe? Es fühlt sich an, als hätte ich mit Tarabas einen Teil meiner selbst verloren. Meine Jugend. Meine Unbeschwertheit. Meine Fähigkeit, Glück zu empfinden.

»Du verdammtes Miststück!«

Schon von Weitem kann ich sehen, dass Ella schäumt vor Wut, als sie durch den Schnee auf das Gutshaus zustapft. Erschrocken weiche ich zurück in die Stube, als sie hereinstürmt. Sie macht sich gar nicht erst die Mühe, die Tür zu schließen. Es ist ihr egal, wer uns sieht oder hört, was sie mir gleich an den Kopf werfen wird.

»Es ist alles deine Schuld! Nur deine Schuld!«

Mit zusammengekniffenen Augen kommt sie durch den Raum auf mich zu. Schiebt den schweren Kessel zur Seite, der in der Mitte der Stube von der Decke hängt, und tritt dann noch gegen einen Stuhl, als ob sie ihn dafür bestrafen wolle, dass er sich ihr in den Weg gestellt hat.

Ohne Vorwarnung holt sie aus, um nach mir zu schlagen, doch ich reagiere blitzschnell und halte mir den Arm vors Gesicht. *Sie weiß es,* denke ich. *Timotei hat ihr alles erzählt.*

Noch einmal holt sie aus, doch dieses Mal gelingt es mir, ihre Gelenke zu greifen, noch bevor sie irgendwelchen Schaden anrichten soll. Ein wütender Schrei entkommt ihr, während sie versucht, sich loszureißen. Dann sehe ich, wie ihr die Tränen über die Wangen kullern.

Einen Moment lang bleiben wir so stehen, ich, die Finger fest um ihre Handgelenke geschlossen, sie, zitternd und rot vor lauter Ärger, der sich allmählich in pure Verzweiflung wandelt. Irgendwann hört sie auf, mich abschütteln zu wollen, oder zu schlagen. Sie sinkt erschöpft auf den Stuhl und sieht mich an, als ob ich schuld wäre, dass die Sonne für immer der Dunkelheit gewichen ist.

»Was hat er gesagt?«, frage ich vorsichtig, wohlbewusst, dass ihre Stimmung jeden Augenblick wieder umschlagen und ein neuer Angriff folgen könnte.

»Er hat gesagt, er braucht Zeit zum Nachdenken«, schluchzt sie. »Kannst du dir das vorstellen, so kurz vor der Hochzeit?«

»Zum Nachdenken?«

»Ja! Er ist sich nicht mehr sicher, was er will! Dieser verdammte Scheißkerl!«

Verdutzt bleibe ich stehen, unschlüssig, was ich jetzt machen oder sagen soll. Wie viel hat Timotei meiner Schwester erzählt? Weiß sie, was zwischen uns beiden im Stall passiert ist?

Plötzlich springt Ella hoch und stürzt sich erneut auf mich. Schubst mich mit einem schnellen Stoß so zurück, dass ich gegen die steinerne Wand taumle und packt mich dann am Leinenstoff meines Kleides.

»Das ist nur wegen dir!«, schimpft sie. »Ich weiß es! Es muss einfach wegen dir sein!«

»Du weißt was?«, frage ich noch immer darauf bedacht, sie nicht unnötig zu reizen.

»Ich weiß, dass es mit dir zu tun hat! Seit du hier aufgetaucht bist, benimmt er sich anders. Irgendwie eigenartig.«

»Hat er gesagt, dass ich damit zu tun habe?«

»Nein, natürlich nicht! Aber trotzdem weiß ich das einfach!«

Ihre Stimme ist zu einem leisen Piepsen geworden. Ich nutze den kurzen Moment der Schwäche, um meine Schwester zurück zum Stuhl zu führen und mich neben sie zu setzen.

»Ach Ella, vielleicht ist es einfach … Ich weiß auch nicht. Vielleicht hat er einfach nur kalte Füße bekommen?«

Mein Magen krampft sich bei der Lüge schmerzhaft zusammen und ich beiße mir selbst auf die Lippen. Was ist bloß aus mir geworden? Lügen? Täuschen? Betrügen? Das bin ich nicht! Das kann doch einfach nicht ich sein! Doch um meiner Schwester die

119

Wahrheit zu sagen, fehlt mir der Mut. Noch immer durchzucken kleine Heulkrämpfe ihren Körper.

»Wieso nur? Was mach ich jetzt nur?«

Behutsam streiche ich meiner Schwester über den Rücken. Lege die Hand um sie und drücke sie an mich.

»Spinnst du? Was soll der Mist?«

Timotei kommt nichtsahnend mit einem Kätzchen am Arm in den Hof, als ich ihn erwische. Erschrocken springt die kleine Mietze runter, als ich schnellen Schrittes auf die beiden zustapfe.

»Darina…«

Timotei sieht mich verdattert an, dann sehe ich, wie auch er die Stirn wütend in Falten legt.

»Sag mal, wird das jetzt zur Gewohnheit, dass du mir hier auflauerst und mich anschreist?«

Ich denke gar nicht daran, mich zu beruhigen, stattdessen werfe ich ihm jetzt Blicke zu, die so bitterböse sind, dass er eigentlich tot umfallen müsste.

»Warum regst du dich so auf?«, fragt er und nimmt mich am Arm, um mich zum Schuppen an der Seite zu ziehen, nachdem in der Tür bereits die neugierigen Köpfe seiner Geschwister aufgetaucht sind.

»Warum ich mich so aufrege?«

Ich schnaube vor Wut.

»Vielleicht deshalb, weil du gerade dabei bist, meiner Schwester das Herz zu brechen, du verdammter Mistkerl?«

Weil er mich noch immer verständnislos ansieht, lege ich nach: »Du brauchst Zeit zum Nachdenken? Soll das ein dämlicher Witz sein?«

»Aber... Ich dachte das ist, was du willst!«

»Was *ich* will?«

»Ja! Ich dachte du *möchtest*, dass ich mit Ella reinen Tisch mache. Dass ich wieder frei bin! Damit *wir* eine Zukunft haben!«

Ich sehe ihn so unverwandt an, dass er beginnt, unsicher seine Daumen zu drehen, so wie er das immer macht, wenn er nervös ist. Ich atme tief durch. Das darf doch alles nicht wahr sein! Bin ich schon wieder schuld am Unglück meiner Schwester? Verdammt, ich will das doch überhaupt nicht!

»Timotei, hör zu«, sage ich jetzt etwas ruhiger, und folge ihm noch ein paar Schritte weiter in den Schuppen hinein, bemüht, mit meinem Fuß keine Sense umzustoßen oder sonst irgendein Gerät, das Schaden anrichten könnte. »Es gibt kein *wir*. Es wird niemals ein *wir* geben! Das, was zwischen uns passiert ist, war nicht mehr als ein Fehler! Ein einziger, dummer Fehler, der sich niemals wiederholen darf!«

Timotei sieht mich mit großen Augen an, setzt an, etwas zu sagen, aber lässt es dann doch bleiben.

»Bitte lass uns das einfach vergessen!«

Seine blaugrünen Augen haften an meinen, während er den Kopf schüttelt. Langsam. Bedächtig. Entschlossen.

»Ich kann das nicht vergessen, Darina!«

»Bitte Timotei! Du musst mir versprechen, dass du es vergisst! Dass du Ella glücklich machst! Dass du ihr nicht das Herz brichst!«

Er sieht mich so eindringlich an, dass ich in seinem Blick versinke. Dass ich sehe, was er empfindet. Und es macht mir eine Heidenangst.

Wie in Zeitlupe hebt er die Hand, um mir eine Haarsträhne aus dem Gesicht zu streichen und sofort durchfährt es mich wieder wie ein Blitz. Als würde unsere Berührung Funken zum Sprühen bringen. Doch Timotei nimmt die Hand nicht weg, er lässt sie einfach auf meinem Schulterblatt liegen und zieht mich sanft in seine Richtung.

»Ich kann nicht«, sagt er leise. »Ich kann ihr kein guter Ehemann sein, wenn mein Herz jedes Mal einen Sprung macht, wenn ich dich sehe!«

»Timotei? Bist du hier draußen?«

Es ist die Stimme von Isanna, seiner Mutter, die vom Hof zu uns rüber dringt. Schnell drehe ich mich zur Seite, sodass er seine Hand von meiner Schulter nehmen muss, ehe sie uns sieht.

»Da seid ihr ja«, sagt sie mit einem fröhlichen Lächeln im Gesicht.

»Entschuldige Darina, darf ich meinen Sohn kurz entführen? Ich brauche ihn drüben hinterm Haus.«

»Ja natürlich«, nicke ich. »Ich hatte sowieso gerade vor zu gehen.«

Timoteis Worte schwirren durch meinen Kopf, wie zwei wild gewordene Schmetterlinge, die dort drinnen fangen spielen. *Ich kann ihr kein guter Ehemann sein, wenn mein Herz jedes Mal einen Sprung macht, wenn ich dich sehe.* Erst sind es nur lose Gedanken, wirre Spiralen, die sich in meinem Kopf drehen, ohne Sinn zu machen. Doch irgendwann wird das Bild klarer, formt ein Ganzes. *Er hat recht,* denke ich. *Timotei hat leider recht.* Solange wir uns sehen, kann das niemals gut gehen. Wir können uns bemühen und anstrengen so viel wir wollen. Wir werden sie nicht lange an der Nase herumführen können. Nicht nur Ella, sondern auch alle anderen werden bald dahinter kommen, was tatsächlich zwischen uns passiert ist. Und wenn das geschieht, dann Gnade uns der Himmel.

Es fühlt sich an, als würde mir ein schwerer Stein auf die Brust drücken. Ein Stein aus Ratlosigkeit, Angst und Schuld. Es fühlt sich schrecklich an, zu wissen, dass das Unheil seinen Lauf nehmen wird. Dass ich nicht nur mich selbst, sondern auch Ella, Timotei und unsere Familien ins Unheil stürze. Und dass ich nichts dagegen tun kann.

Vielleicht doch, flüstert eine klitzekleine Stimme in meinem Inneren. So leise, so zaghaft, dass ich sie fast überhören könnte. Doch sobald der Gedanke einmal da ist, pflanzt er sich fest in meinem Kopf. Er ist nicht mehr wegzubekommen. Ganz im Gegenteil, er wächst und gedeiht zu einer voll ausgereiften Idee, die mich nicht mehr loslassen will.

Der Tisch ist gedeckt und meine Familie hat sich mehr oder weniger gut gelaunt drum herum eingefunden. Mutter, Vater, die Brüder. Ella. Munter schlürfen sie Suppe, essen Brot und Dörrfleisch. Plaudern über dieses und jenes. Nichts von Bedeutung, alles Belanglosigkeiten. Ella ist noch immer ruhig und bedrückt, doch sie bemüht sich, sich vor den Eltern nichts anmerken zu lassen. Bevor das letzte Wort nicht gesprochen ist, will sie nicht damit herausrücken, dass schwarze Wolken über ihre Beziehung gezogen sind. Gut so, denke ich. Vielleicht lässt sich das Blatt doch noch wenden.

»Es gibt etwas, das ich besprechen möchte«, sage ich und warte, bis am Tisch Ruhe einkehrt. Bis mir die volle Aufmerksamkeit meiner Eltern und meiner Geschwister sicher ist. Ich räuspere mich, versuche meine Stimme zu festigen, so gut es geht. »Ich habe euch nicht alles erzählt, als ich heimgekehrt bin.«

Verwunderte Blicke folgen.

»Der junge Kral, Tarabas' Erbe, hat mir ein Angebot gemacht, über das ich bisher nicht entschieden hatte.«

Ich sehe von einem zum anderen durch die Runde, bis mich ihre neugierigen Gesichter dazu drängen, fortzufahren.

124

»Der neue Kral möchte, dass ich am Hof bleibe. Dass ich eine Kralica bleibe. Ich war bislang unschlüssig, ob ich das machen möchte. Oder ob ich lieber zurückkehre in unser Dorf. Ich habe lange gebraucht zum Überlegen. Habe mir beide Möglichkeiten angesehen, um abwiegen zu können, was mir mehr Glück verspricht. Doch inzwischen habe ich mich entschieden.«

Ich sehe, wie die Geschichte auf sie wirkt. Überrascht sehen sie aus, besorgt und neugierig, was ich ihnen da offenbaren möchte. Eine Lüge, denke ich. Eine Lüge, die ich nun sehr überzeugend verkaufen muss. Obwohl ... Ein Körnchen Wahrheit steckt schon mit drinnen.

»Was willst du uns damit sagen?«, fragt mein Vater schließlich voller Ungeduld.

»Ich werde zurückkehren zu den Pretariern.«

Entsetzt reißen Mutter und Ella die Augen auf. Erschrocken und überrascht von meiner plötzlichen Ankündigung.

»Zu den Pretariern?«, wiederholen die Zwillingsbrüder fast gleichzeitig und machen große Augen, so wie es nur Kinder tun können, die noch keine zehn Winter gesehen haben.

»Ja. Zur Burg der Pretarier«, wiederhole ich geduldig.

»Wieso erfahre ich erst jetzt davon?«, fragt Vater mit strengem Ton.

»Es tut mir leid. Ich wollte euch nicht damit belasten, ehe ich mir meiner Sache sicher war.«

Er nickt und streicht sich über den Bart. Denkt nach, wie mit der Situation am besten umzugehen ist.

»Bist du sicher, dass du nicht bleiben möchtest?«, fragt meine Mutter mit weicher Stimme. Ich kann spüren, dass es ihr große Angst macht, mich schon wieder zu verlieren. »Du weißt, dass dir unser Haus immer offen steht, Kind!«

Ich nicke langsam.

»Danke, Mutter. Ich kann das großzügige Angebot sehr schätzen. Doch ich habe in den letzten Tagen gesehen, dass das einfache Leben am Land nichts mehr für mich ist«, lüge ich, wohlbewusst, wie sehr sie meine Worte treffen.

Sie werden denken, dass ich mich für etwas Besseres halte. Dass mir die elterliche Stube nicht mehr gut genug ist. Es tut mir leid, dass ich ihnen dieses Gefühl geben muss. Doch ich weiß, dass es ihnen so leichter fällt, mich fortgehen zu lassen.

»Nun denn«, sagt mein Vater sachlich, »wann möchtest du zurück bei den Pretariern sein?«

»So rasch wie möglich. Am liebsten schon morgen.«

»Morgen?« Vater runzelt seine Stirn. »Du weißt schon, dass draußen Schnee liegt?«

»Ich weiß. Doch mir bleibt keine Wahl. Die Zeit, die mir für meine Entscheidung gewährt wurde, ist verstrichen.«

»Was ist mit Ellas Vermählung?«, schaltet sich Mutter wieder ein und ich kann sehen, wie meine Schwester bei ihren Worten zusammenzuckt.

»Es tut mir leid«, sage ich an Ella gerichtet. »Ich hoffe, du kannst mir irgendwann verzeihen, aber ich werde nicht bei dir sein können.«

Ella nickt zögerlich. Ich weiß, dass es ihr am allerwenigsten Sorge bereitet, ob ich dabei bin oder nicht. Ein Teil von ihr ist bestimmt sehr erleichtert über meine Entscheidung.

»Du wirst keinesfalls alleine reiten«, bestimmt Vater. »Jamir soll dich begleiten. Und Timotei.«

»Timotei?« Fast gleichzeitig stoßen meine Schwester und ich seinen Namen aus. Voller Panik. Voller Entsetzen.

»Gut, dann nicht Timotei«, sagt Vater, mit Blick zur besorgten Ella. »Dann werde ich selbst mitkommen.«

Ich weiß, dass meine Entscheidung vielleicht nicht die richtige ist und mir ist bewusst, dass ich ein großes Risiko eingehe. Doch was ist schon richtig und falsch? Zuhause bleiben und Ellas Zukunft ruinieren? Dafür liebe ich sie viel zu sehr. Ich muss fortgehen und Timotei davor bewahren, einen großen Fehler zu begehen. Ich muss meine Schwester schützen und meine Familie. Und wenn ich mich dazu den Schatten meiner Vergangenheit stellen muss, dann soll es so sein.

Ich habe keine Ahnung, wie Dimitras auf meine Rückkehr reagiert oder auf meine überstürzte Flucht. Ich kann bloß hoffen und ihn anflehen, mir zu verzeihen. Mich wiederaufzunehmen. Und mich vor den Verrätern zu schützen. Mir ist klar, dass mir nichts anderes übrig bleibt, als ihm die Wahrheit zu sagen. Die ganze Wahrheit über das Komplott und den Verrat am Kral. Ich weiß, dass ich ihn damit gegen seine Mutter aufbringe und gegen seinen leiblichen Vater. Doch was bleibt noch? Wenn es die Wahrheit ist, dann soll er sie hören. Er soll alles wissen und selbst seine Entscheidungen treffen.

Ein letztes Mal streicheln meine Finger über den goldenen Stoff des Kleides, das mir Tarabas geschenkt hat. Ein Kleid, dass ich nie tragen werde, gedacht für ein Fest, das ich nie besuchen werde. Es ist Zeit, Abschied zu nehmen.

Ella schläft, als ich auf Zehenspitzen zu ihrem Bett tapse.

»Ich hab dich lieb«, flüstere ich und hauche ihr einen Kuss auf die Stirn.

Sie wacht nicht auf, doch sie murmelt etwas im Schlaf. Vielleicht, dass sie mich auch lieb hat. Ich kann es nicht verstehen, doch ich will es einfach glauben.

Ich nehme das Kleid und gehe damit zur Ablage auf Ellas Seite des Zimmers. Ein schlichtes, selbst gezimmertes Regal aus altem, fleckigen Holz, das im

Sommer jeden Tag frische Blumen zieren. Meine Schwester liebt frische Blumen, allen voran weiße oder purpurfarbene Lilien. Manchmal bringt ihr Vater welche mit, oder Tahomir, wenn er zwischen den Reben welche findet. Ansonsten spaziert sie selbst hinunter zum Fluss oder hoch zur Wiese hinter dem Friedhof. Sie kennt alle Flecken unseres Dorfes, wo die schmucken Blüten wachsen. Nur jetzt im Winter wächst gar nichts. Jetzt sieht ihr Regal blütenlos und einsam aus.

Vorsichtig drapiere ich mein Kleid über die Ablage. Wie fließendes Gold fällt es über das Holz, das jetzt im Mondlicht noch dunkler aussieht, als es eigentlich ist. Ergießt sich bis zum kalten Steinboden und legt sich auch dort in schmeichelhaften Wellen um die Ecken. Ich weiß, dass Ella es lieben wird. Ella muss es einfach lieben.

Darina:
SCHATTEN DER VERGANGENHEIT

Mein Rücken und meine Beine schmerzen, als wir den letzten Hügel erreichen und ich kann Altinda ansehen, dass sie ebenfalls dringend eine Rast nötig hat. Von hier oben haben wir einen fantastischen Ausblick in die Ferne. Einen Blick über die schneebedeckte Landschaft, die so herrlich weich aussieht, als hätte jemand Daunen vom Himmel geschüttelt, um damit Wiesen und Felder zu bedecken. Mit ein bisschen Anstrengung kann man etwas weiter fernab Preto ausmachen. Eine Burg, die inmitten der Daunenlandschaft aussieht, als hätte ein kleines Kind spielerisch Steinchen aufeinander gesetzt und damit kleine Türmchen gebaut.

»Ich denke, von hier aus komme ich alleine klar«, sage ich, den Blick zu meinen treuen Begleitern gewandt.

»Ausgeschlossen«, schneidet die Stimme meines Vaters durch die eisige Kälte. »Ich bringe dich bis zum Kral und werde dich ihm persönlich übergeben.«

Trotz der winterlichen Kälte wird mir heiß bei seinen Worten. Ich kann nicht zulassen, dass er mit mir bis zur Burg kommt. Dass er Dimitras trifft. Dass meine Lüge aufgedeckt wird!

»Aber Vater, das ist wirklich nicht nötig«, sage ich und bemerke, wie meine Wangen vor Nervosität zu glühen beginnen. »Es ist nicht mehr weit bis zur Burg und am helllichten Tage bin ich hier absolut sicher.« Weil meine Ansprache noch nicht überzeugend genug scheint, setze ich nach: »Außerdem bin ich diese Strecke schon viele Male alleine geritten! Das ist meine liebste Ausrittstrecke, sozusagen.«

Vater kräuselt seine Augenbrauen und fasst sich an den Bart, unschlüssig was er von meinen Worten halten soll.

»Wenn ihr jetzt umkehrt, schafft ihr es bis zur Nacht vielleicht zurück zum Walddorf. Dann könnt ihr noch einmal ein Hinterzimmer bei der Wirtin nehmen, bevor ihr den Heimweg antretet.«

Noch immer stirnrunzelnd sieht mich mein Vater an. Jamir, sein Erntehelfer, der uns begleitet hat, wartet ebenfalls mit großen Augen auf die Entscheidung. Ich kann ihm ansehen, dass es ihm recht wäre umzukehren und dass er nicht besonders große Lust darauf hat, irgendwo im ungemütlichen, winterlichen Wald zu nächtigen.

»Also gut«, seufzt mein Vater schließlich. »Versprich mir, dass du auf dich aufpasst! Nicht, dass du am letzten Stück noch irgendwelchen Räubern zum Opfer fällst!«

Ich verspreche es ihm. Doch tatsächlich sind Landstreicher, Diebe und Gauner nicht das, wovor ich mich im Moment fürchte. Überhaupt fürchte ich mich nicht davor, dass mir etwas zustoßen könnte und verhindern, dass ich die Tore der Burgmauer erreiche. Vielmehr fürchte ich mich vor dem, was mich erwartet, wenn ich sie passiere! Ich kann nur hoffen und beten, dass mir Dimitras verzeiht und mich aufnimmt. Er muss mich einfach aufnehmen! Sonst habe ich keine Ahnung mehr, wohin.

Mein Herz klopft wie verrückt, während die Burg in meinem Blickfeld immer größer und deutlicher wird. Zurück in meine Zukunft, denke ich, unsicher, wie mein Leben ab heute aussehen wird. Ob es das Leben ist, das ich führen möchte. Ob ich wirklich die richtige Entscheidung getroffen habe. Tausend Gedanken rasen durch meinen Kopf, tausend Möglichkeiten, was ich hätte anders machen können. Dennoch weiß ich, dass ich an dem Punkt bin, wo ich nicht mehr umkehren kann. Also reite ich erhobenen Hauptes auf das große Burgtor im Süden zu.

Ich bin aufgeregt, als ich bei den Wachen ankomme und Altinda stehen bleibt. Ein nervöses Lachen entkommt mir, weil ich nicht weiß, was ich sagen soll, um meine plötzliche Rückkehr zu erklären. Andererseits schulde ich auch nur Dimitras eine Erklärung. Nicht seinen Wachen.

»Kralica«, sagt der erste Wachmann, ohne mir aus dem Weg zu gehen.

Ich nicke höflich, warte darauf, dass er zur Seite tritt, um mich passieren zu lassen.

»Ich habe die Anweisung niemanden einzulassen«, sagt er entschuldigend, obwohl wir beide wissen, dass sich diese Anweisung kaum gegen eine Kralica richten kann.

»Holt Dimitras her«, verlange ich.

Der Mann nickt zögerlich und deutet der zweiten Wache, in die Burg zu gehen.

Ich schwinge mich vom Pferd, etwas enttäuscht von dem rauen Empfang. Irgendwie weiß ich aber auch, dass ich mir das selbst zuzuschreiben habe. Dass ich es verdiene, dass Dimitras mich zappeln lässt. Was habe ich auch erwartet? Dass er mit wehenden Fahnen in der Hand im Tor steht, mich empfängt, als habe er jeden Moment mit meiner Rückkehr gerechnet? Schwachsinn! So etwas gibt es nur in Kindermärchen.

Ich spüre, wie meine Knie langsam nachgeben, während wir am Tor stehen und warten. Die zweitägige Reise hat mich mitgenommen, mein Körper sehnt sich sehr nach Erholung. Es kommt mir vor wie eine Ewigkeit, die wir hier draußen in der Kälte stehen und ich frage mich schon, ob der junge Wächter seinen Auftrag vergessen hat. Ob er anstatt Dimitras

133

zu suchen, vielleicht eingekehrt ist, um eine Stärkung zu sich zu nehmen oder sich am Wein des Krals zu laben. Natürlich weiß ich, dass das Unsinn ist. Vermutlich dauert es nur etwas, den neuen Kral zu finden. Wie ich Dimitras kenne, ist er irgendwo unterwegs und sitzt nicht im Ratssaal. Ich hätte morgens kommen sollen, schießt es mir durch den Kopf. Dann hätte ich ihn unten am Fluss treffen können. Ohne die Wachen, ohne die Förmlichkeiten. Nur er und ich, eine schöne Gelegenheit, mich zu entschuldigen. Doch auch dafür ist es jetzt zu spät.

Neugierig reckt der Wachmann den Kopf, als etwas weiter weg Geräusche zu vernehmen sind. Ein paar Gestalten, die den geschlungenen Weg zu uns herunter kommen. Endlich, denke ich! Endlich hat er ihn gefunden!

Doch schon im nächsten Augenblick erstarre ich, als das Bild klarer wird. Als ich die Gesichter von denen erkennen kann, die jetzt immer zügiger auf uns zuschreiten. Es ist nicht Dimitras, der da mit den Wachen aus der Burg kommt! Es ist das feuerrote Haar von Zatira, das ich schon von Weitem im Wind wehen sehe.

Zatira!
Erst bin ich unfähig mich zu bewegen, irgendetwas zu sagen. Doch dann ist es der reinste Reflex, dass ich mich zurück zu Altinda drehe. *Nichts wie fort von hier,* schreit eine Stimme in meinem Kopf. *Egal wo-*

hin, bloß weg von ihr! Ich weiß, dass es nichts Gutes bedeuten kann, wenn sie sich die Mühe macht zum Tor zu kommen, um mich zu empfangen. Ich kann spüren, dass etwas Schlimmes passieren wird.

Noch bevor ich meinem Instinkt nachgeben und auf Altindas Rücken davonreiten kann, packt mich die Hand des Wachmannes am Arm und hält mich fest. Ich versuche mich aus der Umklammerung zu winden, doch sein Griff ist unnachgiebig. Unbezwingbar. Das ist wohl etwas, das alle Pretarier gemeinsam haben.

»Darina«, sagt Zatira mit gespielter Wiedersehensfreude. Ihre Stimme klingt dabei so überdreht und unecht, dass sie sogar von den Wachmännern an ihrer Seite eigenartige Blicke erntet. Entweder sie nimmt es nicht wahr oder sie ignoriert es, doch sie denkt vorerst gar nicht daran, ihre überzogene Stimmlage zu ändern. »Wieso willst du uns denn so schnell wieder verlassen, wo du doch gerade erst gekommen bist?«

Natürlich ist ihr mein missglückter Fluchtversuch nicht entgangen.

»Wenn du verlangst, meinen Sohn zu sprechen, wirst du doch wohl auch mit mir Vorlieb nehmen.«, sagt sie mit einem Hauch Entrüstung in der Stimme. »Möchtest du mir nicht sagen, weshalb du zurückgekommen bist?«

135

»Ich will zu Dimitras«, sage ich, ohne auf ihre Spielchen einzusteigen. »Er hat ein Recht zu wissen, dass ich hier bin.«

»Natürlich hat er das«, sagt sie und gräbt ihre gelbgrünen Schlangenaugen in mich. »Der junge Kral hat das Recht alles zu wissen!«

Auch dass Ihr seinen Vater auf dem Gewissen habt?, will ich fragen, doch ich weiß, dass ich damit nur noch mehr Öl ins Feuer gießen würde. Also beiße ich mir lieber auf die Zunge und schweige.

»Du wirst aber bestimmt auch verstehen, dass mit dem Privileg Kral zu sein, viele Verpflichtungen einhergehen und dass Dimitras augenblicklich alle Hände voll zu tun hat. Da kann er sich nun einmal nicht um jede Kleinigkeit selbst kümmern.«

Beim Wort *Kleinigkeit* sieht sie mich dermaßen verachtend an, dass ich schon befürchte, jeden Moment könnte sich der Boden unter mir auftun und mich verschlucken. Sie fixiert mich wie eine Schlange, aber kurzzeitig schaffe ich es sogar, ihr Stand zu halten. Doch irgendwann verliere ich doch den Kampf gegen die eisige Kälte, die von ihr ausgeht und blicke auf den ebenso eisigen Boden.

»Nun denn«, sagt Zatira und lässt ihren Worten eine Brise Enttäuschung mitschwingen. »Wenn du mir nicht verraten willst, weshalb du hier bist, kannst du ebenso gut wieder verschwinden.«

Sie dreht sich am Stand um und einen Wimpernschlag lang denke ich tatsächlich, dass es das war.

Dass sie mich einfach am Tor zurücklässt und dass ich davonreiten kann, um in Endeas Dorf oder irgendwo anders Unterschlupf zu finden, bis ich es schaffe, Dimitras alleine am Fluss anzutreffen.

Gerade als ich erleichtert ausatmen will, dreht sie sich allerdings ihren Wachen zu, mit einem Blick der ebenso eiskalt wie entschlossen ist. »Bringt sie fort. Sorgt dafür, dass sie nicht noch einmal hier auftauchen und Ärger machen kann!«

Ihre Worte durchfahren mich wie Messerstiche. Langsam schneiden sie sich in mein Bewusstsein. Treffen mich. Verwunden mich. Lassen mich bleich wie weißen Marmor zurück als mir ihre Bedeutung richtig bewusst wird.

»Nur eines noch.« Zatira ist stehen geblieben und wendet sich mir noch einmal zu, um nach meinem Haar zu greifen. Dann zieht sie in Windeseile einen Dolch aus ihrer Tasche und noch ehe ich mich versehen kann, hält sie eine blonde Locke in ihrer Hand. »Als Andenken«, zischt sie und stößt ein teuflisches Lachen hervor.

Ich stehe noch immer am Tor wie eine Statue, starre Zatira nach, wie sie sich langsam entfernt und mit wehenden Gewändern und wallendem Haar den geschwungenen Weg zurück zur Burg schreitet.

»Kommt«, sagt schließlich einer der Wächter und legt dabei seine Hand auf meine Schulter. Fest genug, um mich mit sich zu schleifen, wenn ich mich widerspenstig zeigen sollte. Weich genug, um mir das Gefühl zu geben, dass er von seinem Auftrag auch nicht unbedingt begeistert ist.

Weil ich mich nicht bewege, schiebt er mich vor sich her, das Tor hinaus, während ein anderer Krieger sich die Zügel von Altinda greift, die jetzt ebenfalls schnaubend ihren Unmut über den fremden Führer zum Ausdruck bringt.

»Warum Altinda?«, frage ich, doch im selben Atemzug wird mir klar, dass sie mein Pferd unmöglich hier lassen können. Dimitras würde sie sofort wiedererkennen. Er würde wissen, dass ich hier war.

Als ich das Tor passiere, wird mir klar, dass meine letzte Chance, der letzte Strohhalm, an den ich mich jetzt noch klammern kann, gemeinsam mit dem schweren Eisentor in den Boden gerammt wird. Jetzt oder nie, denke ich. *Tu irgendwas!*, kreischt die Stimme in meinem Kopf. Panisch und hysterisch, genau wie ich. Also tue ich es ihr gleich. Ich schreie los, so laut ich kann. Brülle aus Leibeskräften, in der irrsinnigen Hoffnung, es könnte mich jemand hören, den mein Schicksal kümmert. Dimitras.

Natürlich ist es Unsinn. Mag sein, dass ein paar Mägde oder Knechte meinen Schrei wahrnehmen, doch von denen ernte ich allenfalls ein paar neugierige Blicke. Niemand ist in der Position, sich mit den Wachen anzulegen und der Einzige, der es wäre, ist irgendwo in der Burg, abgeschirmt von schweren Steinwänden, die es ihm unmöglich machen, auch nur einen Pieps von meinem Geschrei mitzubekommen. Und dann ist die Chance auch schon vorbei.

Die schwere Hand von einem der Krieger schnellt auf meinen Mund und lässt die Töne versiegen. Sie ist so groß, dass sie nicht nur meine Lippen verschließt, sondern mir auch kurzzeitig die Nase bedeckt, sodass ich denke, ich müsste gleich an Ort und Stelle ersticken. Ich befürchte sogar schon, dass es das sein könnte, was die beiden vorhaben: sich meiner gleich hier draußen zu entledigen. Hinter der Burgmauer. Und mich dann irgendwo im Fluss oder in einem Graben verschwinden zu lassen.

»Ach, lass sie doch schreien«, sagt der andere Wachmann. »Hört sowieso keiner.«

Zögernd nimmt der erste seine Hand von meinem Mund und ich ringe nach Atem. Das Gefühl, wie die Luft durch meinen Mund und meine Nase strömt, dann die Kehle hinunter, bis sie schließlich meine Lungen erreicht, ist so überwältigend, so belebend, dass ich fast vergesse, was gerade mit mir passiert. Allerdings nur fast.

Es dauert nicht lange bis wir den Wald erreichen und ich kann mit jedem Schritt fühlen, wie mir die Zeit davon rinnt wie Sand zwischen den Fingern. *Wo werden sie es tun?*, frage ich mich. *Wie? Wird es sehr weh tun?* Ich blinzle ganz schnell, um die Tränen zurückzuhalten. Ich will stark sein, meinem Schicksal mit Würde ins Gesicht blicken. Doch ich schaffe es nicht, denn es sind die schlimmsten aller Tränen.

Tränen der Hoffnungslosigkeit. Und schon als die ersten Bäume und Büsche uns die Sicht zur Burg verstellen, kullern sie hemmungslos meine Wangen hinunter. Schluchzend und schniefend wie ein kleines Kind, lasse ich mich von den Männern immer weiter in den Wald schleppen. Meinem Ende entgegen.

Ich will nicht sterben, denke ich. Es kann doch nicht jetzt schon alles vorbei sein! Wie konnte ich nur so naiv sein, hier herzukommen? Ich bin wütend auf mich selbst, weil ich tatsächlich dachte, ich könnte zurückkommen, ohne irgendwelche Konsequenzen. Wäre ich doch zu Hause geblieben! Irgendwo anders hin geflüchtet! Ich liebe meine Schwester und ich liebe Timotei! Aber ist der Preis, den ich jetzt für ihr Glück zu bezahlen habe, tatsächlich gerecht?

Es sind so viele Gedanken, sie sich in mir zu drehen beginnen, dass mir ganz schwindelig wird. Mehr schlecht als recht stolpere ich den Kriegern hinterher, lasse mich immer wieder von ihnen hochziehen und nach vorne dirigieren. Ich fühle mich klein und hilflos zwischen ihnen. Wie eine Puppe. Ein Spielzeug, von dem sie genug haben und das sie im dunklen Wald vergraben wollen.

Meine Machtlosigkeit tut weh und zugleich schützt sie mich. Gibt mir das Gefühl, dass ich mich nicht mehr anstrengen muss, weil es ohnehin keinen Sinn hat. Weil sowieso alles verloren ist und ich es nicht mehr ändern kann. Doch neben all den verwirrenden Emotionen, die in mir aufkochen, während meine

140

schmerzenden Füße über den gefrorenen Waldboden geschliffen werden, macht sich noch etwas anderes in meinem Herzen breit. Resignation. Vielleicht ist es in Ordnung, denke ich. Vielleicht kommt alles so, wie es kommen musste. Es gibt einen kleinen Stern, der für mich leuchtet, auch wenn ich alles Licht hinter mir lasse. Einen Gedanken, der mich tröstet. Vielleicht, mit ganz viel Glück, werde ich *ihn* wiedersehen. Endlich wieder bei meinem Kral sein. Vielleicht ist es das, was mir bestimmt ist.

Ich bin so sehr mit den Überlegungen in meinem Kopf beschäftigt, dass ich gar nicht merke, dass die Männer stehengeblieben sind und dass ich prompt in einen der beiden hineinlaufe. Erschrocken sehe ich mich um. Es ist soweit! Wir sind angekommen. Das Ende nimmt seinen Lauf. Erst als ich jemanden sprechen höre, traue ich mich, meine Augen zu öffnen. Es ist einer der Wachmänner, der spricht, doch er redet nicht mit dem Mann an meiner Seite. Er spricht mit zwei Fremden.

»Was habt Ihr vor mit dem hübschen Kind«, höre ich jemanden fragen. Es hört sich so fern an, als würden die Worte durch einen Schleier zu mir vordringen.

»Warum überlasst Ihr das Mädchen nicht uns?«, fragt eine andere, ebenso fremde Stimme.

»Ich gebe Euch vierzig Goldstücke für das hübsche Ding.«

Die Männer reagieren nicht.

»Gut, sechzig Goldstücke.«

Ich sehe den Wachmann den Kopf schütteln und ich weiß nicht, ob das ein gutes oder ein schlechtes Zeichen sein soll. So oder so bin ich sicher, dass mich Schlimmes erwartet. Doch andererseits, was könnte schlimmer sein, als den sicheren Tod hinter dunklem Waldgebüsch zu finden?

»Hundert Goldstücke«, sagt die Stimme, »und seid versichert, dass sie nicht wieder hier auftauchen wird. Nie mehr!«

Der erste Wachmann sieht den zweiten an. Beide erscheinen unschlüssig, wie sie mit der Situation umgehen sollen und mit dem merkwürdigen Angebot. Hundert Goldstücke sind eine ganze Menge, auch für Wachleute. Ich kann förmlich sehen, wie sich die beiden überlegen, was sie mit dem Gold anstellen könnten und dass sie im Gegenzug gar nichts davon haben, wenn sie mich töten. Ich hoffe, dass sie die richtige Entscheidung treffen. Selbst wenn ich keine Ahnung habe, welche Konsequenzen diese Entscheidung für mich haben mag.

»Die Kralica hat gesagt, das Mädchen soll verschwinden.«, sagt der erste Wachmann nüchtern. »Wenn die beiden sie wegschaffen, ist unser Auftrag erfüllt.«

Der zweite Pretarier zuckt die Schultern. Dann geht alles ganz schnell. Die Männer tauschen mich ein wie Vieh. Meine Arme werden mit Seilen verbunden. Ge-

142

fesselt. Dann zerrt mich jemand zum Karren, den das Pferd der fremden Männer zieht. Ich kann die Goldstücke klimpern hören, wie sie abgezählt und überreicht werden. Hundert Goldstücke. Der Preis für mein Leben.

Das Nächste, was ich höre, ist ein Schnauben. Ein Wiehern. Ich kenne dieses Wiehern. Laut und panisch. Altinda hat Angst. Ich versuche mich loszureißen, kämpfe gegen den fremden Kerl der mich hält und schlage um mich, so gut es geht. Ich muss zu meinem Pferd. Ich muss zu ihr!

Weil mich Kratzen, Hauen und Treten nicht weiter bringt, versuche ich es mit Schreien. »Nein!«, kreische ich, immer wieder. Immer lauter. Stimme in das panische Wiehern meiner treuen Altinda ein, die ausschlägt und scheut. Immer wieder laut ihre Schmerzen bekundet.

»Nein! Nein! Nein!«

Dann hört das Wiehern auf. Ich sehe wie meine schöne Stute kraftlos auf dem Boden zusammensackt. Tödlich verletzt.

»Nein! Nein! Neeeeiiiin!«

Meine Worte ersticken, als mir jemand ein Tuch über den Mund bindet. Dann werde ich auf den Karren geschmissen, wie ein Sack Stroh.

Tarabas:
JEDEM FISCH SEIN KÖDER

Schon von Weitem hört er die Geräusche. Klackernde Pferdehufe am Gestein, die verkünden, dass Reiter näher kommen. Seine Peiniger. Zatira. Er hat gut gelernt, die Geräusche zu deuten, auch wenn sie noch so leise und weit weg sein mögen. Was bleibt einem auch sonst, in einem kalten, stockdunklen Verlies, als auf jedes Rascheln, jedes Knistern und jedes Klopfen zu reagieren?

Tarabas weiß, dass die Geräusche nichts Gutes bedeuten. Dass der Besuch ihm nichts weiter als neue Qual und Schmerz bringen wird. Trotzdem ist er erleichtert, dass überhaupt jemand kommt, um nach ihm zu sehen. Es ist viel Zeit verstrichen seit dem letzten Besuch. Zu viel Zeit. Und die Einsamkeit hat langsam an ihm zu nagen begonnen, wie eine lästige, gefräßige Ratte.

Das war nicht immer so. Zu Beginn war er durchaus froh über die Ruhe. Zatiras letztem Auftritt in seiner Gruft waren Tage und Nächte gefolgt, in denen er für jeden Moment der Stille dankbar gewesen wäre. Doch man hatte ihm keine Verschnaufpause gegönnt. Keine Erholung und vor allem keinen Schlaf. Immer wieder waren die Söldner gekommen, hatten sich darin abgewechselt, ihn zu verhören, so wie sie es nannten. Tatsächlich war es nichts anderes als Folter, das jeder Besuch der Wachen brachte. Immer wieder überlegten sie sich neue Grausamkeiten, um ihn zum Sprechen zu bringen. Dabei waren die glühenden Eisenstangen, die sie ihm in den Rücken brannten und die kleinen Holzsplitter, die sie in seine Haut jagten noch die angenehmsten Methoden.

Wenn die Erschöpfung überhand nahm und seine Augen drohten zuzufallen und sein Körper zur Seite zu kippen, begann der Lärm. Getrommel, Geklopfe, Geschepper. Tag ein, Tag aus. Keine Nachtruhe, keine Pause. Die Geräusche setzten nur aus, wenn sich jemand vor ihn hinhockte, um ihn mit ein paar Ohrfeigen aus dem Delirium zurückzuholen.

»Sag, wo die Steine sind!«

Weitere Schläge folgten.

»Sag es uns endlich!«

Irgendwann gab er auf mitzuzählen, wie oft sie zu ihm kamen. Irgendwann sah er nur noch ihre Schatten, nahm kaum noch den Schmerz ihrer Schläge war. Die Tage der Folter und des Schlafentzuges hatten Wirkung gezeigt.

Und dann, als er dachte, er könne es nicht mehr ertragen und als er keinen einzigen klaren Gedanken mehr fassen konnte, war es plötzlich vorbei. Kein Ge-

145

trommel, kein Geklopfe oder Geschepper war mehr zu vernehmen. Auch die Besuche setzten aus und die Quälereien. Nur noch Stille, Dunkelheit, Einsamkeit. Keine Nahrung und kein frisches Wasser. Er dachte, sie hätten aufgegeben. Sie hätten ihn zurückgelassen, um im finsteren Kerkerloch zu verrecken. Bis jetzt.

Die Geräusche werden lauter, von draußen dringen dumpfe Schritte zu ihm herunter. Dunkle Stimmen, die er nicht auseinanderhalten kann, weil sie alle gleich klingen. Alle, bis auf eine: Zatiras Stimme. Der Krach kommt näher, doch noch bevor er etwas sehen kann, wird er vom Licht so stark geblendet, dass er überrumpelt die Augen zusammenkneifen muss. Es sind lediglich ein paar Ölleuchten und Kerzen, die Helligkeit in sein Verlies tragen, doch es kommt ihm vor, als hätte die Sonne beschlossen, nur für ihn in gleißendem Licht zu strahlen, um ihm das volle Ausmaß seiner Höhle zu zeigen. Seiner persönlichen Hölle.

Der Reihe nach schieben sich die Gestalten mit ihren dunklen Umhängen in den engen Raum. Fünf an der Zahl, wie ihm die Umrisse verraten. Es dauert ein wenig, bis er die Gesichter ausmachen kann. Bis sich seine Augen so weit an die Helligkeit gewöhnt haben, dass er sie erkennt. Die drei Wachen, die er hier schon öfter gesehen hat, sind zurückgekehrt. Das ist keine Überraschung. Allesamt Männer, die nicht aus seinen Reihen stammen. Söldner, die für ein paar Goldstücke ihren Dienst verrichten. Vor ihnen Zatira, mit wallendem Haar und Augen, die wie das Gras in der Sommersonne leuchten. Tarabas' Blick wandert weiter und bleibt an der fünften Gestalt hängen. An einer, die bislang noch nie bei ihm im Verlies war.

»Vigo, was verschafft mir die fragwürdige Ehre? Bist du hier, um zu sehen, was Ehre und Entschlossenheit sind?«

Überrascht, dass der Gefangene, der angekettet im Drecksloch kauert, noch immer genügend Kraft für Beleidigungen findet, geht der Husar auf ihn zu und verpasst ihm einen Tritt in den Magen. Dann noch einen zweiten und einen dritten.

»Glaub mir, Tarabas, heute wirst du reden!« Es ist die glockenhelle Stimme von Zatira, die durch die steinerne Höhle klingt, gefolgt von einem ebenso klaren Gelächter.

»Du weißt so gut wie ich, dass mir deine Folter nichts ausmacht. Ich fürchte keine Qual und keine Schmerzen. Du weißt, dass es nichts gibt, was du tun kannst, um mich zum Sprechen zu bringen.«

»Bist du dir sicher?«, noch immer lacht Zatira, wohl bewusst, dass sie einen Trumpf im Ärmel hält, von dem ihr Gefangener bis ins Tiefste erschüttert wird.

»Nun denn, das wird sich zeigen. Ich sollte dir vielleicht zuerst etwas geben. Wir haben dir heute ein kleines Geschenk mitgebracht.«

Tarabas' Blick erstarrt, als er den kleinen, samtenen Beutel in Zatiras Hand sieht. Ein schrecklicher Gedanke fährt ihm in den Kopf wie ein greller Blitz und lässt ihn schmerzerfüllt aufstöhnen.

»Hier«, sagt Zatira und wirft den Beutel vor ihm auf den Boden, bloß um dann erneut zu lachen. »Oh, verzeih mir Tarabas, ich helfe dir natürlich, dein Geschenk auszupacken!«

Ihr langer Rock wischt über den dreckigen Boden, während sie auf ihn zukommt. Mit einer schnellen Handbewegung schnappt sie nach dem dunklen Samt, um damit verführerisch vor seiner Nase zu wedeln.

»Hast du schon eine Idee, was das sein könnte?«

Sie lässt sich Zeit, den Beutel zu öffnen. Langsam machen sich ihre Finger am feinen Bändchen zu schaffen, lösen Stück für Stück die Raffung, um schließlich den Stoff auseinanderschieben zu können.

Tarabas hält den Atem an, während ihre Finger in die Tasche greifen. Er schließt einen Moment lang die Augen und betet, dass es nicht das sein mag, was er befürchtet. Als er die Augen wieder öffnet, baumelt eine lange, goldgelockte Haarsträhne zwischen Zatiras Fingernägeln. Darinas Haarsträhne!

Es ist das erste Mal, dass Zatira Furcht in seinen Augen sieht. Ehrliche Angst. Die Wut darüber, dass es ausgerechnet Darina ist, die das in ihm auslöst, lässt sie kurz ihre Finger zur Faust ballen. Doch noch bevor es jemand bemerken kann, entspannt sie sich wieder und sagt sich, dass ihr genau diese Wirkung ihren Willen bescheren wird. Ihren Triumph.

»Woher soll ich wissen, dass du sie nicht getötet hast?«, fragt seine Stimme, sichtlich geschwächt von der kleinen Überraschung.

»Warum hätte ich das tun sollen?«

»Du hast sie gehasst! Vom ersten Moment an, als ich sie mitgebracht habe.«

»Sie war mir im Weg, Tarabas. Doch das ist jetzt vorbei. Das Mädchen ist mir egal.« Zatira schüttelt ihre rote Mähne, als könne sie damit die unliebsamen Erinnerungen verscheuchen. »Aus irgendeinem Grund hat mein Sohn allerdings einen Narren an Darina gefressen. Er hat sie bei sich behalten, die beiden verstehen sich gut.« Sie macht erneut ein paar Schritte auf ihn zu und geht vor ihm in die Hocke, um ihm tief in seine dunklen Augen sehen zu können. »Ich gedenke, ihm die Freude zu lassen, Tarabas. Soll sie bei ihm bleiben, sollen die beiden Kinder ihren Spaß haben, solange sie das möchten. Ich werde mich nicht einmischen … es sei denn…« Ihre Stimme verstummt, doch die Drohung ist deutlich zu vernehmen.

»Es sei denn, ich gebe dir deinen Willen nicht«, vervollständigt Tarabas ihren Satz.

»Siehst du, ich wusste schon immer, dass du schnell von Begriff bist.«

Während sie lächelt, schüttelt er angewidert den Kopf.

149

»Du wärst bereit ein unschuldiges Mädchen zu töten und deinen eigenen Sohn zu betrügen, nur um es mir heimzuzahlen«, sagt er, mehr als Feststellung, denn als Frage.

»Du solltest inzwischen wissen, wozu ich bereit bin.« Ihr Gesicht ist so nahe vor seinem, dass er ihren süßlichen Duft inhalieren kann, der so viel Verderben bedeutet. »Sag mir Liebster, gibst du mir jetzt, worum ich dich bitte oder muss ich zuerst dein hübsches Goldlöckchen in hundert Stücke zerreißen?«

»Ich kann nicht.«

Wie eine Furie stürzt sich Zatira auf ihn. »Was heißt du kannst nicht? Ist dir das Leben deiner kleinen Dirne überhaupt nichts wert?«

»Ich kann es dir nicht sagen, du würdest sie niemals finden. Der Schatz ist gut versteckt! Aber ich werde dich hinbringen.«

Einen Moment hält die Kralica inne, scheint zu überlegen, welche List hinter seinem Vorschlag stecken könnte. Ihr Blick fällt auf die vier Männer an ihrer Seite, dann auf Tarabas, der angekettet an Händen und Füßen auf dem Boden hockt, mitgenommen von den vielen Tagen der Tortur.

»Nun gut, wenn es so sein soll, dann bring mich hin«, sagt sie schließlich.

Auf ihr Zeichen eilen zwei Wachen herbei, um seine Fesseln von den Metallringen an der Wand zu lösen und ihn auf die Beine zu zerren. Es scheint, Zatira habe wahrlich keine Zeit zu verlieren. Die

Männer bringen ihn nach draußen, tauschen die schweren Metallketten gegen Fesseln aus Seilen und setzen ihn gut verschnürt auf ein Pferd. Wie sein Reiter ist auch der schöne Rappe angeleint, geführt vom Husaren, der Tarabas zu seiner Rechten flankiert und der Zatira zu sich aufs Pferd gehoben hat. So geht die Reise los, deren Ziel bislang nur der Gefangene kennt.

»Wir reiten Richtung Südwesten«, kommt die Anweisung des verratenen Krals, so sicher und bestimmt, als ob es noch immer an ihm wäre, ein ganzes Heer zu führen.

Seine Peiniger folgen ihm ein letztes Mal und lassen sich zu ihrem Ziel leiten, zum Schatz der Pretarier.

Die Reise ist lange und beschwerlich, der flotte Ritt über Stock und Stein lässt Tarabas schmerzhaft die Knochen und Gelenke spüren. Die Zeit in Gefangenschaft hat ihre Spuren hinterlassen. Der Rücken tut ihm vom ewigen Sitzen an der Steinwand weh und der Bewegungsmangel macht sich ebenfalls bemerkbar. Dazu kommt, dass die Höhle sich noch weiter im Norden befindet, als er ursprünglich angenommen hatte. Doch all das kann Tarabas nichts mehr anhaben, er konzentriert sich lieber auf die frische Luft, die nun endlich wieder seine Lungen füllt. Auf das Licht des Himmels und auf das Zwitschern der wenigen Vögel, die sich entschieden haben, den Winter über im Land zu bleiben, und auf die herrliche Reinheit des Schnees, der inzwischen die Wiesen und Felder bedeckt. *Mein letzter Winter*, geht es ihm durch den Kopf, doch die Gedanken lösen keinerlei Melancholie oder Furcht in ihm aus. Genau genommen hat er den Winter noch nie besonders gemocht. Kälte, Wind und Schnee sind die gemeinsten Feinde, auf die man im Krieg stoßen kann. Sie können sich anschleichen, einen überraschen und dann ganz plötzlich ein ganzes Kriegsheer außer Gefecht setzen. Natürlich kann man sich wappnen und vorbeugen, doch der Aufwand ist groß und die Umsetzung mühsam. Mit schweren Fellen und Umhängen zu reiten ist anstrengender als im Sommer, wo die Kleidung einzig und alleine dem Schutz vor Verletzungen dient.

Nur allzu gut kann sich Tarabas an die Schlacht mit den Vilkonen erinnern. Jener Krieg, in dem es um die kostbaren Steine ging. Es war ein schöner, niemals enden wollender Sommer gewesen. Einer von jener Sorte, die noch strahlend blauen Himmel und warme Witterung bringen, wenn die Blätter längst in herrlichen Rot- und Goldtönen leuchten.

Er war mit seinen Männern losgezogen, den Südosten von den Vilkonen zurückzuerobern und die Herausgabe des Schatzes zu fordern, der der Familie seiner jungen Kralica vermeintlich schon Jahre davor unter grausamen Umständen geraubt worden war. Das Glück war auf seiner Seite. Er hatte nicht nur die größere Truppe, sondern auch die stärkeren und kühneren Kämpfer. Unter diesen Umständen, so dachte er, wäre es ein Leichtes, den Osten in wenigen Tagen einzunehmen. Ein überraschender Sturm auf die Burg sollte rasch den gewünschten Erfolg bringen. Doch weit gefehlt. Die Vilkonen verstanden es, ihre Festung zu verteidigen. Sie hatten ausgeklügelte Maßnahmen zur Abwehr und Verteidigung entwickelt. Mit Bogenschützen auf den Türmen hatte Tarabas natürlich gerechnet, ebenso mit Katapulten, die Pech, Steine und anderes Wurfwerk auf die Angreifer schleudern würden. Beides konnten sie mit den hölzernen Palisaden ganz gut abwehren. Auch die eigene Schnelligkeit und Wendigkeit trug entscheidend zum raschen Vorankommen bei. Doch womit niemand gerechnet hatte, waren die zischenden und sprühenden Brandgeschosse, die nicht nur zahlreiche seiner Krieger fatal erwischten, sondern ein Vordringen zu den Toren schier unmöglich machten. Eine abenteuerliche Mischung aus Salpeter, Haselholz und Schwefel, wie er später herausfinden sollte.

Jedenfalls wurde nichts aus dem Plan, die Burg in einem einzigen, schnellen Sturm einzunehmen, und eine lange, mühselige Belagerung nahm ihren Lauf. Die schönen, sonnigen Herbsttage zogen so rasch vorüber, dass ihr Abschied fast unbemerkt blieb, und sie machten Platz für die eisigen Vorboten eines langen, gnadenlosen Winters. Tarabas' Männer waren zwar gerüstet, jedoch waren die winterlichen Vorräte begrenzt und mit jedem Tag, den sie in ihrem Lager zubrachten, wurde das Gemurmel lauter, dass es wohl am besten wäre, den missglückten Angriff abzubrechen oder zumindest auf den nächsten Sommer zu verschieben. Für eine langwierige Belagerung und Schwächung der Burgleute, so meinte man, waren die jahreszeitlichen Bedingungen einfach zu schlecht.

Der junge Kral wurde belächelt, angesichts seines Versuches. *Ihm fehle eben die Erfahrung,* flüsterte man hinter vorgehaltener Hand. Doch zum Aufgeben war er dennoch nicht bereit. Nacht für Nacht, wenn seine Krieger längst ruhten, um sich auf einen weiteren, anstrengenden Tag des Krieges einzustellen, brach er mit einer kleinen Gruppe Vertrauter auf, um die Umgebung zu erkunden und nach Schwachstellen zu suchen.

Diese fand er schließlich in der Form eines alten Mannes. Eines ausgedienten Kriegers, der, wie er behauptete, Jahrzehnte bei den Vilkonen hinter sich hatte und seinem Herrn immer gute Dienste geleistet hatte. Der junge Herrscher, so erzählte der Alte, hatte ihn ausgemustert, wie ein paar kaputte Schuhe oder altes Brot. Wie einen Knecht hatte man ihn behandelt, nicht wie den treuen und erfolgreichen Kämpfer, der er einst gewesen war und der noch immer guten Rat wusste und wertvolle Beitrage hätte leisten können. Das, was dem Mann den größten Kummer bereitete, war allerdings die Zukunft seiner jüngsten Tochter.

Die sollte nämlich, gerade erst zur Frau geworden, als Kebse[1] den Herrschaften dienen.

»Wenn Ihr mir helft«, so hatte der Alte gesagt, »meiner Shana eine Zukunft zu schenken, dann werde ich Euch helfen, den Krieg zu gewinnen.«

Tarabas hatte ihm sein Wort gegeben und das hatte genügt. Ein Versprechen, dass er Shana mitnehmen und ihr ein angenehmes, ruhiges Leben auf seinem Hof ermöglichen würde.

Der Alte hatte seinen Teil der Abmachung ebenso erfüllt. Er hatte eine Pforte geöffnet und dem Feind Einlass gewährt. Eine Chance, die Tarabas nutzte, um den Krieg in einer letzten, brutalen Schlacht zu Ende zu bringen und die Vilkonen in ihrer eigenen Burg zu besiegen. Es dauerte keine weitere Nacht, bis der Kampf gewonnen und die Herausgabe des Schatzes erzwungen worden war. Mit wehenden Fahnen und geschwollener Brust war er zurückgekehrt in die Heimat, hatte Zatira stolz den Schatz gebracht, von dem er erst später erfuhr, dass er ihrer Familie nie zugestanden hatte.

»Wir sind da.«

Die Reise war im Handumdrehen vorüber gegangen und Tarabas war noch nicht einmal richtig aufgefallen, wie der Tag langsam der Dämmerung

_____

[1] Die Bezeichnung Kebse wurde in Darinas Zeit für Konkubine, Mätresse oder Dirne verwendet.

155

wich. Im langsamen Gleichschritt marschieren die Pferde nun auf die Lichtung zu, zu der er sie dirigiert, schleppen ihre Reiter einen letzten Hügel nach oben, bis der steile Weg durch die schroffen Felswände es ihnen endgültig unmöglich macht, weiter vorwärts zu kommen.

»Von hier an müssen wir laufen«, erklärt Tarabas und wartet geduldig, bis seine Wächter von ihren Rössern steigen und ihn ebenfalls zurück auf den Boden zerren. Nach wie vor an den Handgelenken gefesselt, geht er einmal mehr voran, um die Männer zu führen.

»Erlaube mir eine Frage«, sagt er, an Zatira gewandt und sie nickt, neugierig, was der Todgeweihte jetzt noch zu wissen begehren könnte.

»Was hast du den Pretariern erzählt, nach dem Überfall auf mich und meine Leute? Du hast behauptet, dass es die Naori waren, oder? Dass wir in einen Hinterhalt gelockt wurden.«

Zatira muss nichts sagen, um seine Frage zu beantworten, schon ihr Blick bestätigt Tarabas, dass er richtig liegt. Was sonst würde auch Sinn machen? Wieso sonst hätte sie ausgerechnet den Weg nach Efferston für ihre Attacke wählen sollen?

»Du hast meinen Tod als Vorwand genutzt, um Efferston anzugreifen, habe ich recht?«

Wieder gibt es keine Antwort, sondern nur einen belustigten Blick von Zatira, die sich über die Theorien ihres einstigen Gebieters zu amüsieren scheint.

156

»Du bist wahnsinnig Zatira! Du ziehst in einen Krieg, der dich schwächen wird und viele Pretarier und Naori das Leben kostet. In einen Krieg gegen deinen eigenen Bruder!«

Er schüttelt den Kopf, verständnislos über die Bestätigung, die er auch dieses Mal in ihrem Gesicht findet.

»Du weißt nichts über mich, Tarabas, und das schmerzt mich sogar ein bisschen. Wenn du dich auch nur im Geringsten für mich interessiert hättest, dann könntest du mein Handeln verstehen. Dann wüsstest du, wie es sich anfühlt, wenn dich deine eigene Familie eintauscht wie ein Stück Vieh, und dich an einen fremden Krieger verhökert, um den Frieden zu sichern, während sie deinem jüngeren Bruder das gesamte Land zu Füßen legt.«

»Du bist nicht wie Vieh an mich verhökert worden, Zatira, sondern du bist zu mir gekommen, um als Königin an meiner Seite zu leben!«

»Wir wissen beide, wie das geendet hat.« Ihr zynischer Blick spricht Bände. »Und jetzt lass das Gerede, du langweilst mich. Geh voran und gib mir, weswegen ich hier bin!«

Während ihn seine wunden Füße den beschwerlichen Weg nach oben tragen, den er schon so viele Male in besserer Verfassung zurückgelegt hat, wird ihm bewusst, dass das wohl sein letzter Besuch an diesem Ort sein würde. Nie mehr würde er die Gelegenheit haben, sich hier oben zu entspannen und von seinen Strapazen zu erholen. Nie wieder würde er gemeinsam mit *ihr* hierher kommen können. Dieser letzter Gedanke ist zugleich der einzige, der sein Herz tatsächlich schwermütig macht. So viele Jahre seines Lebens hatte er alleine verbracht oder umgeben von Frauen, die nichts für ihn empfanden und die auch für ihn nichts weiter als ein Mittel zum Zweck waren. Zum Zweck, sein Reich zu sichern, zum Zweck, ein Versprechen zu halten. Keine von ihnen liebte er, doch hatte er sich stets bemüht, ihnen ein guter Ehemann zu sein und seinen Verpflichtungen nachzukommen, sodass es ihnen an nichts mangelte. Und trotzdem suchte er immer weiter, ohne je die Hoffnung aufzugeben, irgendwann doch noch *die Eine* zu finden. Die eine Frau, die anders war. Die eine Frau, die ihn aufrichtig liebte und die auch er aufrichtig lieben konnte. Ohne Hintergedanken und ohne Vorteile. Ohne Rücksicht auf Status oder Herkunft.

Bei Savanna dachte er wirklich, dass sie diese Frau hätte sein könnte, im Gegensatz zu seinen ersten beiden Kralici. Sie sah nicht den Kral in ihm, sondern den Mann, der er tatsächlich war. Ihr Verschwinden war ein Schock für ihn. Eine gemeine Laune der Natur, sie ihm zu nehmen, noch bevor er sie richtig kennenlernen hatte können.

Doch dann gab ihm das Schicksal Darina. Ein Mädchen, so unschuldig und süß, dass es reiner nicht hätte sein können. Er wusste sofort, dass sie die Richtige war. Er spürte es im ersten Moment, als sie ihn aus ihren großen, grünen Augen ansah, das Haar verfilzt vom Wind und das Kleid schmutzig und zerknittert. Ein Wildfang, ein ungestümes junges Ding, das so viel Feuer in seinem Blick trug und so viel Liebe in seinem Wesen, dass es jedes noch so kalte Kriegerherz zum Schmelzen bringen konnte. Noch jetzt ist er verwundert, dass er es wirklich schaffte, sie für sich zu gewinnen, denn Darina machte es ihm wahrlich nicht leicht. Sie ließ ihn spüren, dass sie keine Frau war, die man einsperren konnte. Keine, bei der man durch Lob oder Tadel irgendetwas erreichen konnte. Sowohl die kostbaren Geschenke als auch seine Strafen nahm sie gleichgültig hin. Ließ sich nicht beirren auf ihrem Weg und schon gar nicht in ihren Prinzipien. Und genau dafür liebte er sie letztlich nur noch mehr.

»Schwöre es bei deinem Sohn«, verlangt Tarabas, als sie oben angekommen sind. »Schwöre, dass du dein Wort hältst, was Darina angeht.« Wenn es etwas gibt, das der Hexe noch heilig ist, dann kann es nur der Junge sein. Der kluge, ruhige Junge, von dem er bis vor wenigen Tagen noch dachte, dass er sein Sohn wäre.

»Ich schwöre es«, sagt Zatira mit einer übertriebenen Geste, »beim Leben meines Jungen. Und jetzt sag mir, wo sie sind!«

»Die Steine sind hier.«

Ein paar Gesichter sehen ihn ungläubig an.

»Vergraben in der Erde? Zeig uns die Stelle!«

»Ihr müsst genau hinsehen, dann erkennt ihr sie selbst!«

Ein paar grobe Hände packen ihn an den Schultern und schleifen ihn zurück zu einem großen Baum. Eilig wickeln sie seine Fesseln um den breiten Stamm, der gewiss schon viele Kriegerleben wie die ihren überlebt hat und schnüren dann auch noch seine Beine fest, um ganz sicher zu gehen.

»Geh nachsehen«, weist der Husar die Kralica an, während er selbst den Bogen spannt und bereit hält, seinen letzten Feind zu vernichten. Den Mann, der zwischen seiner Familie und der Macht über das gesamte Reich steht. Gleichgültig spannen auch die Söldner ihre Pfeile, bereit, ihren tödlichen Auftrag zu Ende zu bringen.

»Hier ist nichts!«, klingt die wütende Stimme Zatiras durch die Luft. »Er hat uns einen Bären aufgebunden!«

»Ihr müsst genauer hinsehen!«, verlangt Tarabas, blickt aber nur in verständnislose Gesichter.

Ein gemeiner Stich brennt in seinem Herzen, trifft genau den Platz, den Darina dort eingenommen hat. Doch es ist keiner der Pfeile, wie ihm ein schneller Blick auf die Krieger versichert, es ist viel mehr eine Erkenntnis, die ihn so schmerzlich trifft. Die Gewissheit, dass er Darina niemals die Zukunft schenken wird, die er ihr versprochen hat. Sie wird nicht wie eine Königin leben, sondern bestenfalls Hofdame sein, im Reich seines jungen Nachfolgers. Und selbst das ist ungewiss. Er kann nur hoffen und beten, dass Zatira ihr Wort hält, wenn sie die Steine findet, und dass Darina es gut haben wird. Doch wissen kann er es nicht.

Tarabas hat in seinem Leben schon viel Kummer und Leid gesehen, von dem Tag an, an dem er sich von seinem Vater auf dem Sterbebett verabschiedete, bis zu dem Tag, als einige seiner besten Krieger und treuesten Freunde neben ihm im gemeinen Hinterhalt niedergemetzelt wurden. Doch es ist der Gedanke an Darina und der kleine Zweifel, der in seinem Herzen nagt, der es schafft, seine Augen feucht werden zu lassen. *Was, wenn Zatira ihn belügt, so wie sie es schon unzählige Male getan hat?*

Dimitras:
NUR EIN KLEINER SCHRITT

Es ist bereits spät am Abend, als Dimitras eine letzte Runde durch die Burg schleicht. Überall ist Ruhe eingekehrt. Die Männer und Frauen haben sich in ihre Gemächer zurückgezogen und sogar die Tiere scheinen sich der nächtlichen Stille angepasst zu haben. An Schlaf ist dennoch nicht zu denken. Es ist die letzte Nacht vor dem Aufbruch. Die letzten Stunden, bevor die Truppen Richtung Efferston marschieren, um den Angriff auf die Naori vorzubereiten. Dimitras weiß ganz genau, dass er die Erholung braucht und dass er seine Kräfte sammeln muss, so gut es geht. Die Reise durch den winterlichen Norden wird mühsam und die Schlacht, die bevorsteht, wird schlimm. Doch er kann sich einfach nicht entspannen. Noch immer brummt ihm der Schädel von all den unbeantworteten Fragen, die durch seinen Kopf spuken, wie Gespenster durch die dunklen Verliese. Was, wenn die Vorräte nicht reichen sollten? Was, wenn er zu langsam ist? Oder zu schnell? Wenn sich ihm Kinder oder Frauen in den Weg stellen? Seine eigenen Cousins und Cousinen?

Noch immer hat er keine Gelegenheit gefunden, seine Bedenken mit seiner Mutter zu besprechen. Nach den Feierlichkeiten waren sie keinen Tag alleine, ständig umgeben vom jubelnden Volk, das ihm seinen Segen brachte und seine Geschenke. Und jetzt ist die letzte Nacht angebrochen und es ist beinahe zu spät.

Er kann nicht länger warten. Er muss zu ihr gehen. Selbst, wenn er dabei riskiert, sie aus dem Schlaf zu wecken, seine Fragen sind einfach zu wichtig, um unausgesprochen zu bleiben.

»Mutter?« Er klopft leise gegen die Tür.

Keine Antwort.

»Mutter?« Dieses Mal versucht er es etwas lauter, doch wieder rührt sich niemand in der Kammer.

Vorsichtig stößt er die Türen auf und tritt in ihr Schlafgemach. Dunkelheit empfängt ihn, keine einzige Öllampe, die ihm den Weg ausleuchten würde. Dank der schweren, dunklen Stoffe, ist selbst das Mondlicht ausgesperrt.

»Mutter, seid Ihr noch wach?«

Mit ausgestreckten Händen tastet er sich voran, bis er das große Himmelbett mit den üppigen Schnitzereien erreicht, die er selbst ohne Augenlicht in all ihrer Schönheit erfassen kann, wenn er mit den Fingerkuppen sanft über das Holz fährt.

»Mutter?«

163

Seine Hände wandern von den Bettpfosten zu den Laken, streichen Kissen und Decken entlang, um einen schlafenden Körper zu finden. Doch er greift ins Leere. Zatira ist nicht in ihrem Gemach.

Verstört verlässt Dimitras den Raum, fragt sich, wo sie sich zu dieser Zeit bloß herumtreiben mag. Sie muss sich zwar nicht, wie er selbst, für die Reise zu den Naori ausruhen, würde aber doch gewiss morgen bei Kräften sein wollen, um ihn und seine Truppen zu verabschieden.

Ob es ihr ähnlich geht, wie ihm selbst? Ob sie auch keinen Schlaf finden kann, in der Nacht vor dem Kriegsmarsch? Vielleicht hat sie inzwischen auch Zweifel bekommen, ob es wirklich so gut ist, gegen die Truppen ihres Bruders in den Krieg zu ziehen. Aber andererseits - was bliebe ihnen sonst für eine Wahl, nachdem die Naori seinen eigenen Vater, den Kral, getötet haben?

Dimitras dreht eine neue Runde durch die nächtlichen Burggänge, sieht in die Speisekammern und in den Ratssaal, ob er irgendwo den roten Haarschopf seiner Mutter entdecken kann. Doch egal wo er hinkommt, die Gemächer sind leer. Bis auf ein paar Wachen, die auch nichts über ihren Verbleib wissen, scheint niemand mehr unterwegs zu sein.

Vielleicht ist sie nach draußen gegangen, um frische Luft zu schnappen? Dimitras ist klar, dass sich seine Mutter genauso wenig wie er von den eisigen

Temperaturen in ihrem Vorhaben abhalten lassen würde. Er schleicht also zurück in sein Gemach, schnappt sich einen schweren Fellumhang und huscht zum Hinterausgang der Burg. Eine Laterne in der Hand zeigt ihm den Weg, obwohl er ebenso gut blind hätte gehen können. Er hat sein ganzes Leben in der Burg verbracht, kennt jede Ecke und jeden Winkel auswendig.

Suchend sieht er sich um, als er draußen den Hof erreicht. Auch hier ist alles ruhig. Bis auf ein paar Katzen, die zur späten Stunde noch ihren geheimen Geschäften nachgehen und sich schnell in eine dunkle Nische verdrücken, als sie sein Licht erspähen, kann er keine Bewegung ausmachen.

»Mutter?«, fragt er in die Dunkelheit, obwohl ihm bereits klar ist, dass er sie auch hier nicht finden wird.

Aufgeben will er dennoch nicht. Stattdessen geht er den Hof entlang bis zum Brunnen, spaziert zur Laube, in der die Frauen gerne die warmen Sommernächte verbracht haben. Natürlich herrscht auch dort jetzt im Winter gähnende Leere. Dimitras überquert den Hof Richtung Norden, bis er vor den Pferdestallungen zu stehen kommt. Nachdenklich schleicht er die Boxen auf und ab, seine Beine führen ihn wie von selbst zum Stall von Altinda. Doch die Box der schönen Stute mit dem goldenen Fell ist schon seit vielen Tagen nicht mehr benutzt worden. Seit das Pferd gemeinsam mit ihrer Besitzerin aus seinem Leben verschwunden ist.

Er geht weiter, um seinen eigenen Schimmel einen nächtlichen Besuch abzustatten und wird freudig empfangen. Verspielt streicheln seine Finger über die helle Mähne des Tieres, nachdenklich und ein wenig traurig, weil die Zeiten vorbei sind, wo sie gemeinsam mit Darina und Altinda zum Fluss reiten konnten.

»Tja Bela, jetzt gibt's wohl nur noch uns beide!«

Der Schimmel reagiert mit einem verächtlichen Schnauben und schafft es, seinem Besitzer ein kleines Lächeln zu entlocken.

»Hauptsache, du lässt mich morgen nicht auch noch im Stich!«

Er tätschelt noch einmal die Nase des Hengstes, dann setzt er seine Runde um die Verschläge fort, obwohl er die Suche nach seiner Mutter längst aufgegeben hat. Doch vielleicht, so hofft er, macht ihn der kleine Spaziergang zumindest ausreichend müde, damit er heute Nacht doch noch ein wenig Schlaf finden und Kraft für die große Reise morgen schöpfen kann.

Gerade als Dimitras umkehren will, zieht ein kleiner Lichtstrahl seine Aufmerksamkeit auf sich. Ein feiner Spalt in der Tür, der die Helligkeit nach draußen lässt, um der dunklen Nacht zu trotzen. Neugierig kommt Dimitras näher, versucht einen Blick durch die Tür zu erhaschen. Viel kann er nicht ausmachen. Alles, was das Licht vermag, ist ihn zu blenden. Dafür hört er die Stimme seiner Mutter umso deutlicher.

»Ich will, dass du mit Dimitras reitest und ihn beschützt!«

»Alle Krieger werden Dimitras beschützen. Wenn es sein muss mit ihrem Leben.«

Es ist die Stimme des Husaren, die diese gewichtigen Worte durch die Sattelkammer schwingen lässt.

»Trotzdem möchte ich, dass du selbst bei ihm bist.«

»Ich werde dort sein, noch bevor die Schlacht beginnt.«

»Du reitest morgen mit ihm.«

»Nein.«

»Du musst gehen. Hier bist du nicht von Nutzen!«

Seine Mutter klingt besorgt und aufgebracht. Kein Wunder bei den Widerworten, die ihr der Krieger an den Kopf wirft. Als ob es ihm zustehen würde, ihr zu widersprechen!

Zwei überraschte Köpfe fahren herum, als Dimitras die Tür aufstößt und in den Raum tritt.

»Dimitras, ruhst du dich denn gar nicht aus?«, fragt Zatira als Erste.

»Mein Kral«, grüßt der Husar mit einem verschmitzten Lächeln.

»Was ist hier los?«, fragt der Junge, mustert argwöhnisch die beiden Gestalten, die hier im Halbdunkel stehen und die Köpfe zusammenstecken, als ob sie etwas zu verbergen hätten. »Gibt es etwas, das ich wissen sollte?«

167

»Es ist alles in Ordnung, mein Sohn«, sagt Zatira schnell und kommt auf ihn zu. »Los, wir gehen zurück in die Burg. Es ist ein wichtiger Tag morgen und ein wenig Schlaf wird uns beiden gut tun.«

Zatira hängt sich bei ihrem Sohn ein, um ihn zurück zu den Gemächern zu geleiten.

»Bis Morgen, meine Teuerste«, sagt der Husar mit einer angedeuteten Verbeugung. »Macht Euch keine Gedanken, es wird sich alles zu Eurer Zufriedenheit fügen.«

Die Worte klingen beschwichtigend, doch es ist etwas in seinem Gesichtsausdruck, das Dimitras stutzen lässt. Ein Blick, der jemandem wie dem Husaren nicht zusteht. Der keinem Krieger zusteht. Ein verschmitztes Grinsen, das nichts sagt und doch alles bedeutet.

Noch lange liegt Dimitras wach und wälzt sich in den fremden Kissen hin und her. Das Bett fühlt sich hart und ungemütlich an, die kalte Nacht trägt ihr Übriges zu seinem Unwohlsein bei. Selbst wenn ihn die edelste Stoffe und die feinsten Seidenbezüge umgeben, seit er in das Schlafgemach des Krals übersiedelt ist, kann es ihm nicht die Geborgenheit und das Vertraute ersetzen, das er früher in seinen eigenen Kammern empfunden hat. Dafür kommt es ihm vor, als könne er die Präsenz seines Vaters in jedem Winkel des überdimensionierten Raumes fühlen.

Irgendetwas war eigenartig an dem Gespräch zwischen seiner Mutter und dem Husaren Vigo. Schon alleine, dass sie sich zu einer solch gottlosen Stunde treffen, um Kriegsplanung zu besprechen, lässt ihn stutzen. Außerdem sollte man meinen, dass niemand das Recht hat, Geheimnisse vor ihm zu haben, jetzt wo er Kral ist. Doch seine Mutter und Vigo scheint das wenig zu kümmern. Nicht, dass Dimitras seiner Mutter jemals unterstellen würde, etwas Böses im Schilde zu führen. Er weiß natürlich, dass sie einzig und alleine das Beste für ihn will. Und das Beste für die Pretarier. Doch es sind gar nicht ihre Worte, die ihm missfallen. Es sind auch nicht die des Husaren. Es ist viel mehr die Art und Weise *wie* er gesprochen hat und welche Blicke er ihr dabei zugeworfen hat. So oft Dimitras das Gespräch auch in Gedanken durchgeht, wie er es dreht und wendet, es kommt immer wieder der gleiche, beunruhigende Gedanke in ihm auf: *Irgendetwas ist faul an der Sache. Es muss irgendetwas geben, das man ihm vorenthält.*

Plötzlich drängt sich ihm eine andere Erinnerung ins Bewusstsein. Eine Nacht, die viel verändert hat, die er aber beinahe vergessen hätte. Die Nacht, als er das erste Mal mit Darina ins Gespräch kam. Sie lief durch die Gänge, ängstlich, geradezu panisch. Versteckte sich dankbar in seinem Gemach, um ihrem Verfolger zu entkommen. »Was hast du getan, um den Zorn des Husaren auf dich zu ziehen?«, fragte er, doch sie gab ihm keine richtige Antwort. Damals

169

spielte es keine Rolle für ihn. Darina ging es gut und sie blieb bei ihm. Redete mit ihm und verzauberte ihn auf ihre eigene, besondere Art. Bloß jetzt wünschte er, er hätte sie damals beharrlicher zur Rede gestellt.

Es ist schon spät am Morgen, als Dimitras wach wird und sein Körper fühlt sich so schwer an, als wäre er aus purem Blei. Es scheint ihm, als hätte er eben erst die Augen zugetan, nur um sie jetzt schon wieder öffnen zu müssen. Mehr schlecht als recht quält er sich hoch und schleppt sich in den Waschraum, um die Morgentoilette über sich ergehen zu lassen. Dann folgt das Einkleiden.

»Mein Kral, wollt Ihr bestimmt nicht Kettenhemd und Panzer anlegen?«

Entschlossen schüttelt Dimitras den Kopf und schiebt die Zofe zur Seite. »Wir haben mehrere Tage Marsch vor uns, da kann ich kein Mehrgewicht am Körper brauchen. Ich werde den Panzer anlegen, sobald die Schlacht beginnt.«

Resignierend huscht das junge, schwarzhaarige Mädchen aus der Tür und deutet den Dienern, das schwere Metall gegen den kuscheligen Fellumhang zu tauschen, den ihr Herr zufrieden entgegennimmt.

Erst als er aus den Toren tritt, um sein Pferd zu besteigen, kommen ihm erste Zweifel an seiner Entscheidung. Unzählige Krieger haben sich bereits versammelt, um auf sein Geheiß hin ihren Marsch zu beginnen. Zu Pferd, zu Fuß oder mit Karren. Schwer beladen mit Waffen, Vorräten und mit Holzteilen, die später im Lager oder als Angriffssturm ihre Bestimmung finden werden. Selbst ein schwerer Rammbock mit Bronzekopf, ist zu sehen.

Doch die Männer sind nicht nur schwer beladen, sondern sie tragen auch ihre gesamte Ausrüstung am Körper. Im Gegensatz zu ihrem Anführer.

Dimitras kommt nicht mehr dazu, seine Entscheidung zu bedauern oder gar zu revidieren, weil just in dem Moment Ivanko neben ihm auftaucht, ein langjähriger Freund und Vertrauter seines Vaters.

»Seid ihr bereit, in den Krieg zu ziehen, mein Kral?«, fragt der Kämpfer, der selbst schon dutzende Schlachten an der Seite seines Königs erlebt hat.

Dimitras nickt.

»Gut, die Karren sind beladen und die Pferde gesattelt. Wir warten auf Euren Befehl.«

»Ich bin bereit«, sagt Dimitras. Das Zögern in seiner Stimme ist so fein, so dezent, dass es eigentlich niemandem hätte auffallen dürfen, schon gar nicht einem brutalen Krieger, wie Ivanko. Dennoch hält der kräftige Mann mit dem Stiernacken noch einmal inne, um seinem jungen Kral die Hand auf die Schulter zu legen.

»Kann ich sonst noch etwas für Euch tun, mein Kral?«

Dimitras will schon verneinen, ihn fortschicken, um seine Pflicht zu tun. Doch dann kommt ihm etwas anderes in den Sinn.

»Sag Ivanko, du hast schon lange Zeit an der Seite meines Vaters gekämpft, kannst du mir sagen, wie der Husar zu uns gestoßen ist? Vigo?«

Überrascht von der Frage, die doch gar nichts mit dem bevorstehenden Marsch zu schaffen hat, sieht ihn der Pretarier an.

«Ich denke schon mein Kral«, antwortet er zögerlich.

»Nun?«

Dimitras entgeht der unruhige Blick des Kämpfers nicht, doch er bleibt ruhig stehen, um auf die Antwort zu warten. Bei dem dreitägigen Marsch, der vor ihnen liegt, kommt es auf ein paar Augenblicke gewiss nicht an.

»Er ist schon lange bei uns, mein Kral, gewiss so lange wie Ihr am Leben seid. Soweit ich weiß, ist er aus dem Osten gekommen, als berittener Räuber und Söldner. Aus irgendeinem Grund ist er geblieben und hat entschieden, für die Pretarier zu kämpfen.«

»Was denkst du, wie Vater zu ihm gestanden hat?«

»Das weiß ich nicht so genau, mein Kral. Ich denke, er hat nicht zu seinen engsten Vertrauten gehört.«

»Und Mutter?«

»Nun…«, das Zögern in Ivankos Antwort ist nicht zu überhören. »Ich denke, Eure Mutter vertraut Vigo.«

Dimitras nickt, er ist derselben Meinung. Dennoch bereitet ihm eine Frage Kopfschmerzen: Was, wenn der Husar ihr Vertrauen missbraucht?

172

»Wo ist er jetzt?«

»Er ist schon mit dem ersten Morgengrauen fortgeritten. Ich denke, er ist Eurer Mutter gefolgt.«

Ein mulmiges Gefühl macht sich in Dimitras Magen bemerkbar, fast so, als habe er faule Eier gegessen. Es ist wie eine dunkle Vorahnung, die ihn, einmal aufgetaucht, nicht wieder loslassen will.

»Kannst du die Männer bis zum ersten Nachtlager führen?«

»Sicher, aber ich bin doch nur…«

»Es ist wichtig, Ivanko. Ich brauche fünf unserer Männer. Wir werden zu euch stoßen, bevor die Sonne untergeht.«

»Wie Ihr wünscht mein Kral.«

Sichtlich überrumpelt bleibt Ivanko stehen, während Dimitras davon eilt, ein paar Kämpfer auszuwählen, die ihn begleiten sollen. Schnell müssen sie sein, das ist ihm wichtig, mit Ausdauer und Durchhaltevermögen. Und dazu einer, der des Spurenlesens mächtig ist.

»Wir können von Glück sagen, dass es nicht geschneit hat«, erklärt der Spurenleser seinem Kral. »Ansonsten hätten wir sie längst verloren.«

Dimitras nickt und ringt sich Beherrschung ab. Dabei ist von seiner anfänglichen Ruhe nicht mehr viel geblieben. Einen halben Tag sind sie bereits unterwegs, um Vigo einzuholen, doch die Spuren führen immer weiter in den Norden, sie scheinen keinen

Halt zu finden. Und das beunruhigende Gefühl in seinem Bauch wird immer stärker. Was, wenn Mutter etwas zugestoßen ist?

Es ist bereits Nachmittag, als sie eine Stelle erreichen, die deutlich davon zeugt, dass sie erst vor kurzem mehrere Besucher hatte. Verschiedene Fußspuren sind auszumachen, dazu Hufabdrücke und eine längliche Spur, die so aussieht, als ob hier etwas - oder jemand - über den Boden geschliffen worden wäre.

Der Spurenleser steigt vom Pferd und deutet seinen Kameraden, es ihm gleich zu tun. Vorsichtig geht er voran, um die Gegend zu überprüfen, obwohl auf den ersten Blick klar scheint, dass sie längst wieder verlassen worden ist.

»Hier«, deutet der Mann mit seiner Hand und zeigt auf einen schmalen Pfad, der durch die Gesteinswand hindurch bis nach unten führt, in eine Art unterirdische Höhle.

Dimitras und die anderen vier machen sich auf, ihm zu folgen, doch der Spurenleser mahnt sie zur Geduld, während er sich selbst davon überzeugt, dass es sich um keine Falle handelt.

»Sieht aus wie ein Kerker«, resümiert er, als er wieder auftaucht. »Es scheint, man hat hier jemanden gefangen gehalten.«

Darina, schießt es Dimitras in den Kopf. Was, wenn sie gar nicht von selbst gegangen ist, wie er bisher dachte? Was, wenn der Husar mit ihrem Verschwinden zu tun hatte? Und wenn er jetzt womöglich hinter seiner Mutter her ist?

»Es scheint, sie sind gegen Südwesten geritten«, sagt der Spurenleser. Das kann nicht lange zurück sein. Wenn wir uns beeilen, holen wir sie bald ein.

Die Reiter sind schnell, keine Frage. Sie stecken voller Energie und Tatendrang, das Blut in Wallung vom bevorstehenden Krieg. Ergeben reiten sie an der Seite ihres jungen Krals, flankieren ihn, so wie es von ihnen erwartet wird, ohne dabei irgendwelche Fragen zu stellen, was es mit dieser Mission eigentlich auf sich hat. Sie wissen, dass es nicht an ihnen ist, neugierig zu sein.

Erst als sie die Pferde sehen, bleiben sie stehen. Fünf an der Zahl sind es und Dimitras erkennt sofort die schwarze Stute seiner Mutter. Das ist aber nicht das Einzige, das ihm bekannt vorkommt. Auch die Umgebung ist keineswegs neu für ihn. Er war schon öfter hier, da ist er sich sicher, auch wenn es mehrere Winter zurückliegen mag. Doch früher, als er noch ein kleiner Junge war, hat ihn sein Vater hierher mitgenommen. Er hat ihm die heißen Quellen gezeigt, die sich hoch oben auf dem Hügel befinden.

»Leise«, deutet der Spurensucher, während er seinen Kral und die Krieger den schmalen Weg zwischen den Steinen entlang lotst. Die Waffen griffbereit, die Köpfe gebeugt, damit sie niemand

175

vorschnell erblicken kann. Wie die anderen, ist auch Dimitras bemüht, keinen Lärm zu machen. Keinen Stein unnötigerweise zum Fallen zu bringen und keinen knarrenden Ast zu zertreten. Nur über ein Geräusch hat er keinerlei Kontrolle: über seinen eigenen Herzschlag, der so laut pocht, dass er befürchten muss, er könne die ganze Gruppe verraten.

Der Weg nach oben ist steil, doch die Krieger erklimmen ihn mit einer Leichtigkeit, als würden sie nur einen Spaziergang machen. Nur der junge Kral selbst hat das Gefühl, dass ihm ein Schritt schwerer fällt, als der andere. Es ist fast, als ob der Hügel immer steiler werden würde, je näher sie dem Gipfel kommen. Oder ist es bloß die Angst vor dem, was ihn oben erwartet, die ihn zurückbleiben lässt?

Lediglich eine Böschung trennt die Männer jetzt noch von der Wahrheit und so sehr sein Herz rast und das Blut durch seine Ohren rauscht, er hat einen Entschluss gefasst. Mutig hebt Dimitras die Hand. Deutet seinen Männern, sich zurückzuhalten und ihrem Kral den Vortritt zu überlassen. *Das ist gefährlich*, scheinen sie mit jedem Blick zu sagen. *Keine gute Idee! Purer Leichtsinn!* Doch keiner von ihnen wagt es, die Stimme zu erheben und den Befehl ihres jungen Anführers in Frage zu stellen.

Er atmet ein letztes Mal tief durch, bevor er den Kopf hebt und sich mutig aus seinem Versteck erhebt, um das Gesamtbild zu erfassen. Seine Mutter ist die

Erste, die er wahrnimmt. Umhüllt von einem langen, dunklen Umhang steht sie am steinernen Rande der dampfenden Quelle, die Augen auf die Männer gerichtet. Verbittert. Wütend. Man sieht nicht viel von ihr, aber eines schafft der üppige Stoff ihrer Kapuze nicht: ihr wallendes Haar zu verstecken. Die Erleichterung jagt durch seinen Körper wie eine Flutwelle, die tosend das Feuer hinweg spült, das ihn eben noch zu verbrennen gedroht hat. Es geht ihr gut! Seine Mutter ist wohlauf!

Noch bevor sie ihn entdeckt, folgt er ihrem Blick zu den Männern, die sie zu diesem mystischen Ort begleitet haben, was auch immer der Grund dafür sein mag. Doch es sind nicht die Krieger, die sich mit gespannten Bogen in Position gebracht haben, die seine Aufmerksamkeit erregen. Es ist viel mehr der Mann gegenüber, der mit kurzem Haar und unzähligen Tauen an den Baum gefesselt seinem Schicksal entgegenblickt.

»Vater?«

Dimitras Stimme ist nur ein Flüstern, ein leiser Hauch im Wind, doch es reicht aus, dass sich alle Köpfe in seine Richtung bewegen. Sogleich tauchen auch seine eigenen Männer hinter ihm auf, bewaffnet und bereit, sich dem Feind zu stellen.

»Tötet ihn!«, schreit Zatira, ohne ihren Sohn zu begrüßen. »Tötet Tarabas!«

»Nein!« Dimitras Schrei ist so laut, dass er Mark und Bein durchdringt. Und doch hat er nicht die ge-

177

ringste Wirkung auf die Söldner, die erneut ihre Bögen heben und die Pfeile spannen, um den einstigen Herrscher zu ermorden.

»Haltet ein!«

Es bleibt keine Zeit nachzudenken. Es sind bloß wenige Schritte, die ihn vom Baum trennen, an dem das Schicksal des Krals besiegelt werden soll. Seines eigenen Vaters. *Ich muss ihn beschützen*, geht es ihm durch den Kopf, als er sich vor Tarabas wirft. *Sie dürfen ihn nicht töten. Und sie werden es nicht tun!*

»Nicht schießen!«

Dass es ausgerechnet die Stimme des Husaren ist, die die Männer stoppt, ihre Pfeile abzufeuern, als er in ihrer Schusslinie aufgetaucht ist, überrascht Dimitras so sehr, dass er den Kopf hebt, um dem Mann in die Augen zu sehen. *Warum?*, will er fragen, hätte er sich doch von Vigo am allerwenigsten Unterstützung erwartet. Doch er kommt nicht mehr dazu, seine Verwunderung auszudrücken, denn noch bevor er die Lippen öffnen kann, spürt er den fürchterlichen Schmerz in seiner Brust. Der Blick des Husaren spiegelt den eigenen Schrecken wieder.

»Dimitras, nein!«, schreit er, doch die Geräusche dringen nur noch wie durch Watte an das Ohr des jungen Krals.

Er spürt, wie seine Beine nachgeben. Dann sinkt er zu Boden und alles beginnt, sich um ihn herum zu einer farbenfrohen Masse zu vermischen. Ein groteskes Gemenge aus Armen und Beinen, Köpfen und Rümp-

178

fen. Schwertern und Schildern, die in unheilvollen Winkeln aufeinander treffen. Ab und an ein Klirren, dass sich durch die Watte an sein Ohr herankämpfen kann und unmissverständlich wiedergibt, dass ein erbarmungsloser Kampf zwischen den Söldnern und seinen eigenen Gefolgsleuten begonnen hat. Er sieht Blut spritzen, Körper leblos nieder sinken. Es fällt ihm schwer, die Augen offen zu halten, doch eines sieht er, bevor er sie endgültig schließt: Es sind nicht seine Männer, die getroffen zu Boden fallen. Es sind die Gegner, alle bis auf Vigo, der sich nicht so rasch geschlagen gibt.

Rufe dringen an sein Ohr. »Dimitras! Dimitras!« Immer wieder scheint jemand seinen Namen zu rufen. Erst sein Vater, dann seine Mutter. Schließlich auch Vigo. Er würde den Stimmen gerne folgen, aufsehen. Doch sein Körper versagt ihm den Dienst.

Die Rufe wiederholen sich, vermischen sich. Bilden eine Einheit und eine eigenartig beruhigende Melodie. Bis plötzlich eine Stimme verstummt. Es ist der Husar, Vigo, der schließlich auch neben ihm auf den Boden fällt. Ebenso fatal getroffen wie die gegnerischen Kämpfer und wie Dimitras selbst.

Er kann fühlen, dass ihn jemand berührt. Doch es scheint, als würden auch die Hände durch Samt greifen. »Dimitras!«, schreit seine Mutter. »Bleib bei mir!«

Dann die Stimme des Vaters, die inzwischen so viel näher bei ihm ist, als eben noch: »Du musst durchhalten Junge!«

Er lächelt, als ihm klar wird, dass beide bei ihm knien müssen, so nahe wie sie klingen. Dass sein Vater nicht länger an den Baum gefesselt sein kann. Zumindest kommt es ihm so vor, als würde er lächeln, denn so richtig will ihm die Kontrolle über seine Gesichtszüge einfach nicht mehr gelingen.

Den Rufen seiner Eltern kann er dennoch nicht nachgeben, so leid es ihm auch tut. Da sind Stimmen, die so viel lauter nach ihm verlangen. So viel verführerischer. Es bleibt ihm einfach keine Wahl, als diesen anderen Stimmen zu folgen. Nur allzu deutlich kann er sie vor sich sehen. Katalina. Helena. Darina. Sie alle sind gekommen, um ihn abzuholen und ein Stück weit zu begleiten. Die Mädchen lachen, spielen miteinander und laufen munter vor ihm her. Sie haben ihre schönsten Kleider angezogen, nur für ihn. Immer wieder scheinen sie nach seiner Hand zu greifen. »Komm Dimitras! Komm mit uns! Wir wissen, wo dein Platz ist!«, rufen sie ihm zu. Und sie führen ihn immer weiter fort. Bis das Flüstern seiner Eltern nur noch ein leises Rascheln im Wald ist. Dann haben es die Mädchen plötzlich eilig. Sie lachen ihm zu, winken ein letztes Mal, ehe sie juchzend davon laufen und ihn alleine zurücklassen. Doch er bedauert nicht, dass sie gehen. Noch nicht einmal, als sich Darina als Allerletzte in der Gruppe umdreht, um ihm Lebewohl zu sagen. Er weiß, dass ihr Platz nicht an seiner Seite ist. Und er weiß auch, dass es noch jemand anderen gibt, der auf ihn wartet, und der nicht vor hat, ihn jemals wieder zu verlassen.

»Komm mit mir«, sagt die Stimme und er ist bereit ihr zu folgen. Er vertraut dieser Stimme, denn er hat sie schon hunderte Male gehört. In der Burg, im Wald, in seinen Träumen.

»Verzeih mir, Savanna«, flüstert er und im selben Moment kann er fühlen, dass sie das längst getan hat.

Darina:
VERSCHLEPPT UND AUSGELIEFERT

Sie liegt nur da und bewegt sich nicht.
Tränen laufen ihr übers Gesicht.
Sie friert in der Kälte, doch es ist ihr egal.
Es gibt keinen Ausweg, sie hat keine Wahl.

Vier Zeilen, die mir nicht mehr aus dem Kopf gehen wollen. Vier Zeilen, die ich von einem Gedicht in Erinnerung habe, das ich irgendwann einmal gehört habe, in einem anderen Leben. In einem Leben, das mit diesem hier nichts mehr zu tun hat. Und doch sind es vier Zeilen, die treffender nicht sein könnten.

Der Karren ruckelt unruhig über Stock und Stein, gibt jede Erhebung und jede Erschütterung des Waldbodens mit schmerzhafter Präzision an meine Glieder weiter. Mit jeder Wurzel, die unseren Weg kreuzt, werde ich hochgehoben und geschüttelt. Ansonsten bewege ich mich nicht. Ich habe aufgehört, mich zu bewegen. Ich habe es versucht, wirklich. Ich wollte stark sein. Ich wollte kämpfen. Ich habe mich zur Seite gerollt und vom Wagen fallen lassen. Wollte einen Moment der Unaufmerksamkeit meiner Entführer nützen. Doch was hat es mir gebracht? Ein paar blaue Flecken vom Sturz, ein paar Schläge, als sie meinen kläglichen Fluchtversuch bemerkt haben. Und noch mehr Seile und Bänder, die mich nun verschnürt halten, wie ein Bündel Brennholz. Selbst wenn ich noch einmal vom Karren fallen könnte, was ausgeschlossen ist, weil meine Armfesseln nun mit einem Eisenring am Ende verbunden sind, hätte ich keine Chance davonzukommen. Verschnürt wie ich bin, würde ich hilflos am Boden liegen bleiben, ohne Hoffnung aufstehen oder mich frei strampeln zu können. Leichte Beute wäre ich dort unten am Waldboden, für Wölfe oder Bären, die des Weges kommen. Genau wie ich hier oben leichte Beute bin, für die Raubtiere, die den Karren lenken.

Ich weiß nicht wie lange wir schon unterwegs sind. Es ist längst dunkel geworden und ich habe nicht nur jegliches Zeitgefühl, sondern auch meine Orientierung verloren. Beinahe. Denn mein Gefühl sagt mir, dass wir Richtung Norden unterwegs sind. Richtung Norden ins Gebiet der Naori. Ich habe keine Ahnung, was die Männer dort wollen oder was sie mit mir vorhaben. Ich bin mir auch nicht sicher, ob ich es wissen will. Die Männer haben nicht mit mir gesprochen und miteinander reden sie ebenso wenig. Und wenn sie es doch tun, dann sprechen sie so leise und undeutlich, dass ich nichts verstehen kann.

Mir bleibt nichts weiter übrig, als abzuwarten und in den Himmel zu starren. Mond und Sterne zu beobachten. Die Dunkelheit. Meine Zeit, die mir langsam aus den Händen rinnt. Bis der Karren plötzlich stehen bleibt.

Es ist der jüngere, der beiden Männer, der jetzt zu mir hoch steigt und sich über mich beugt, als müsste er prüfen, ob ich noch am Leben bin. Er zieht ein schmieriges Grinsen auf, als er notiert, dass ich nicht nur lebendig, sondern auch wach und bei Sinnen bin. Annähernd zumindest.

»Hübsches Mädchen«, lacht er und irgendwie klingen seine Worte so eigenartig, dass ich mich frage, ob er ganz richtig im Kopf ist.

Eine Weile hockt er nur da, beugt sich über mich und starrt mir ins Gesicht. Es wirkt fast so, als ob er das erste Mal eine Frau sehen würde. Mir scheint die Zeit endlos, denn seine Nähe ist mir unangenehm. Ich hoffe nur, dass er rasch wieder abhaut. Ich frage mich, wo der andere Kerl ist. Der ältere, der die Verhandlungen geführt und bisher das Reden übernommen hat. So sehr ich ihn verabscheue, so sehr hoffe ich nun, dass er auftaucht und mich von seinem Partner befreit.

Nichts dergleichen geschieht. Stattdessen streckt der Mann über mir nun seine Finger nach meinem Gesicht aus, zeichnet langsam und neugierig meine Augenbrauen nach, meinen Haaransatz. Meine Lippen.

»Weich«, sagt er und beugt sich noch tiefer, um seinen Mund auf meinen zu drücken. Angewidert drehe ich den Kopf zur Seite. Er greift mit seinen Händen nach meinem Haar, will mich zwingen, ihn wieder anzusehen, doch das gelingt ihm nicht und das macht ihn erst recht aggressiv. Also holt er aus und verpasst mir eine Ohrfeige. Dann noch eine. So fest, dass mein Kopf gegen das Holz des Karrens knallt und ich einen Moment lang nur noch Sterne sehe. Und das bei geschlossenen Augen.

»Was zum Teufel machst du da?«

Durch die Wimpern sehe ich eine Hand, die auf der Schulter des Kerls aufgetaucht ist und ihn jetzt unsanft von mir runter befördert.

»Die ist doch nicht zu deinem Spaß hier, du Dummkopf!«

Der jüngere Kerl sagt nichts, er sieht den älteren nur betreten an.

»Was denkst du dir dabei? Wenn ihr was passiert, bekommen wir nur noch die Hälfte für sie! Denkst du, ich will meine Investition so leichtfertig aufs Spiel setzen?

»Aber ich wollte doch nur…«

»Gar nichts hast du zu wollen! Sieh sie dir an!« Der Mann greift nach meinem Haar und zerrt meinen Kopf unsanft in die Höhe. »Sieht die etwa aus wie eine, mit der du dich vergnügen kannst?«

Der zweite macht ein langes Gesicht.

185

»Das hier ist ein Glücksgriff! Eine, die wir an den Hof verkaufen können!«

An den Hof. Ich schlucke. Efferston! Sie wollen mich nach Efferston bringen!

So sehr ich mich auch bemühe wach zu bleiben, um nicht doch noch von einem der Kerle im Schlaf überrascht zu werden, irgendwann siegt die Erschöpfung. Es muss schon in den frühen Morgenstunden sein, als mir die Augen zufallen, denn als ich sie wieder aufschlage, ist es mitten am Tag und wir haben das Pretari-Gebiet endgültig verlassen. Meine Kehle brennt vor Durst und ich bin dankbar, als mir die beiden Kaufleute, wie sie sich selbst nennen, etwas zu trinken anbieten. Wenn ich von den beiden schon nichts zu essen bekomme, so soll ich zumindest nicht verdursten auf unserer Reise. Und die scheint mir wahrlich endlos. Es ist bereits eine neue Nacht angebrochen oder besser gesagt fast vorüber, als wir die Burgmauern erreichen. Efferston, die größte Burg, die ich je gesehen habe, liegt vor uns. Gefährlich, mysteriös. Wie ein dunkler Schatten der Nacht.

Dummkopf bewacht mich, während sein älterer und cleverer Begleiter durch die Tore verschwindet, um seinen Geschäften nachzugehen. Dieses Mal allerdings hält er genügend Abstand von mir.

So sehr ich die beiden auch verabscheue, weil sie mich hier verkaufen wollen wie Vieh, so bin ich ihnen dennoch dankbar, dass sie meinen Weg gekreuzt haben. Dass sie mich vor dem sicheren Tod bewahrt haben.

»Dann lasst mal sehen, was ihr mir dieses Mal mitgebracht habt!«, höre ich eine weibliche Stimme.

Der Kaufmann schlägt die Decke zurück, die vor der Stadt einer der beiden über den Karren geworfen hat, mehr um neugierige Blicke zu verhindern, als um mich vor der Kälte zu schützen. Im spärlichen Licht einer Laterne sehe ich ein kantiges Gesicht auftauchen, mit dunkel gelocktem Haar. Die Frau sieht nicht sehr alt aus, doch jung ist sie ebenso wenig. Sie bleibt vor mir stehen und mustert mich von oben bis unten ausgiebig.

»Und was sagt Ihr?«, drängt der Kaufmann.

Die Frau lässt sich auf den Karren helfen, ohne seine Frage zu beantworten. Dafür hält sie die Laterne jetzt so nahe an mein Gesicht, dass ich die Wärme der Kerze spüren kann und meine Augen geblendet sind.

Ihr Gesicht ist keine Armlänge von meinem entfernt. Seelenruhig fassen ihre Finger nach meinen Wangen, ertasten meine Ohren und streichen über meine Lippen, ohne sich von den ungeduldigen Händlern zur Eile ermahnen zu lassen. Ihre Berührung ist ähnlich wie die vom Dummkopf in der letzten Nacht. Bloß, dass ich bei ihr nicht das Gefühl habe, dass sie mich zu ihrem eigenen Vergnügen befummelt. Ihr Handgriff wirkt professionell, geradezu geschult, als sie ihre Finger auf meine Brust legt, um meine Rundungen zu erkunden. Peinlich berührt hal-

187

te ich die Luft an, vermeide, dass sich mein Brustkorb auch noch ihren Händen entgegen hebt.

»Und?«, fragt der Kaufmann erneut, »was meint Ihr?«

Aus dem Augenwinkel kann ich sehen, wie er nervös am Karren hin und her geht, bis sich seine Kundin endlich wieder ihm widmet.

»Nun, ich denke, dass es gut war, dass du zu mir gekommen bist und nicht etwa zu einem der Hurenhäuser am Stadtrand.«

Erleichtert atme ich aus. Sie kommt nicht von einem Freudenhaus! Sie will mich nicht in ein Bordell verschleppen! Eigentlich hätte mir das auch gleich klar sein müssen, als ich die Kleidung der Frau im Laternenlicht erkannte. Seide und Samt, kostbare Brokatborten. So kleidet sich niemand vom Freudenhaus.

»Nun denn, was gebt Ihr mir für das Goldlöckchen?«

Ich kann zwar nicht hineinsehen, doch ich vermute, dass seine Augen zu glänzen begonnen haben, jetzt wo es um den Preis geht.

»Hmm«, macht die Kundin und wendet sich noch einmal mir zu. »Dreihundert Goldstücke.«

Ein hysterisches Lachen erklingt, doch als sich die Frau erneut zu ihm umdreht, ist der Kaufmann sofort verstummt.

»Na gut, dreihundertfünfzig Goldstücke.«

»Ihr wisst, dass ich woanders für dieses Prachtweib wesentlich mehr bekommen könnte?«

Wo ist sie denn her?«, will die Frau wissen.

»Eine Pretarierin«, sagt der Mann, obwohl er das nur vermuten kann. Eigentlich weiß ich noch nicht einmal selbst, ob ich mich als Pretarierin bezeichnen würde. Obwohl mir diese Bezeichnung nach der Ernennung zur Kralica in gewisser Weise treffend erscheint.

»Eine Pretarierin also«, seufzt sie.

»Und eine wirklich hübsche«, setzt Dummkopf dazu.

»Na gut, ich gebe euch vierhundert Goldstücke. Aber das ist mein allerletztes Angebot.

Die Kerle nicken, gefasst, aber wohlbewusst, dass sie ihren Einsatz eben vervierfacht haben und lassen sich die Beutel mit ihrem Lohn überreichen. Dann bin ich an der Reihe. Der Händler trennt meine Beinfesseln auf und löst meine Arme vom Eisenring, um das Tau dazu der neuen Herrin zu überreichen. Mit mir an der Leine spaziert sie davon, dicht gefolgt von ihren zwei Wachmännern die aufpassen, dass ich keinen Widerstand leiste.

»Wohin bringt Ihr mich?«, frage ich nach ein paar Schritten, die wir auf die Burg zugehen.

»Es steht dir nicht zu, Fragen zu stellen«, sagt sie schroff, sieht mich dann aber doch mit einem milderen Blick an. »Aber nachdem ich es dir sowieso eben sagen wollte: Wir gehen nach Efferston.«

189

Eine Antwort, die mich nicht im Geringsten befriedigt, da ich selbst sehen kann, dass wir auf die Burg zusteuern.

»Was wird dort mit mir geschehen?«, frage ich.

»Du stellst viele Fragen«, sagt sie mit fast mütterlichem Tonfall. »Das müssen wir dir abgewöhnen.«

»Ich muss es wissen«, wiederhole ich und bleibe trotzig mitten auf dem Weg stehen, bis sie ungeduldig an meinen Handfesseln zieht.

»Du wirst eines meiner Mädchen. Ein besonderes Mädchen. Und jetzt Schluss mit den Zicken! Wenn du dich nicht zu benehmen weißt, kann ich dich nicht brauchen! Weißt du, was ich mit Mädchen mache, die ich nicht brauchen kann?«

Unsicher sehe ich sie an.

»Ich verkaufe sie an eines der Hurenhäuser. An eines der übelsten Sorte. Hast du eine Vorstellung, was dich dort erwartet?«, fragt sie und fährt fort, ohne meine Antwort abzuwarten. »Ein Haufen betrunkener Kerle. Hässlicher Pöbel! Glaub mir, die hätten ihren Spaß mit einem jungen Ding wie dir!«

Sie zieht mit Nachdruck an meiner Kette. »Wenn ich du wäre, würde ich mir das gut überlegen!«

Ich gebe nach - fürs Erste - und folge der Fremden zur Burg. Versuche mir einen Reim darauf zu machen, was es bedeutet, eines von *ihren* Mädchen zu sein.

Vielleicht, so hoffe ich, bleibt gar nicht genug Zeit, es herauszufinden. Schließlich steht der Angriff der

190

Pretarier bevor. Ein Angriff, mit dem die Naori nicht rechnen. Eine Schlacht, die sie nur verlieren können, weil ihre Männer unterwegs sind, sich mit den Lakaren zu bekriegen und weil niemand hier ist, um ihre eigene Burg, Efferston, zu verteidigen.

Ich spüre ein Kribbeln in meinem Körper und auch, wenn ich weiß, dass dieser Krieg widerlich ist und die List, mit der Zatira ihn begonnen hat, erst recht, fühle ich jetzt fast so etwas wie Hoffnung aufkommen. Der überraschende Angriff der Pretarier könnte für mich die Freiheit bedeuten.

Ein paar andere Wachen begrüßen die Herrin, lassen uns ein. Sie führt mich durch dunkle, mit Spinnweben verhangene Gänge, eindeutig die Seite, wo die Knechte und Mägde aus und ein gehen. Ich sehe nur noch wenige Laternen in der Burg. Mir ist es kaum möglich, irgendwelche Anhaltspunkte zu meiner Orientierung zu erspähen. Oder zu meiner Bestimmung.

Erst als mich die Fremde in einen Raum stößt, in dem bereits anderthalb Dutzend anderer Mädchen auf engstem Raum ihre Lager hüten, dämmert mir schön langsam, wo ich gelandet bin.

Darina:
FREUNDE UND FEINDE

Hundemüde sinke ich auf den mir zugeteilten Strohsack, bemüht, das dunkelhaarige Mädchen neben mir nicht zu wecken. Es kann nicht mehr lange dauern, bis der nächste Morgen anbricht und was auch immer er für mich bereithalten mag, es wird leichter sein, wenn ich etwas Schlaf finde.

Sobald ich die Augen schließe, beginnt es in meinem Kopf dennoch zu rattern. Die Kebsen der Naori, denke ich. Das muss es sein! Dunkel kann ich mich an die Geschichten erinnern, die mir früher erzählt wurden. Geschichten von jungen Mädchen, die der Kral von Efferston zu seinem Vergnügen gefangen hält.

Er sei unersättlich, wurde hinter vorgehaltener Hand gemunkelt. Einer, der mit seinen sieben Kralici längst nicht genug hat und immerfort nach jungem Fleisch lechzt. Und einer, der dann schnell wieder genug von seiner neuen Beute hat. Viel zu schnell!

Als wir geweckt werden, habe ich zwar die Augen zugemacht, aber ich habe keinerlei Ruhe gefunden.

Ich fühle mich wie gerädert, fast könnte man meinen, der Wagen hätte mich hinter sich her geschliffen auf dem Weg durch den Wald.

»Los, auf!«, ermahnt mich dieselbe Stimme, die mich vor kurzem erst hier her gebracht hat. »Es gibt eine Menge zu tun!«

»Zu tun?«, höre ich ein Mädchen ungläubig fragen. »Wo doch der Kral von Efferston mit all seinen Kriegern fort ist, um sich mit den Lakaren zu schlagen?«

»Nun, vielleicht kehren die Truppen ja schneller zurück als gedacht. Wir wollen ihnen auf jeden Fall einen würdevollen Empfang bereiten, nicht wahr?«

Schneller zurück?, geht es mir durch den Kopf. Nein! Das wäre nicht gut, gar nicht gut! Sie dürfen nicht zurückkehren, bevor die Pretarier hier sind! Außerdem: Ihnen? Mehrere? Ich verstehe gar nichts mehr. Ich dachte, die Kebsen wären zum persönlichen Vergnügen des Naori-Herrschers hier?

»Unsere Aufgabe ist es, die Krieger zu unterhalten?«, frage ich vorsichtig nach.

»Ja, so könnte, man es gewiss ausdrücken.«

Die Stimme durchfährt mich wie ein Blitz den Himmel. *Das kann nicht sein,* denke ich. *Ich muss mich verhört haben!* Sofort drehe ich mich um, um mir Gewissheit zu verschaffen. Sehe die Mädchen hinter mir an, bis ich an einem Gesicht hängen bleibe, das mir bestens vertraut ist und in dem ich dieselbe Überraschung lesen kann, die ich jetzt selbst empfinde.

»Katalina?«

»Wie kommst du denn hier her?«, fragen wir beide fast gleichzeitig.

Es bleibt keine Zeit mehr, uns auszutauschen, denn die Herrin mit den dunklen Locken schiebt uns bereits vor sich aus dem Schlafsaal zum Aborterker[2], um unsere Notdurft zu verrichten und dann weiter in eine Art Waschraum, der fast unwürdig erscheint, diese Bezeichnung zu tragen. Der Platz ist so eng, dass es uns unmöglich ist, zugleich einzutreten, also stellen sich die Mädchen draußen im Gang zur Morgentoilette an. Es sind nur ein paar Momente, die jede von uns Zugang zum Wasser hat, um die allernötigste Körperpflege vorzunehmen. Statt eines entspannenden Bades im Holzzuber, werde ich bloß mit Lauge geschrubbt und mit einem Kübel kalten Wassers abgegossen, um die verräterischen Schmutzspuren meiner abenteuerlichen Anreise zu beseitigen. Anschließend führt uns die Herrin in einen anderen Raum, in dem Gewänder für uns bereit liegen. Mehrere Lagen dicker Leinenstoffe, die keinerlei Zierde mit sich bringen, werfen wir uns über, ein Kleid gleicht dem nächsten. Die Farben sind nichtssagend, liegen irgendwo zwischen mausgrau und beige. Für heute scheint es keine Rolle zu spielen.

---

[2] Der Aborterker diente auf Burgen oder in Wohnhäusern als Toilette.

»Los, weiter Mädchen!«, erschallt die Stimme der Herrin, kaum, dass wir in die Gewänder geschlüpft sind, eilig dirigiert sie uns nach draußen. Wir sammeln uns in einem Innenhof, der unmöglich der Burghof sein kann, wo er sich doch kaum mehr als zwanzig Schritte erstreckt. Brunnen ist hier keiner zu sehen, bloß ein paar Böcke stehen an der Wand, auf die hilfsdürftig einige Holzplanken gelegt wurden, um eine Ablagefläche oder einen Tisch zu schaffen. Ich füge mich in die Riege der Mädchen, die sich brav aneinander gereiht haben, werde aber sofort wieder von dort vertrieben.

»Du stellst dich weiter ans rechte Ende«, kommt die Anweisung, »Hinten passt dein Blond besser ins Bild.«

Sofort spüre ich die Hand der Aufseherin in meinem Rücken, wie sie mich eilig an die gewünschte Stelle diktiert. Dunkel, dunkel, brünett, blond. Das Muster der Haarfarben scheint tatsächlich durchdacht zu sein. Neugierig mustere ich die Mädchen vor mir, die diese Prozedur scheinbar schon kennen, bis plötzlich Musik erklingt und mich überrascht herumfahren lässt. Drei Spielleute mit Laute und Flöten haben sich neben uns eingefunden und ein heiteres Lied angestimmt. Sogleich beginnen sich alle um mich herum im Gleichklang der Melodie zu bewegen. Nur ich stehe still da und habe keine Ahnung von den Schritten. Vorsichtig trete ich ein Stück weit zurück, um den Reigen nicht zu stören.

»Sieh gut zu«, weist mich die Herrin an. »Es ist nicht schwierig. Ich bin sicher, bis morgen kannst du das auch.«

Der halbe Tag vergeht und ich beobachte aufmerksam jede Bewegung, doch so sehr ich mir die Schritte zu merken probiere, mit dem Mitmachen will es nicht so recht gelingen. Jedes Mal, wenn ich mit einstimme, stoße ich gegen meine Vorderfrau oder stehe der Hinteren im Weg. Ich drehe mich zu schnell oder zu langsam und zu allem Überfluss trete ich dann auch noch ausgerechnet Katalina auf den Fuß, als sie mir gegenüber zum Stehen kommt.

»Pass doch auf«, zischt sie mich an und funkelt so böse, dass nicht einmal die goldenen Sprenkel ihrer Iris vermögen, ihrem Blick etwas Gütiges zu verleihen.

»Entschuldige«, murmle ich und will in eine Ecke flüchten, um keinen weiteren Schaden anzurichten, doch das lässt die Aufseherin nicht gelten.

»Zurück in die Reihe«, schreit sie unbarmherzig und zwingt mich, so lange weiter zu hüpfen und zu tanzen, bis meine Füße schmerzen.

Während die anderen Mädchen ihre wohlverdiente Pause genießen und sich mit Brot und Haferbrei stärken, muss ich weiter im Kreis laufen und springen. Erst, so heißt es, wenn ich die Bewegungen verinnerlicht habe, stehen mir Nahrung und Rast zu.

Als ich am Abend zurück in unsere Kammer komme, habe ich zitternde Knie und schmerzhafte Blasen an den Fußballen. Erledigt falle ich auf mein Strohlager, dankbar, dass ich am Ende doch noch meine Ration Grütze abbekommen habe. Nicht, weil ich den Tanz inzwischen heraus hätte, sondern, weil die Spielleute irgendwann aufhören mussten zu musizieren. Mir tut alles so weh, dass ich sofort die Augen schließe, auch wenn von draußen noch immer Licht in den Schlafraum fällt. Für mich spielt es keine Rolle, ich brauche dringend etwas Schlaf.

»Psst, Darina«

Mit einer unkoordinierten Handbewegung versuche ich den Störenfried zu verjagen, doch die Stimme gibt nicht auf.

»Darina!«

Ich spüre eine Hand auf meiner Schulter.

Schlaftrunken blinzle ich dem Besitzer der lästigen Hand entgegen und sehe, dass inzwischen die Nacht hereingebrochen ist.

»Was willst du?«, frage ich müde, als ich sehe, dass es Katalina ist, die mich aus dem Schlaf geholt hat.

»Wieso bist du hier?«, fragt sie, vor mein Bett gehockt und beäugt misstrauisch mein Gesicht.

»Lange Geschichte«, entgegne ich und empfinde dabei nicht die geringste Lust, sie ausgerechnet jetzt zu erzählen.

»Du weißt, dass es Krieg geben wird!«, flüstert sie so leise, dass niemand außer mir ihre Worte verstehen kann. »Das ist ein gefährlicher Ort, du solltest besser wieder verschwinden!«

»Du denkst, ich bin freiwillig hier?« Jetzt bin ich doch verblüfft genug, um mich aufzurichten und ihr ins Gesicht zu sehen. »Glaub mir Katalina, wenn ich könnte, würde ich sofort wieder abhauen!«

Noch einmal tauschen wir Blicke, versuchen die Gedanken unseres Gegenüber zu erraten. Ich für meinen Teil werde keineswegs schlau aus ihr.

»Wie kommt es, dass du dich plötzlich um mein Wohlergehen sorgst?«, frage ich schließlich.

Sie zuckt die Schultern, weiß keine Antwort auf meine Frage.

»Egal«, sagt sie schließlich. »Versprich bloß, dass du niemandem von dem bevorstehenden Angriff der Pretarier erzählst!«

Bereitwillig nicke ich, denn es liegt mir ohnehin nichts ferner, als meine einzige Chance auf Befreiung zu vermasseln. Katalina scheint zufrieden, zumindest verschwindet sie wieder zu ihrem eigenen Lager und lässt mich in Ruhe.

Der nächste Tag gleicht dem ersten wie ein Ei dem anderen und auch der danach sieht nicht anders aus. Aufstehen, pflegen, tanzen. Üben, bis die Füße bluten. Irgendwann kenne ich nicht nur jeden Ton der Spielleute auswendig, sondern kann auch die dazugehörigen Bewegungen im Schlaf. Ich tanze, wiege mich und springe mit den anderen Mädchen im

Kreis, bis unsere Herrin verzückt in die Hände klatscht und endlich sagt, dass sie mit unserem Reigen zufrieden ist.

»Es wird auch Zeit«, stellt sie fest, »denn unser großes Willkommensfest steht unmittelbar bevor, wie mir ein Vöglein gezwitschert hat!«

Sie betont den letzten Teil so merkwürdig, dass ein paar der jüngeren Kameradinnen zu kichern beginnen, bis sie ein strenger Blick zum Schweigen bringt. Nicht alle scheinen allerdings glücklich über die Botschaft, ein paar Gesichter ziert jetzt auch Furcht und Sorge. Ich weiß nicht, ob ich die Einzige bin, die hier noch keine Feier miterlebt hat, aber darauf zu freuen scheinen sich nur wenige.

»Wir können nicht«, piepst eine zarte Stimme und die hageren, dunkelhaarigen Zwillinge senken betreten die Köpfe. »Wir sind unrein«, flüstert die andere, um die unausgesprochene Frage der Aufseherin zu beantworten. Zu meiner Überraschung zeigt die Frau Nachsicht, befreit die Schwestern tatsächlich vom Tanzen, auch wenn mir schleierhaft ist, weshalb.

Mir selbst ist das Fest ganz egal. Dann springe ich eben im Kreis vor den Rittern und mache mich lächerlich. Ich bin überzeugt, dass mich ein schlimmeres Los hätte treffen können. Das, was mich aber keineswegs kalt lässt, ist die Rückkehr der Naori-Ritter! Warum, in aller Welt, sind sie schon jetzt auf dem Weg zurück nach Efferston? Haben sie ihre Feinde geschlagen? Ist der Krieg mit den Lakaren beendet? Oder haben sie etwa von dem bevorstehenden Angriff der Pretarier Wind bekommen und deshalb ihre Truppen zur Verteidigung nach Hause gesandt?

Panik überkommt mich. Angst, dass uns eine viel blutigere Schlacht bevorsteht, als angenommen. Angst, dass Dimitras und seine Männer überrascht und überrumpelt werden könnten. Die Pretarier rechnen nicht damit, auf Gegenwehr zu stoßen. Zatira hat den Zeitpunkt bewusst so gewählt, weil sie die Burg der Naori ungeschützt glaubte. Nicht, dass ich ihrer Strategie irgendwelche Sympathien abgewinnen könnte, aber dennoch wünsche ich den Pretariern keine Niederlage. Und Dimitras wünsche ich sie erst recht nicht.

Der Nachmittag, an dem die Krieger zurückkehren, ist laut und wirr. Auf der Burg laufen alle durcheinander, Mägde, Knechte, Köchinnen und Zofen. Sogar die eine oder andere Kralica kann ich erspähen, wie sie aufgeregt durch die Gänge schreitet, schön zurechtgemacht für ihren Kral.

In den Gängen wird eifrig gefegt und geschrubbt, immer wieder sieht man Diener mit Leckereien beladen von den Vorratskammern in die Küche laufen. Zweifellos wird dort ein köstliches Festmahl bereitet, um die tapferen Kämpfer zu ehren.

Erst als der Sonnenuntergang schon kurz bevorsteht, kommt die Herrin, um uns Mädchen in die Waschräume zu führen. »Gründlich waschen«, lautet die Anweisung. Ungeduldig wartet sie in der Tür, während wir der Reihe nach aus den Kleidern steigen und die Reinigungsprozedur über uns ergehen lassen. Wie gewohnt geht es weiter in den Ankleideraum, nur dass uns dieses Mal nicht die hässlichen Leinenfetzen erwarten, sondern farbenfrohe Gewänder in Zinnoberrot, Indigoblau und üppigem Moosgrün. Die Freude über die modischen Stoffe währt aber nur kurz, denn schon im nächsten Moment ist klar, dass die dünnen Kleidchen uns nicht im Geringsten vor der frostigen Winterluft schützen werden, die hier gnadenlos in jeden Winkel und jede Nische vordringt. Und noch weniger vor den Blicken der Männer.

»Im Festsaal gibt es viele Feuerstellen, die halten euch schon warm«, meint die Herrin ohne weiter auf die Sorgen einzugehen.

Sie hat gut lachen, wo sie selbst dicke Samtstoffe trägt, denke ich und zupfe an meinem Kleid herum, das nicht so recht sitzen will. Es ist so weit geschlitzt, dass ich sicher bin, bei dem Reigen ungewollt tiefe Einblicke preiszugeben und zudem noch so weit ausgeschnitten, dass ich aufpassen muss, dass alles drinnen bleibt, wo es hingehört. Den anderen Mädchen scheint es ähnlich zu gehen, denn auch sie versuchen dilettantisch ihre Rundungen unter den knappen Stoffen zu verbergen.

»Los geht's«, mahnt die Stimme unserer Herrin zur Eile, wieder klatscht sie in die Hände, damit wir uns in Reih und Glied stellen.

»Wage es nicht, Zivadin anzusehen«, raunt mir Katalina zu, während sie vorbei huscht, um ihren Platz einzunehmen.

»Wen?«, frage ich verwirrt, doch sie ist schon außer Hörweite verschwunden.

»Den Kral der Naori«, flüstert das Mädchen hinter mir, das unser Gespräch mitbekommen hat, und kichert leise.

»Hatte ich auch nicht vor«, entgegne ich, obwohl keiner mehr zuhört, weil sich unsere Reihe bereits in Bewegung gesetzt hat. Dabei bin ich mir nicht sicher, ob Katalinas Worte mehr als guter Rat oder Drohung gemeint waren.

Erstaunt reiße ich die Augen auf, als wir den Festsaal betreten. Eine riesige Tafel steht in der Mitte des Raumes, so üppig beladen, dass sie gut und gerne zehn Dutzend Leute sättigen könnte. Erst beim zweiten Mal hinsehen wird mir klar, dass es dennoch kaum mehr als vier Dutzend Männer sein können, die sich darum scharen. Die besten Krieger der Naori, wie ich vermute. Zivadin, ihr Kral, ist unschwer zu erkennen. Nicht nur, weil er den Vorsitz hält, wie es sich für den mächtigsten Mann gehört, sondern auch, weil er mit seinen kupferroten Haaren deutlich unter den zumeist Dunkelhaarigen hervorsticht.

Neugierig sehe ich ein Gesicht nach dem anderen an, stelle fest, dass die Krieger nicht viel anders aussehen als die Pretarier etwas weiter im Süden. Zumindest lange Zöpfe scheinen hier genauso zu dominieren wie dort. Tätowierungen kann ich ebenfalls ausmachen, obwohl die schweren Kettenhemden, die die Krieger zum Teil noch immer tragen, nicht allzu viel Haut zeigen. Auch die Ketten um die Hüften der Männer erinnern mich an Tarabas und seine Truppen. Nur einen Unterschied kann ich feststellen: Obwohl die Bärte hier genauso lange scheinen, sind sie nicht mit feinen Lederbändern verflochten, wie gewohnt. Hier wachsen sie wild und buschig, niemand scheint sich darum zu scheren, sie in irgendeine Form zu bringen.

Schade, denke ich, dass die Kralici nicht mit den Männern speisen. Mich hätte interessiert, ob es in ihrer Aufmachung ebenso viele Auffälligkeiten gibt.

Ich muss meinen Blick abwenden, als die ersten Flötentöne erklingen. Die Lieder kenne ich inzwischen gut genug, um zu wissen, welcher Fuß zu welchem Ton gehoben werden muss. Ein paar Schritte nach links, dann eine Drehung nach rechts. Verneigen, zurück und noch einmal von vorne. Wir springen, wir hüpfen und fassen uns an die Hände. Mal schneller, mal langsamer, immer im Gleichtakt mit der Begleitung.

Auch wenn ich es inzwischen schaffe, weder dem Mädchen vor mir, noch dem hinter mir, auf die Füße zu treten, brauche ich dennoch meine volle Konzentration, um alles richtig zu machen. Erst als der letzte Ton verklingt und wir lediglich noch ein paar Schritte zur Verbeugung vor uns haben, schaffe ich es zum ersten Mal meinen Kopf zu heben und zur Tafel zu sehen. Klatschende Hände erwarten mich dort, fröhliche Gesichter, die Gefallen an unserer kleinen Aufführung finden. Erleichtert senke ich den Kopf, freue mich, dass wir unseren Teil gut gemacht haben, und freue mich noch mehr, dass der Auftritt schon wieder vorbei ist.

Gerade, als ich aus dem Tor huschen will, stellt sich mir allerdings unsere Herrin in den Weg.

»Wo willst du hin?«

»Wart Ihr denn nicht zufrieden mit uns?«, frage ich, überrumpelt von dem finsteren Ton, den sie anschlägt.

»Ihr wart nicht schlecht«, sagt sie, »doch der Abend ist noch lange nicht zu Ende! Los, zurück! Husch, husch!«

Sie hebt die Arme und fuchtelt durch die Luft, als wäre ich ein Vogel oder ein Insekt, dass sie auf diese Weise vertreiben kann.

»Jetzt geh schon«, setzt sie nach, »der wichtigere Teil des Abends steht doch erst bevor!«

Mit einem mulmigen Gefühl im Magen gehe ich zurück zu den anderen Mädchen, die inzwischen ausgeschwirrt sind, sich zwischen den Kriegern zu verteilen. *Unterhaltung*, denke ich mir. Der Begriff wird hier wohl sehr ernst genommen.

Als ich näher an die Tafel komme, wird mir allerdings klar, wie weit die *Unterhaltung* hier wirklich aussieht. Ein paar meiner Kameradinnen, haben nicht bloß zwischen den Kriegern, sondern auch auf ihren Schößen Platz genommen. Sie lachen lauthals über die Dinge, die ihnen zugeflüstert werden, schütteln keck ihre Mähnen und strahlen die Kerle an, als ob sie zum ersten Mal echte Männer sehen würden. *Dumme Hühner,* denke ich und sehe mich nach einem friedlichen Tischnachbarn um, mit dem ich in Ruhe sprechen oder schweigen kann, ohne unsittlich belästigt zu werden. Noch bevor ich meine Wahl treffen kann, zwingt mich jedoch eine Hand an meinem Ellenbogen herumzufahren. Zivadin steht vor mir, der Kral von Efferston, wie er leibt und lebt.

»Du bist neu hier, oder?«

Neugierig mustern mich seine grünen Augen. Fliegen über mein Gesicht, dann über meinen spärlich bedeckten Körper nach unten. Ein unangenehmes Gefühl überkommt mich, weil er mir ganz ungeniert auf die Brüste starrt. Erneut verfluche ich die Tatsache, dass der dünne Fetzen, den ich trage, nicht den geringsten Schutz bietet. Fast bin ich sicher, dass sich meine Knospen durch den Stoff drücken und, dem Blick des Herrschers nach zu urteilen, scheint ihm das ebenso wenig verborgen zu bleiben. Ein amüsiertes

Lächeln erscheint auf seinem Gesicht, während er seinen Blick über meine Mitte weiter nach unten gleiten lässt und ausgiebig meine Hüften beäugt. Panik überkommt mich. Weiß er etwa, wer ich bin? Und wenn dem so ist - wie wird er damit umgehen?

»Das ist Darina«, höre ich Katalinas Stimme an meiner Seite, noch ehe ich selbst etwas sagen kann. »Ganz nett anzusehen, aber leider etwas forsch und ungeschickt.«

Mit einer galanten Bewegung hängt sie sich bei dem Kral ein und schenkt ihm ihr schönstes Lächeln. »Erzählt ihr mir von der Schlacht, großer Herrscher?«, schmeichelt sie und klimpert mit ihren langen Wimpern, während sie ihn von mir wegführt.

»Alles was du möchtest, meine Schöne«, entgegnet er und folgt ihr bereitwillig.

Einen Atemzug lang erwäge ich, ihre gemeine Beleidigung zu erwidern. Ihr ebenfalls böse Worte an den Kopf zu werfen, um sie vor dem Naori-Kral lächerlich zu machen. Dann lasse ich es aber doch sein. Im Grunde genommen hat mir Katalina einen Gefallen getan, als sie den Mann mit den aufdringlichen Augen von mir wegführte.

Als ich mich abwende, stoße ich erneut auf die Herrin mit den schwarzen Locken. Eine Entschuldigung murmelnd, will ich an ihr vorbei, doch sie hält mich fest und schleppt mich mit sich zum anderen Ende der Tafel.

»Der Krieger dort drüben sieht aus, als könne er etwas Unterhaltung gebrauchen«, sagt sie und deutet auf einen jungen Mann, der alleine am Ende der Tafel sitzt.

Ich widerspreche nicht, weil der Mann ungefährlich und sympathisch aussieht. Zudem noch sehr attraktiv. Vielleicht, so hoffe ich, finde ich in ihm einen dankbaren Gesprächspartner, von dem ich ein wenig mehr über den Krieg und die plötzliche Rückkehr der Naori erfahren kann.

»Ich bin Darina«, sage ich, »darf ich Euch Gesellschaft leisten?«

»Veigar.« Er deutet mit einer einladenden Geste auf den freien Stuhl zu seiner linken.

»Ich habe schon von euch gehört«, lüge ich, »man hat eure Tapferkeit gelobt.«

»Unsinn!«, entgegnet er schroff, »Ich war bei den Schlachten doch gar nicht dabei.«

So schnell habe ich nicht vor, mich aus der Ruhe bringen zu lassen.

»Dennoch wart ihr im Krieg gegen die Lakaren.«

Er nickt und reicht mir einen Becher Wein, den ich dankbar zu meinen Lippen führe.

»Alle, die im Krieg waren, haben einen wichtigen Beitrag zum Sieg geleistet«, versuche ich das Gespräch wieder aufzunehmen.

»Sieg?« Er sieht mich mit erstaunten Augen an. »Was denn für ein Sieg? Die letzte Schlacht gegen die Lakaren ist noch lange nicht geschlagen!«

»Nein?«, frage ich verwirrt, »Aber wieso seid ihr dann...«

Er lacht, als er versteht, worauf ich hinaus will, doch zu meiner Überraschung ist er dennoch bereit, auf mein Spiel einzugehen.

»Wie es aussieht, gilt es noch eine wichtigere Schlacht zu schlagen, bevor wir die Lakaren endgültig vernichten.«

»Oh!«

Natürlich ist mir sofort bewusst, auf was sich seine Worte beziehen. Oder besser gesagt auf wen. Die Naori wissen vom bevorstehenden Angriff der Pretarier, daran gibt es keinen Zweifel mehr. Bloß, *woher* sie davon wissen, ist mir nicht klar.

Ich frage also weiter, will wissen, ob uns denn eine gefährliche Schlacht bevorsteht, ob sie für die Verteidigung gewappnet sind und ob es Informanten aus den Reihen der Pretarier gibt, die uns behilflich sind. Amüsiert horcht sich der Mann meine Fragen an, Antworten gibt er mir jedoch keine.

»Bist du besorgt um dein Wohlergehen?«, fragt er schließlich, den Becher noch immer an den Lippen.

Ich nicke, obwohl das bei Weitem nicht die größte Besorgnis ist, mit der ich zu kämpfen habe.

»Wir wissen uns schon zu verteidigen, keine Sorge«, versichert mir Veigar und reicht mir erneut den Becher.

Ich will nochmals ansetzen, die Kriegsstrategie zu hinterfragen und ihn über den Informanten aushorchen, doch ich komme nicht mehr dazu, weil sich Katalina zu seiner Rechten niederlässt.

»Wie schön Euch wiederzusehen«, säuselt sie und dreht sich dann kurz zu mir, »Verzeih, es macht dir doch nichts, wenn ich mich dazu geselle? Veigar und ich sind alte Freunde, wenn man so will.«

Ich zucke die Schultern, bemühe mich zu einem freundlichen Lächeln. Mit Katalina als Sitznachbarin sinken meine Aussichten heute noch etwas Brauchbares aus dem Mann herauszukitzeln deutlich. Andererseits steht es mir aber freilich nicht zu, hier irgendjemanden seines Platzes zu verweisen. Veigar jedenfalls, scheint die neue Gesellschaft zu begrüßen. Aufmerksam hängt er an Katalinas Lippen , oder besser gesagt an ihrem Dekolleté, das sie ihm immer wieder wie zufällig ins Gesicht schiebt. Weil ihr seine Blicke irgendwann nicht mehr genügen, nimmt sie seine Hand und führt sie langsam an ihre Brust. Mit schmachtenden Blicken sieht sie ihn dabei an, wirft lachend ihren Kopf in den Nacken, als er endlich zulangt. Sobald sie den Fisch am Haken hat, bin ich vergessen. Veigar würdigt mich keines weiteren Blickes mehr. Ein einziges Mal kommt ein »Verzeihung« aus seinem Mund, weil er mir beim Geplänkel mit seiner Gespielin unsanft seinen Ellenbogen in die Seite gestoßen hat.

Ich beschließe meine Fragen für heute Abend zu beenden. Vielleicht gibt es ja bald eine andere Gelegenheit, mehr in Erfahrung zu bringen.

Kurzentschlossen stehe ich auf und mache mich auf, um noch einmal mein Glück bei der Herrin zu versuchen. Hoffentlich ist sie inzwischen gewillt, mir den Rückzug zu gestatten.

Weit komme ich nicht, denn gerade als ich die Längsseite der Tafel entlanggehe, packt mich eine andere kräftige Hand und ich werde mit einem Ruck auf den Schoß eines schmatzenden, stämmigen Kriegers gezogen.

»Hab ich dich«, lallt der Mann, der sichtlich zu tief in seinen Becher geschaut hat, und hält mich so fest umschlungen, dass mir kurz die Luft zum Atmen wegbleibt.

Erschrocken drehe ich mich zu ihm um, sobald ich mich gefasst habe, doch im selben Moment bereue ich schon wieder, ihm ins Gesicht gesehen zu haben. Der Mann gibt nicht nur widerliche Geräusche von sich, er ist auch einer der besonders unansehnlichen Sorte. Eine fleischige Nase, dicke Wangen und eine hohe Stirn prägen sein Antlitz. Sein breiter Nacken tut das Übrige, ihn wie ein wildes Tier aussehen zu lassen. Sein Rauschebart ist über die Jahre ergraut und auch die tiefen Kerben in seiner Stirn zeugen davon, dass er schon viele Kämpfe hinter sich hat.

»Nicht so schüchtern, Kleine«, flüstert er mir ins Ohr und dabei schlägt mir eine solche Fahne entgegen, dass ich die Luft anhalten muss, um nicht benommen zu Boden zu sinken.

Das Nächste, was ich spüre, sind seine Hände auf meiner Schulter, die sich langsam nach unten schieben, bis sie meine Brüste erreichen und beherzt zulangen. Sofort lange ich nach seinen fleischigen Fingern und schiebe sie zur Seite, doch im nächsten Augenblick liegen sie schon wieder auf meinen Rundungen. Ich versuche erneut aufzustehen, doch der Stiernacken hält mich eisern umklammert. Gierig leckt er über meinen Hals, während seine großen Hände meine Brüste zu kneten beginnen.

Ganz langsam nehme ich meinen Arm nach vorne, gebe kurz meinen Widerstand auf, um ihn in Sicherheit zu wiegen. Und dann, als er sich voll und ganz auf meinen Körper konzentriert hat, hole ich aus und ramme ihm mit einem schnellen Schlag meinen Ellenbogen direkt in die Rippen.

Er fährt zusammen, damit hat er wohl nicht gerechnet. Sofort nütze ich die Gelegenheit aufzuspringen und das Weite zu suchen.

Ich will bloß weg hier, laufe schnellen Schrittes zum Tor, um den Saal zu verlassen. Doch wie schon zuvor, ist auch dieses Mal die Herrin zur Stelle und schneidet mir den Weg ab.

»Was glaubst du eigentlich wer du bist?«, zischt sie mich an und ehe ich mich versehen kann, verpasst sie mir eine schallende Ohrfeige.

»Los, geh zurück zu dem Mann und entschuldige dich! Und dann tust du gefälligst alles, um ihn zufrieden zu stellen!«

»Was? Ich bin doch keine...« *Hure*, will ich sagen, doch noch bevor ich es ausspreche wird mir klar, das es genau das ist, was es bedeutet, eines *ihrer Mädchen* zu sein.

Darina:
EIN KAMPF DEM SCHICKSAL

Die Herrin schiebt mich zurück zu dem Wilden, während ich sie anflehe, mich gehen zu lassen.

»Bitte nicht zu ihm«, bettle ich. »Tut mir das nicht an!«

Doch sie kennt kein Erbarmen.

»Wir behandeln alle Herren gleich«, sagt sie und zerrt mich weiter voran, »wenn er dich haben will, dann soll er dich bekommen.«

»Nein«, flehe ich mit Tränen in den Augen.

Nachdem ich merke, dass mich das nicht weiterbringt, versuche ich meinen Arm von ihrer Hand zu befreien. Je näher wir der Tafel kommen, desto energischer probiere ich mich loszureißen, denn das Bild, dass sich dort bietet, ist wahrlich grotesk. Die Mädchen, die den Männern nicht in ihre Gemächer gefolgt sind, sitzen jetzt halb nackt auf den Kriegern, lassen sich befummeln und belecken, als wären sie selbst das Dessert dieses Festmahls. Ich entdecke eine hübsche Blondine am Schoß eines langhaarigen Mannes mit hässlichen Narben im Gesicht. Lustvoll stöhnend

213

wiegt sie sich auf seinem Speer hin und her, während ein zweiter, nicht weniger unheimlich wirkender Krieger, sich über sie lehnt und ihre Brüste knetet.

Ein anderes Mädchen liegt der Länge nach auf der Tafel, den Körper bedeckt von süßen Leckereien. Es sind gleich drei Kerle, die sich über sie her machen. Leckend, saugend, mit einer gefährlichen Gier in den Augen bedrängen sie die Kleine, bis es der Erste nicht mehr aushält und sich mit geöffnetem Hosenstall über sie lehnt.

Ich winde mich, will mich losreißen und vor der wilden Orgie fliehen. Dafür kassiere ich nicht nur einen, sondern drei weitere Schläge. Die Frau ist zwar um einiges älter als ich, aber keineswegs schwach. Dennoch gelingt es mir, die Oberhand zu gewinnen. Das lässt sie sich freilich nicht bieten, im nächsten Moment spüre ich, wie sie mir einen Dolch in den Rücken drückt.

»Wenn dir dein Leben lieb ist, dann benimmst du dich jetzt sofort«, zischt sie leise und schiebt mich weiter vor sich her, sodass keiner von der Tafel aus die Bedrohung sehen kann. Nicht, dass die Männer nicht ohnehin genug von den halbnackten Frauen auf ihren Schößen und dem wüsten Treiben rings um sie abgelenkt wären.»Darina möchte Euch etwas sagen«, erklärt sie, an den Stiernacken gewandt.

Mit Interesse sieht er mich an, während er gemütlich den Becher leert.

»Verzeiht mir Herr,« sage ich, weil mir die Klinge an meinem Rücken keine Wahl lässt. »Ich habe mich unangemessen verhalten.«

»Sie hat zu viel Temperament im Blut«, erklärt die Herrin, »aber ich bin sicher, ein erfahrener Krieger wie ihr, weiß auch ein wildes Pferd zuzureiten.«

Der Mann lacht amüsiert, während sie mich ihm erneut auf den Schoß schiebt. Ich weiß gar nicht, wen ich in diesem Moment mehr verabscheue. Das Schwein unter mir oder die miese Zuhälterin, die mich in seine Arme zwingt.

Starr wie eine Puppe sitze ich da und lasse die Berührungen über mich ergehen. Ich versuche das schreckliche Bild um mich herum auszublenden, seinen nach saurem Wein stinkenden Atem zu ignorieren und auch die Hände, die sich an meinen Rundungen zu schaffen machen. Ich schließe die Augen und träume mich weg, an einen fernen Ort. Tarabas, denke ich. Versuche mich zurück zu unserem Felsen zu versetzen oder zu den herrlichen, heißen Quellen.

Es will nicht funktionieren. Wo ich mich auch hin träume, immer sind die Klauen da, die sich gierig in mein Fleisch schlagen. Er hält mich fest, erdrückt mich mit seinen Berührungen und lässt einzig und alleine los, wenn er nach dem Becher greift, um sich noch mehr in den Rachen zu schütten. Hoffentlich kippt er vom Stuhl, denke ich, denn betrunken wäre der Kerl bestimmt schon genug.

Leider habe ich nicht so viel Glück. Der Mann schafft es nicht nur aufzustehen, er wirft mich auch noch über seine Schulter, wie einen Sack Stroh.

»Nein«, protestiere ich und trommle mit den Fäusten auf seine Schulterblätter.

Das hält ihn aber keineswegs davon ab, seinen Weg fortzusetzen, auch wenn er dabei von einer Seite zur anderen schwankt, wie ein knorriger, alter Ast im Wind. Der Weinkrug, den er noch immer in seiner Linken hält, schwappt bestimmt mehr als bloß einmal über.

Je weiter ich den Gang hinunter zu den Schlafkammern getragen werde, desto wilder schlage ich um mich und versuche mich frei zu strampeln. Doch so sehr ich mich auch bemühe, der Kerl ist wie ein riesiger Bär und nimmt meine Hiebe noch nicht einmal wahr. Lediglich einmal bleibt er kurz stehen, um mich ein Stück weiter nach hinten zu schieben, nachdem mein Körper droht, über seine Schulter zu rutschen.

»Du bist eine der widerspenstigen Sorte, was?« Der Mann setzt mich ab und sieht mich belustigt an.

Ich starre ihn an ohne zu antworten, froh darüber, dass er mich endlich zurück auf den Boden gestellt hat.

»Keine Sorge, ich hab' etwas übrig für widerspenstige Weiber.« Noch immer grinst er und glotzt mich

216

so erwartungsvoll an, als ob er mir eben ein Kompliment gemacht hätte.

»Ich kann das nicht«, stammle ich schließlich und blicke auf die Tür seiner Kammer, wohl wissend, dass ich erst an ihm vorbei müsste, um einen Fluchtversuch zu wagen. Ich bin mir sicher, dass er meine Gedanken genau lesen kann, denn im selben Moment greift er nach dem Schlüssel, um mir den Weg in die Freiheit zu versperren. Dass er damit auch ein paar Kameraden aus ihrem Bettlager aussperrt, scheint ihm völlig egal zu sein. Langsamen Schrittes kommt er näher, hebt die Arme, um nach meinem Kleid zu fassen.

»Nein!«, schreie ich auf, panisch vor Angst.

Doch das hat ebenso wenig Wirkung, wie alle anderen Versuche. Unaufhaltsam kommt der Kerl näher und bedrängt mich mit seinem Körper. Erst ein Geräusch aus einer anderen Ecke lässt ihn herumfahren. Ein kleines, verlegenes Räuspern.

»Wer ist da?«, fragt er erbost.

»Verzeiht mein Herr, ich war noch dabei den Schlafsaal zu reinigen!«

Ohne weiter auf meinen Peiniger zu achten, drehe ich mich sofort um. Ich muss mehrmals blinzeln, um in dem spärlich beleuchteten Raum etwas zu sehen, doch dann erkenne ich sie sofort.

»Endea!«, will ich rufen, doch ich beiße mir auf die Zunge, noch bevor ein Wort über meine Lippen kommen kann. Als sich unsere Augen treffen, ist auch ihr die Überraschung ins Gesicht geschrieben. Wir schauen uns an, unfähig etwas zu sagen, aber ebenso unfähig unsere Fragen zu verbergen. Was machst du hier? Was ist mit dir passiert? Wie bist du hier gelandet? Wie gerne würde ich meine Vertraute um Hilfe bitten, doch ich weiß, dass sie nicht in der Lage ist, mein Schicksal zu ändern. Was auch immer Endeas Rolle hier ist, sie hat gewiss kein Recht, dem Mann zu widersprechen. Geschweige denn, irgendetwas zu meiner Hilfe zu tun.

»Verschwinde!«, zischt der Stiernacken und wirft Endea einen bösen Blick zu.

»Verzeiht mir!«

Ein letztes Mal dreht sich meine Freundin nach mir um und es gibt vieles, das ich in ihren Augen lesen kann. Angst. Hilflosigkeit. Mitgefühl. Die Erinnerung an die Nacht, als ihr selbst so schreckliche Gewalt angetan wurde. Und obwohl sie ihre Lippen nicht einmal das kleinste Stückchen bewegt, kann ich aus ihrem Gesicht die Frage lesen, oder besser gesagt das großzügige Angebot, dass sie für mich bereit hält. Ein Wort von mir würde genügen. Ein einziges Wort und sie würde sich auf ihn stürzen, um mit mir gemeinsam für meine Ehre zu kämpfen. Doch das kann ich nicht zulassen. Nicht nach allem, was sie meinetwegen durchgemacht hat und nicht mit der Gewissheit, dass ich damit ihr Leben erneut in Gefahr bringen würde. Nein, das Opfer kann ich nicht annehmen.

Ich zwinge mich, meine Mundwinkel nach oben zu ziehen und meiner Vertrauten ein beruhigendes Lächeln zu schenken. *Es ist alles in Ordnung,* soll mein Blick sagen. Und ich hoffe, dass sie mir diese Lüge abnimmt.

Endea sieht mich misstrauisch an, doch ich nicke ihr erneut aufmunternd zu, deute ihr, dass sie verschwinden soll, was sie schließlich auch tut. Zuvor allerdings, ruht ihr Blick noch einen Augenblick auf der schmalen Holzbank neben dem Bett. Erst verstehe ich nicht, was sie will, doch dann sehe ich ihre Gedanken aufblitzen wie einen hellen Stern am Himmelszelt. Das Metall schimmert im Kerzenschein, so schön, so elegant, dass ich mich wundere, wie ich eben noch davor stehen konnte, ohne es zu entdecken. Ein Dolch, kaum eine Hand lang, hübsch verziert und dennoch scharf genug, um mir zur Gerechtigkeit zu verhelfen, wenn es denn nötig werden sollte.

Träge dreht sich der Krieger um, entriegelt die Tür und entlässt Endea hinaus in die Freiheit. Ich kann spüren, wie sich meine Kehle zuschnürt, als er sich wendet, um mir diesen Fluchtweg wieder zu versperren. Mit einer groben Geste schubst er mich aufs Bett, sodass ich erschrocken aufschreie.

»Nein! Bitte nicht!«, bettle ich unter Tränen, doch der Widerling grinst nur gierig. Mit einem schnellen Satz ist er auf mir und droht, mich mit seinem Gewicht zu erdrücken. Als nächstes spüre ich, wie seine Zunge über mein Gesicht gleitet, dann über meinen Hals. Verzweifelt winde ich mich unter seinem bulligen Körper, versuche mich aus der unangenehmen Umklammerung zu befreien, doch seine linke Hand hält mich mit eisernem Griff in meiner Position fest. Panisch werfe ich den Kopf hin und her, mir ist schwindelig von den Gedanken, die mir immer wieder in den Sinn kommen, um dann gleich wieder zu verschwinden. *Du musst kämpfen*, sage ich mir. *Du darfst nicht zulassen, dass er dich beschmutzt! Du musst alles tun, was in deiner Macht steht, um deine Ehre zu verteidigen!* Wieder fällt mein Blick auf den Dolch, doch es ist zwecklos. Selbst, wenn ich ihn erreichen sollte, was in meiner jetzigen Position ausgeschlossen ist, hätte ich dennoch nicht den Mut, ihn zu verwenden. Was würde auch dabei herauskommen? Vermutlich würde ich ihn nicht einmal in die Hände bekommen, bevor der Krieger meine Absicht bemerkt und mich mit bloßen Händen erwürgt. Oder Schlimmeres! Und selbst wenn ich es tatsächlich schaffen sollte, den Dolch gegen ihn zu wenden, was so gut wie ausgeschlossen ist, was würde mir das bringen? Meine Tat würde nicht lange unbemerkt bleiben und ungestraft ebenso wenig. So oder so würde mich der Galgen erwarten. Der sichere Tod.

Doch andererseits, was erwartet mich, wenn ich liegen bleibe und nichts tue? Könnte ich mit der

Schande weiterleben? Mit der Erniedrigung und dem Ekel vor mir selbst?

Seine Finger verschaffen sich Zugang unter mein Gewand. Forsch reißen sie an meinem ohnehin schon weiten Ausschnitt, bis er so auseinanderklafft, dass er seine große Hand auf meine unbedeckten Brüste schieben kann. Mich betatschen. Und während er in aller Ruhe meine Nippel reibt und mein Fleisch knetet, nehmen die Gedanken in meinem Kopf langsam Form an. Ich werde es tun! Ich werde das einzig Richtige tun! Ich werde zur tödlichen Waffe greifen und diesem Scheißkerl geben, was er verdient hat. Ich werde meine Ehre retten und meine Seele schützen, selbst wenn ich weiß, dass mein Leben verloren sein wird.

Das einzige Mal, als mich der Krieger loslässt, ist, um erneut nach dem Weinkrug zu greifen und ihn mit großen Schlucken zu leeren. Zwar gönnt er mir damit eine kurze Pause, doch bewegen kann ich mich nicht, da er noch immer über mir kniet. Während er seine Aufmerksamkeit dem berauschenden Tropfen widmet, versuche ich meine Hand nach dem tödlichen Dolch auf der Ablage zu strecken. Erfolglos, wie ich frustriert feststellen muss. Er ist einfach zu weit weg!

Mit einem lauten Knall schleudert er den leeren Krug in die Ecke und wischt sich mit einer Hand die Spritzer des Traubensaftes aus dem Gesicht. Dann schiebt er die Finger unter die Stofflagen auf meinem

Bein, fährt gierig meine Schenkel entlang. Drängt sich zwischen meine Beine bis er mein Geschlecht findet.

»Herrlich«, keucht er, während er versucht meine Beine auseinander zu drücken, was ihm nicht so recht gelingen will, weil ich ordentlich dagegen halte. Trotzdem spüre ich seinen schweren Körper auf mir. Sein heißeres Röcheln. Die Beule in seiner Hose, die sich gegen meine Mitte drängt. Ich winde mich und strample, so weit ich kann, versuche den Mann zu beißen oder ihm wenigstens einen Haken zu verpassen. Doch ich muss einsehen, dass mich nichts davon dem Dolch näher bringt. Also muss ich es anders versuchen.

Ich bemühe mich, ruhig liegen zu bleiben, als er sein Gesicht das nächste Mal über mich senkt, um mich zu küssen. Lasse zu, dass er seine Zunge in meinen Mund schiebt und beginne sogar, sie zärtlich mit meiner zu berühren. Es kostet mich Überwindung, ihn nicht zu beißen oder mich angewidert abzuwenden. Ich muss die aufkommende Übelkeit zurückhalten, das fordert die allerhöchste Konzentration.

»Sieh an, sieh an«, lallt mir der Kerl ins Ohr, »Das Kätzchen hat wohl aufgehört seine Krallen zu zeigen!«

Ich zwinge mich, meinen Ärger hinunterzuschlucken und versuche meine Mundwinkel zu heben, ihm ein Lächeln zu schenken. Es scheint zu wirken. Sein Griff wird etwas lockerer, die Berührungen weniger brutal. Ich nutze die Gelegenheit, um meine Hand zu befreien und zärtlich über seine behaarte Brust zu streicheln. Jetzt ist er es, der wie eine Katze zu schnurren beginnt. Ich deute das als gutes Zeichen, werde mutiger und beginne mit beiden Armen seinen Oberkörper zu streicheln, sanft über seine Schultern zu reiben und seinen Nacken zu kneten.

»Das ist gut«, knurrt er und schließt die Augen.

Ich verstärke meine Behandlung, presse mit sanftem Druck meine Handballen auf die steifen Partien seines oberen Rückens.

»Mach weiter«, gestattet er mir großzügig, »aber dann wird gevögelt!«

Eifrig knete ich seinen Nacken, versuche ihn Stück für Stück zur Seite zu schieben, bis er am Bauch zu liegen kommt und ich guten Zugriff auf seinen Rücken habe - und auf die Ablage. Beruhigend streiche ich mit einer Hand weiter über seinen Körper, während ich all meinen Mut zusammennehme und mit der anderen nach dem Dolch lange. Entschlossen und bereit, ihm die Klinge in den Körper zu rammen, sobald er sich umdreht, um sein vermeintliches Recht einzufordern. Damit lässt er sich allerdings mehr Zeit, als mir lieb ist. Während ich mit meinen Fingern Kreise auf seinen Rücken zeichne, zittert die andere Hand so stark, dass ich Angst habe, die tödliche Waffe könnte mir entgleiten.

Ich muss es jetzt tun, geht es mir durch den Kopf. Das ist die beste Gelegenheit, ihn zu überraschen. Das

Blut rauscht mir durch die Adern, als ich die zweite Hand von seinem Körper nehme, um auch diese fest um den Dolch zu schließen. Es kann sich nur um ein paar Wimpernschläge handeln, bis er bemerkt, dass meine Berührungen aufgehört haben und er sich umdreht, um nachzusehen. Für mich vergeht die Zeit allerdings so langsam, als hätten die Körner aufgehört durch die Sanduhr zu rinnen. *Tu es!*, ermahnt mich meine innere Stimme, und ich kann spüren, wie sich auf meiner Stirn die Schweißtropfen sammeln. Ich halte mich mehr am Dolch fest, als ihn zu führen. Reiße ihn hoch, so weit ich kann, um maximalen Schwung zu holen. *Es geht nicht anders! Du musst es tun!* Meine Handflächen schwitzen, als ich ansetze, die Klinge in seinen bulligen Hals zu rammen. Ein kleiner Laut lässt mich stillhalten. *Es ist soweit*, denke ich. Doch dann wird mir klar, was ich eben vernommen habe. Noch einmal höre ich das eigenartige Röcheln, laut und deutlich. Vorsichtig tippe ich seinen Arm an. Dann die Seite. Keine Reaktion. Lediglich das Röcheln und Schnaufen wird lauter. Ich stupse seine Schulter, doch er bleibt liegen wie tot. Der Mann ist tatsächlich eingeschlafen!

Mir rauscht noch immer das Blut durch die Adern, als wäre es ein reißender Fluss. Vorsichtig lege ich das Messer zurück an seinen Platz. Ich kann mein Glück gar nicht fassen! Schnell springe ich aus dem Bett, um zur Tür zu laufen, doch schon im nächsten Moment fällt mir wieder ein, dass ich eingesperrt bin

... und dass sich der Schlüssel zu meiner Freiheit in der Hose des Stiernacken befindet.

Leise schleiche ich mich an, taste vorsichtig seine Seite ab, um nach meiner Befreiung zu suchen. Als ich dort nicht fündig werde, versuche ich es vorne. Schiebe meine Finger unter seinen Körper, und fahre achtsam den Lederbund entlang.

Seine Hand schnellt so rasch auf meine, dass ich nicht die geringste Chance habe, auszuweichen. Mit einem Ruck zieht er mich an sich, sodass ich denke, nun sei alles verloren. Der harte Griff währt jedoch nur für einen Atemzug. Schon im nächsten Moment beginnt er wieder friedlich zu schnarchen und lässt mich laut grunzend an seinen Träumen teilhaben. Ich wage es nicht, noch einen Versuch zu starten. Zu tief sitzt mir der Schreck im Nacken, zu groß ist die Furcht, dass er tatsächlich noch aufwachen und mir den Garaus machen könnte.

Als die ersten Lichtstrahlen ins Zimmer fallen, habe ich kaum ein Auge zugetan. Schuld war die Angst vor dem schlafenden Trunkenbold im Bett und vor dem anderen Krieger, dessen Bett ich so dreist besetzte. Gekommen ist allerdings niemand. Einmal, mitten in der Nacht habe ich Schritte gehört, Lärm draußen vor der Tür. Doch dann sind die Leute weitergegangen, und die Geräusche verstummt. Ich weiß nicht, ob die Männer, die sonst diesen Schlafsaal nutzen, die Nacht in einem anderen Burgzimmer verbracht haben oder ob sie womöglich noch gar nicht vom Lakaren-Krieg zurückgekehrt sind. Vielleicht werden sie auch überhaupt nicht mehr zurückkehren.

Als der Stiernacken sich zur Seite dreht, ist das mein Zeichen aufzuspringen und das fremde Bett zu verlassen. Rasch eile ich zu seinem Schlafplatz, wenn ich mich auch nicht weiter vorwage als bis zur äußersten Kante. Langsam schlägt er die Augen auf, gähnt mir genau ins Gesicht. Er wirkt fast überrascht mich zu sehen.

»Warst du die ganze Nacht bei mir, Weib?«, fragt er, mit rauer Stimme.

Ich nicke schnell.

Seine Augen mustern erst mein zerrissenes Hemdchen, das inzwischen kaum mehr taugt irgendetwas zu verhüllen. Dann seine eigenen Hosen, die ich glücklicherweise bei meiner Durchsuchung etwas gelockert habe. Das blöde Grinsen in seinem Antlitz verrät, dass er sich nicht erinnern kann, wie der letzte Abend tatsächlich zu Ende ging.

»Ihr wart toll letzte Nacht«, flunkere ich mit einem unschuldigen Augenaufschlag.

Geschmeichelt richtet er sich auf. »Habe ich es dir richtig besorgt?«

Ich nicke und kann spüren, wie ich dabei fürchterlich rot werde. Panik kommt in mir auf, dass er meine Lüge sofort durchschaut.

»Nun denn«, sagt er und richtet sich auf. »Vielleicht sollten wir das gleich noch einmal wiederholen!«

Erschrocken weiche ich nach hinten, lasse ihn mit irritiertem Gesichtsausdruck zurück.

»Verzeiht, mein Herr, doch ich habe meine Pflichten am Morgen und bin bereits viel zu spät dran!«

»Pflichten?«, er grinst schäbig. »Du hast keine Pflicht, außer mich zufrieden zu stellen!«

Er rutscht näher und macht die letzte Armlänge Abstand zwischen uns zunichte. Im selben Augenblick klopft es an der Tür.

»Wer stört?«, schreit er ungehalten.

»Verzeihung Herr, ich bringe Euch Euer Morgenmahl, das ihr gestern gewünscht habt!«

Mit einem Satz ist er aufgesprungen und eilt zur Tür, um aufzuschließen. Endea tritt ins Zimmer, gefolgt von zwei anderen Zofen und bewaffnet mit einem Tablett voller Köstlichkeiten.

»Es ist besser, ich gehe jetzt«, sage ich leise und bemühe mich, niemanden anzusehen.

Doch wie erwartet langt auch dieses Mal eine Hand nach mir und fasst meinen Arm.

»Gut«, sagt er zu meiner Verwunderung, »doch am Abend will ich dich wiedersehen!«

Schnell nicke ich, dann bin ich aus der Tür verschwunden.

Ich finde die anderen Mädchen im Hof, wo sie bereits dabei sind, einen der obligatorischen Reigentänze zu üben. Schnell füge ich mich in die Gruppe, versuche möglichst wenig aufzufallen. Man kann mir ansehen, dass ich nicht geschlafen habe. Mein Haar ist zerzaust, das einfache Tageskleid und den Umhang habe ich mir nur rasch übergeworfen. Ich zittere in der Kälte und mache dieselben Fehler, die ich an meinem ersten Tag gemacht habe. Hüpfe zu früh oder zu spät, drehe mich falsch und stoße zu allem Übel auch noch gegen meine Nachbarin.

»Reiß dich zusammen«, werde ich ermahnt, doch ansonsten kommt keinerlei Klage von unserer Herrin. Sie denkt, dass ich letzte Nacht meiner Pflicht nachgekommen bin, da wundert sie sich nicht weiter über meine Erschöpfung. Schonung kann ich aber dennoch keine erwarten. Nicht einmal eine kleine Pause ist mir vergönnt. Also hüpfe ich, lache und tanze, wie es von mir erwartet wird, während die Fragen in meinem Schädel rotieren, bis mir so schwindelig wird, dass ich mich an der Steinwand abstützen muss. Wer hat den Angriff der *Pretarier verraten? Wer weiß Bescheid? Wann wird es passieren und was haben die Naori zu ihrer Verteidigung geplant? Wird der kommende Abend aussehen wie der letzte? Wird ab jetzt jeder Abend so aussehen? Wie soll ich das nur überstehen?*

»Was ist los?«, herrscht mich eine Stimme an.

»Verzeihung«, murmle ich noch immer benommen, versuche mich zurück in die Reihe zu stellen, doch ich muss mich erneut gegen die Wand lehnen, weil mir nicht gut ist.

Mit fragendem Blick bleibt die Herrin vor mir stehen, prüfend, ob ich womöglich doch eine Fehlinvestition war. Als sie sieht, dass ich mir den Bauch halte, bringt sie mir etwas mehr Verständnis entgegen. Vermutlich denkt sie, der brutale Krieger von gestern hat mich verletzt. Sie deutet auf eine Bank in der Ecke, erlaubt mir ausnahmsweise mich kurz zu setzen, was ich dankend annehme. Von den anderen Mädchen ernte ich neidische Blicke. Einigen kann ich ansehen, dass sie selbst in ebenso schlechter Verfassung sind wie ich. Katalina ist eine davon. Ihr ansonsten so goldener Teint wirkt heute blass und fahl, die braunen Augen haben die hübschen Sprenkel verloren.

»Geht es dir endlich besser?«, fragt die Aufseherin fordernd, als es Zeit wird, die Kleider für den Abend anzulegen.

Ich schüttle den Kopf, wohlwissend, dass sie mit dem Gedanken spielt, mich auszusortieren, wenn ich länger unbrauchbar sein sollte.

»Ich fürchte, ich bin unrein geworden«, lüge ich und hoffe, dass ich mir damit einen freien Abend erkaufen kann, so wie die Kameradinnen in der letzten Nacht.

Die Herrin wirkt misstrauisch, beäugt mich von allen Seiten, um einzuschätzen, ob ich ihr die Wahrheit erzähle.

»Also gut. Du kannst heute Nacht hier bleiben!«, entgegnet sie schließlich.

Dankbar lege ich mich hin, während sich die anderen zu den Waschräumen aufmachen. Von Katalina, noch immer weiß im Gesicht, ernte ich einen bösen Blick. Es ist mir egal, ich bin bloß froh, dem Stiernacken heute nicht gegenüber treten zu müssen. Wer weiß, ob ich noch einmal so glimpflich davon kommen würde! Natürlich ist mir klar, dass ich mir mit meiner Lüge nur wenig Zeit gekauft habe. Ewig kann ich nicht behaupten unrein zu sein. Außerdem ... Was mache ich, wenn ich tatsächlich unrein werden sollte? An diese Möglichkeit habe ich überhaupt nicht gedacht. Ich versuche mich daran zu erinnern, wann es das letzte Mal so weit war, doch es will mir nicht einfallen. Bei allem, was ich hinter mir habe, habe ich vergessen auf meinen Körper zu achten. Vielleicht war ich kürzlich unrein und ich habe es noch nicht einmal bemerkt. Oder ... nein. Den Gedanken schiebe ich lieber ganz schnell wieder beiseite.

Ich höre, wie der Lärm in den Gängen weniger wird, weil die Mädchen sich zum Festsaal aufgemacht haben. Dann beobachte ich die beiden Dunkelhaarigen, die gestern schon aussetzten, wie sie sich in ihre Ecke verkriechen. Mein Strohlager wartet ebenfalls auf mich, wirkt so verlockend, dass ich darin versinken möchte. Doch das geht nicht, ich habe noch etwas vor.

Als das Gemurmel der Zwillinge verstummt, schleiche ich auf leisen Sohlen aus dem Schlafraum. Es ist noch nicht spät, also stehen die Chancen gut, dass alle Krieger im Festsaal sind und mich niemand bei meinem Vorhaben überrascht. Bloß die Wachen gilt es zu meiden, denn sie schwirren hier überall herum, um keine von uns an die Tore zu lassen.

Ich kenne mich noch nicht gut aus in der Burg, doch ich finde zurück in den Trakt, in dem ich letzte Nacht so knapp meinem Schicksal entkommen bin. Das Holz knarrt so, dass ich ein paar Mal erschrocken herumfahre, während ich eine Tür nach der anderen öffne. Ein Schlafgemach nach dem anderen liegt vor mir, von Hofdamen, von Kriegern, vielleicht sogar eines der auserwählten Kralici. Nur das, was ich suche, kann ich hinter keiner Tür finden.

Schwere Schritte und das Klirren von Metall kündigen den Wachmann an, bevor er sich um die Ecke schiebt. Mir bleibt keine andere Wahl, als in die nächstbeste Kammer zu flüchten. Dummerweise ist ausgerechnet der nächste Eingang versperrt. Ich versuche es nebenan, doch auch dort bekomme ich keinen Zutritt. Angst steigt in mir hoch, denn ich kann nicht erklären, was ich hier verloren habe! Meine Hände fliegen zur nächsten Tür und ich schicke ein Stoßgebet in den Himmel. Tatsächlich gibt die

Klinke nach und ich stürze erleichtert in den Waschraum, der hinter dem Holztor auf mich wartet.

Ein paar Spritzer kaltes Wasser ins Gesicht, beruhigen meine Nerven. Ich atme tief durch, versuche mich darauf zu besinnen, was ich hier mache. Mein verzerrtes Spiegelbild blickt mir aus der metallisch schimmernden Waschschale entgegen. Frotzelt mich und runzelt vorwurfsvoll die Stirn.

»Darina! Himmel sei Dank!«

Ich fahre herum, als ich ihre Stimme höre. Erleichtert. Dankbar.

»Endea, meine gute Endea! Ich bin so froh dich zu sehen! Ich habe dich gesucht!«

Wir fallen uns in die Arme wie zwei alte Freundinnen.

»Geht es Euch gut?«, fragt sie und legt den Putzlappen zur Seite. Ihr Gesichtsausdruck ist noch immer gleich besorgt wie in der letzten Nacht.

Ich nicke, »Mir ist nichts geschehen. Der Trunkenbold ist eingeschlafen wie ein Stein, noch bevor er etwas tun konnte.«

»Himmel sei Dank!«, wiederholt sie und drückt mich abermals an ihre Brust. »Ich habe mir solche Sorgen gemacht!«

»Wie geht es dir?«, frage ich und schiebe sie ein Stück von mir weg, um sie genauer zu betrachten. Endea sieht gut aus, wesentlich besser noch, als bei meinem letzten Besuch in ihrem Dorf.

232

»Ich kann nicht klagen. Ich bin hier in Diensten. Ich werde gut behandelt … Aber was ist mit Euch? Ich habe vom Kral gehört. Das ist schrecklich! Und jetzt seid Ihr hier!«

Traurig nicke ich. Mir fällt nichts ein, was ich sagen könnte, doch zugleich scheint mir, dass meine Vertraute ohnehin alle Antworten in meinem Gesicht lesen kann. Die Wut. Die Trauer. Den Schmerz. Schweigend sinken wir auf den Rand des Holzzubers, starren gegen den dreiarmigen Kerzenhalter, der flackernd den Raum um uns erhellt.

»Wisst Ihr, dass Katalina auch hier ist?«, fragt mich Endea nach einer Weile.

»Ja, das weiß ich. Viel geredet haben wir aber nicht.«

Endea nickt verständnisvoll, sie kann sich gut erinnern, dass Katalina und ich nicht gerade die besten Freundinnen waren.

»Weißt du, wie lange sie hier ist? Oder wie sie hergebracht wurde?«

Selbst wenn meine Meinung von Katalina nicht die beste ist, tut sie mir leid, wenn sie das Gleiche durchmachen musste wie ich.

»Ich denke nicht, dass sie jemand hierher geschleppt hat«, sagt Endea nachdenklich. »Sie ist schon länger hier. Keinen vollen Mond gewiss, aber doch eine ganze Weile. Ich denke, sie ist aus freien Stücken gekommen.«

»Freiwillig?«, wiederhole ich ungläubig.

233

»Ja, ich denke schon. Es heißt, der Kral sei ihr wohlgesonnen. Glaubt man den Gerüchten, dann ist er persönlich darum bemüht, eine gute Partie für sie zu finden.«

»Er will sie vermählen?« Die Geschichte wird immer merkwürdiger. »Warum sollte er das denn tun?«

Warum sollte der Naori-Kral, ein wichtiger und mächtiger Kriegerkönig, sich darum kümmern, einen guten Mann für eine Kebse zu finden? Was hat sie getan, um so viel Wohlwollen zu erlangen?

Dann fällt es mir wie Schuppen von den Augen. »Sie hat es getan!«, schreie ich auf, eine Spur zu laut, wie mir Endeas erschrockener Gesichtsausdruck deutet. »Sie ist die Verräterin!«

»Sie hat was getan?«

Ich höre Endeas Frage nur noch aus der Ferne, weil ich bereits aufgesprungen und zur Tür gestürzt bin. Katalina hat uns verraten, geht es mir durch den Kopf. Katalina hat den Naori vom bevorstehenden Angriff der Pretarier erzählt!

Am Gang kommen mir flotten Schrittes zwei Krieger entgegen und ich weiche erschrocken zur Seite. Die Männer beachten mich nicht weiter, eilen voran bis zu den Toren. Gleich nach ihnen, treffe ich auf eine zweite, größere Gruppe. Auch für die bin ich nicht von Interesse. Es folgen weitere Krieger, zuweilen alleine, dann wieder in Gruppen. Allesamt in Rage und sehr entschlossen.

»Was geht hier vor?«, frage ich, als mir zwischen den Männern drei junge, verschreckte Mädchen aus meinem Schlafsaal entgegenlaufen.

»Die Pretarier sind nahe!«, kreischt eine, die Stimme überdreht vor lauter Angst. »Die Schlacht steht uns ins Haus!«

Tarabas:
FEUER DER NACHT

»Holt Wildron zu mir!«, kommt der knappe Befehl, kaum, dass sie die Burgmauern passiert haben.

»Wildron ist nicht hier«, entgegnet eine der Wachen und weicht dem verärgerten Blick seines Krals aus.

»Wo ist er? Ist er mitgeritten, um die Naori anzugreifen?«

»Ich fürchte nein, mein Kral. Wildron wollte nach Euch suchen und ist nicht zurückgekehrt.«

Der Blick von Tarabas wird finster, doch er verliert kein Wort über den Verlust seines tapferen Kriegers und treuen Gefährten.

»Dann holt mir Evgeni, Ilian, Ivanko! Ich brauche mehr Männer um mich, auf die ich mich verlassen kann!«

Etwas beleidigt geht der Wachmann los, weil er selbst offenbar nicht zum auserwählten Kreis der Vertrauten gehört. Doch das kümmert Tarabas nicht weiter. Er hat keine Zeit, Rücksicht auf irgendwelche sentimentalen Gefühle zu nehmen.

»Bringt den Jungen ins Gebetshaus«, weist er die Kämpfer an, die gemeinsam mit Dimitras den Verdienst für sein Leben tragen. »Er soll eine würdevolle Feuerbestattung erhalten, sobald die Truppen zurück sind.«

»Und was ist mit ihr?«, fragt einer der Männer und deutet auf Zatira, die noch immer kopfüber auf dem Rücken seines Pferdes hängt und in ihren Fesseln vergeblich strampelt und flucht.

»Bringt sie ins Verlies«, verlangt der Kral. »Stellt Wachen ab, die sie nicht aus den Augen lassen!«

Ohne seine erste Kralica noch eines Blickes zu würdigen, steigt er vom Pferd und eilt in die Burg. Im Ratssaal sinkt er in seinen riesigen Sessel, wartet, bis ein Diener die große Kerze am schweren Holztisch entzündet hat und er wieder alleine ist. Dann atmet er tief durch. Es ist still im Gemach, die schweren Vorhänge schirmen jeden Krach von draußen ab, sofern das die dicken Steinmauern nicht ohnehin schon getan haben. Für kurze Zeit ist ihm Ruhe vergönnt und er nutzt die Gelegenheit, endlich seine Gedanken zu ordnen. Draußen ist die Nacht bereits angebrochen und es bleibt nicht viel Zeit, seine nächsten Schritte zu planen.

»Dürfen wir eintreten?«, es ist der Kopf eines jungen Wachmannes, der sich durch die schwere Tür schiebt und auf die Zofen hinter ihm deutet. »Die Mägde bringen Euch ein Mahl zur Stärkung.«

Tarabas nickt, weist die Mädchen mit einer Handbewegung an, die Speisen auf dem großen Holztisch abzuladen. Für eine Tafel ist es gewiss zu spät, aber nichtsdestotrotz schmerzt ihn sein Bauch vor lauter Hunger. Es ist lange her, dass er etwas Richtiges zwischen die Zähne bekommen hat, von Zatiras Gift einmal abgesehen. Eifrig laufen die Zofen um seinen Tisch, beladen ihn nach und nach mit geräuchertem Fleisch, frischem Brot, gesalzener Butter, Käse, Stockfisch, Honig und Nüssen. Dazu zwei volle Krüge mit Hopfenbier und Wein. Der Duft ist so verführerisch, dass der Kral gleich die Hand nach den köstlichen Erfrischungen ausstreckt. Erst einen Fingerbreit vor seinem Mund hält er inne, betrachtet das Gesöff kritisch und stellt den dunklen Holzbecher wieder ab auf den Tisch.

»Du«, weist er den Wachposten an, der hinter den Frauen aus dem Saal verschwinden will. »Komm her und nimm dir von den Speisen. Ich will, dass du alles probierst.«

»Aber mein Kral…«, setzt der junge Mann an zu widersprechen, doch der strenge Blick seines Herrschers lässt ihn verstummen. »Sehr wohl mein Kral«, murmelt er also und probiert nach und nach von Fleisch, Fisch, Milcherzeugnissen, Brot und Getränken. Zufrieden beobachtet der Kral seinen Bediensteten, erleichtert, dass der Genuss der Speisen ihm offenbar nicht schadet und dass seine Bedenken unbegründet waren.

238

»Dürfen wir eintreten?«

Vier Krieger sind hinter der Tür erschienen, Ilian und die drei Männer, die mit Dimitras zu den Quellen gekommen sind und den dortigen Kampf unbeschadet überstanden haben.

»Wo sind Evgeni und Ivanko?«, fragt Tarabas etwas unzufrieden.

»Sie sind mitgeritten, um die Naori anzugreifen«, entgegnet Ilian.

»Nun denn.« Tarabas deutet seinem Vorkoster den Raum zu verlassen und die Türen zu schließen. »Nehmt Platz und greift zu, wenn ihr Hunger habt!«

»Wie viele Männer sind hier, die mich morgen begleiten können?«, setzt er fort, nachdem der erste Durst gestillt und die knurrenden Mägen besänftigt sind.

»Morgen?«, fragt einer nach und erntet ein böses Gesicht.

»Natürlich morgen!« Polternd schlägt die Hand des Krals auf den Tisch. »Die Truppen haben bereits einen Tag Vorsprung! Wir müssen uns beeilen, sie einzuholen, bevor sie Efferston erreichen!«

Nachdenklich zwirbelt er sich den Bart, bevor er erneut zum würzigen Fleisch greift.

»Sie werden den Angriff nicht starten, ohne einen Befehl des Krals. Doch mein Bestreben ist es, sie zurückzubringen, noch bevor sie von den Naori gesichtet werden. Schafft ihr es, bis morgen Früh eine

Truppe von zwei Dutzend Männern aufzustellen und die Pferde zu satteln?«

»Ja sicher, mein Kral.«, stimmt der Krieger schnell zu, bemüht, die dumme Bemerkung von vorhin wieder wett zu machen.

»Gut«, nickt er. »Dann lasst mich jetzt ein wenig ruhen.«

Das Geräusch rückender Sessel erfüllt den Raum, dann schwere Schritte, die aus dem Ratssaal führen.

»Ilian, warte!«, ruft Tarabas den jungen Krieger zurück, dessen Vater, Ivanko, ihm schon seit jüngsten Tagen seiner Herrschaft beiseite stand. »Lass uns gemeinsam die Namen derjenigen durchgehen, die uns morgen begleiten sollen. Ich will nur Männer an meiner Seite wissen, die mein vollstes Vertrauen genießen!«

Es dauert nicht lange bis die Liste erstellt ist, doch da ist noch etwas, das für Tarabas mehr Gewicht hat, als die Nachtruhe vor der bevorstehenden Reise.

»Schick Darina zu mir«, weist er seinen Vertrauten an, ehe er den Saal verlässt.

»Darina?«, fragt Ilian, »die fünfte Kralica?«

Tarabas nickt ungeduldig.

»Es tut mir leid, mein Kral, aber ich fürchte sie ist nicht mehr in der Burg.«

»Darina ist nicht hier?«

»Sie hat uns schon vor mehreren Wochen verlassen. Auf eigenen Wunsch, so wurde mir erzählt. So genau weiß ich das auch nicht.«

»Hol mir die anderen Mädchen. Shana. Helena. Katalina.«

Ilian stürzt aus dem Zimmer, wohl bewusst, dass er nur eine der drei Frauen in ihrem Gemach vorfinden wird.

»Mein Kral! Ihr seid zurückgekehrt!« Shanas dunkle Augen strahlen in ehrlicher Freude, als sie ihren Gebieter erblickt. »Ich dachte schon…«, ihre Worte verstummen, während sie vor ihm auf die Knie sinkt.

»Du dachtest, ich wäre tot?«, vervollständigt er ihren Satz.

Traurig nickt sie.

»Keine Sorge, meine Liebe, das dachten alle.«

Zärtlich findet seine Hand in ihr schwarzes Haar, streichelt sanft über die seidige Fülle. Shana schließt die Augen, genießt die Zuwendung, als ob sie seit seinem Verschwinden auf nichts anderes gewartet hätte. Dann sieht sie ihn an und lächelt, während sie zugleich den ersten Träger ihres einfachen Leinenkleides über ihre Schulter streift.

»Verzeiht mein Herr. Mir blieb keine Zeit, mich angemessen für Eure Rückkehr zu kleiden!«

Langsam rutscht der helle Stoff tiefer, gibt erst ihr Schlüsselbein, dann das Dekolleté und schließlich die rechte Brust frei, während sie nach wie vor die Bestätigung in seinem Blick sucht. Doch es ist nicht ihr Körper, den der Kral an diesem Abend begehrt.

»Ich habe dich gerufen, weil ich wissen wollte, was in meiner Abwesenheit vorgefallen ist. Wo sind deine Kameradinnen? Wo hat man Darina, Helena und Katalina hingebracht?«

Mit einer schnellen Bewegung schiebt Shana den Träger ihres Kleides zurück an seinen Platz.

»Sie sind fortgeschickt worden«, sagt sie leise. »Dimitras wollte sie nicht hier haben.«

»Darina auch nicht?«, fragt Tarabas ungläubig, wo er doch stets das Gefühl hatte, sein junger Erbe habe etwas übrig für seine fünfte Kralica.

»Nein ... Ich weiß nicht.«

»Wo ist Darina?«, fragt er noch einmal so leise und doch so direkt, dass es wie eine Drohung klingt.

»Man sagt, sie sei aus freien Stücken gegangen«, antwortet Shana kleinlaut. »Sie wollte zurück in ihr Dorf. Zu ihrer Familie.«

Etwas unbeholfen windet sie sich, während er an ihr Kinn greift, um ihr Gesicht erneut zu sich hoch zu heben.

»Bist du dir sicher?«

»Sie wollte ohne Euch nicht bleiben, mein Kral. Die Nachricht von Eurem Tod hat sie schwer getroffen. Sie hat uns alle schwer getroffen.« Sie erhält einen Blick, der so viel Wut zeigt, dass ihr erneut angst und bange wird. »Ich habe mit Euren Töchtern jeden Abend für Euch gebetet!«

242

Sein Blick wird milder, er reicht seiner zweiten Kralica die Hand, um sie hochzuziehen. Dann drückt er sie an sich.

»Das weiß ich zu schätzen«, flüstert er leise, bevor er sie fortschickt.

Der Tag ist gerade angebrochen, als er seine Augen aufschlägt. Einzelne Lichtstrahlen fallen ins Zimmer und schaffen es geschickt, die dunklen Vorhänge zu umgehen, die sie aussperren wollen. Er streckt sich noch einmal, ehe er sanft die Kissen und Decken von sich schiebt, die ihn heute Nacht so herrlich weich gebettet haben, als hätte er auf Wolken geruht. Seine Glieder fühlen sich entspannt an, sein Geist erholt und munter. Er hat so gut geschlafen wie schon lange nicht mehr und, so denkt er, gewiss in dieser einen Nacht mehr Ruhe gefunden, als in einem Dutzend anderer Nächte. Zufrieden sieht er sich in seinem Schlafgemach um. Der dunkle Nusstisch, die elegante Ablage und die gemütlichen Felle, die den Boden bedecken. Die in Gold gerahmten Bilder, die kunstvoll seine vergangenen Siege darstellen. Aus jeder Ecke des Raumes schlägt ihm Überfluss entgegen. Eine Vielzahl akribisch angelegter Details, die miteinander in Harmonie wirken und dem Raum eine ganz besondere Atmosphäre verleihen. Eine dunkle, aber glanzvolle, elegante Note. Nur ein Detail stört das Gesamtbild: Das Schwert, das die andere Seite seines

Bettes besetzt. Glatt, scharf und tödlich, wenn es der Gebieter benutzen sollte.

Tarabas steckt seine Waffe zurück in die Scheide, froh sie des Nachts nicht gebraucht zu haben. Dann betrachtet er noch einmal die leere Hälfte des Himmelbettes. *Darinas* Hälfte.

Es bleibt keine Zeit für Melancholie, denn der heutige Tag will genutzt werden. Von Sonnenauf- bis -untergang. Mit einem Satz ist Tarabas hochgesprungen und stürzt an den Wachposten vorbei in den Waschraum, dann zur Ankleide. Mit Kettenhemd und schweren Fellumhängen beladen, nimmt er eine morgendliche Stärkung zu sich, dann tritt er hinaus in den Hof, um nach seinen Männern zu sehen. Wie gewünscht haben sich alle mitsamt ihrer Waffen und Vorräte versammelt, bereit, mit ihm gemeinsam aufzubrechen. Die meisten der Männer haben schon viele Schlachten gesehen, viele Male Seite an Seite mit ihm gekämpft. Doch das hier ist anders. Der heutige Marsch soll dazu dienen einen Krieg zu verhindern, anstatt einen zu beginnen.

»Danke Ilian«, sagt Tarabas und klopft dem jungen Mann auf die Schulter, der eben noch den Proviant auf den Rücken seines Pferdes schnallt. »Du hast gute Arbeit geleistet!«

Der Junge strahlt, doch er sieht rasch, dass das nicht alles ist, was sein Herr ihm zu sagen hat.

»Du kommst nicht mit uns«, folgt der Befehl. »Du reitest den Fluss hinunter, bis zu dem Dorf am Rande des Donnerwaldes. Dort suchst du nach Darina und bringst sie zu mir zurück.«

Ilian sieht enttäuscht aus, dass er den Kral nicht auf seiner Mission begleiten darf, doch er nickt respektvoll und murmelt: »Wie Ihr wünscht, mein Kral«

Ohne noch einmal zurückzusehen reitet Tarabas voran und gibt seinen Männern mit erhobenem Arm den Befehl, ihm zu folgen.

Der Tag vergeht schnell und die erste Nacht bricht schon herein, noch ehe der Kral und sein Gefolge die anderen Truppen ausmachen können. Es bleibt ihnen nichts weiter übrig, als ein Lager aufzuschlagen und Feuer zu machen, um die raue Winternacht zu überstehen.

»Wir sind heute schnell geritten«, lobt der Anführer, während seine Männer ein paar Schneehasen grillen und Brot und Dörrobst herumreichen. »Wir haben gut die Hälfte des Weges nach Efferston hinter uns gebracht. Nun haben wir uns etwas Ruhe verdient, doch morgen Früh erwarte ich, dass ihr munter und aufbruchsbereit seid, noch ehe die Sonne aufgeht. Wir müssen zeitig los, damit wir unsere Männer einholen, bevor sie auf die Naori stoßen.«

Eifriges Nicken ist zu vernehmen, gefolgt von gierigem Schlürfen und Schmatzen. Zufrieden verschlingt Tarabas sein Fleisch, ehe er sich in seine Nachtstätte zurückzieht. Es behagt ihm nicht, in dem ungemütlichen Unterschlupf zu schlafen, doch unter freiem Himmel wäre es jetzt im Winter viel zu kalt. Und sich in eine Höhle zu verkriechen, ist sowieso ausgeschlossen. Von Höhlen hat er für sein Leben lang genug.

Tarabas ist schon früh wieder munter und so löst er selbst die Nachtwache ab, um auch diesen Männern ein kleines Bisschen Ruhe zu verschaffen. Viel Zeit bleibt ohnehin nicht, dann muss er alle wecken, um den anstrengenden Ritt zu beginnen.

Wie schon der erste Tag ist auch der zweite alles andere als gemütlich. Die Männer durchqueren zwei Wälder, ehe sie den schmalen Weg entlang reiten, der sie zwischen den Bergen hindurch bis über die Grenze des Pretari-Landes hinaus führt. Der Boden schimmert silbern vom Raureif, verleiht den Wiesen ringsum ein herrliches, geradezu majestätisches Aussehen. Die Luft ist so kalt und rein, dass die Krieger ihren Atem vor den Gesichtern sehen können. Eisig kriecht sie durch Nasen und Münder, als wolle sie die Körper auch von innen her kühlen.

Nach und nach zurren die Männer ihre Umhänge enger, ziehen sich die Felle bis ins Gesicht. Die Witterung zeigt sich heute wahrlich nicht gnädig mit ihnen und, als ob die eisige Kälte noch nicht schlimm genug wäre, schickt der Himmel auch noch Schneeflocken, die in einem ganzen Schwarm daherkommen, um sich auf ihren Häuptern und Schultern niederzulassen.

Der Weg in den Norden ist so beschwerlich, dass es unmöglich scheint, Efferston vor dem nächsten Tag zu erreichen. Doch, so hofft der Kral, sollte das auch nicht unbedingt erforderlich sein. Wenn das raue Klima ihnen so ungnädig ist, hat es vielleicht auch die vorauseilenden Truppen gezwungen, in nicht allzu weiter Entfernung ein schützendes Lager zu errichten.

Das letzte Stück des Tages führt Tarabas und seine Männer hoch hinauf auf einen Hügel, der grandiose Weitsicht über das Naori-Land bieten soll, doch heute ist es schwierig, in dem dichten Gewirr aus Nebel und Schneeflocken etwas auszumachen.

»Wo seid ihr?«, fragt der Herrscher in die Ferne. »Wo hätte ich an eurer Stelle meine Zelte aufgeschlagen?«

Suchend gleitet sein Blick über Seen, Wälder und Hügel, über das Flachland, das sich dahinter verbirgt und schließlich hoch bis zum Horizont, wo er die Umrisse der Naori-Burg erahnen kann. Mehrmals muss er gegen die Dämmerung blinzeln. Es scheint, mit jedem Wimpernschlag werden die Sichtverhältnisse schlechter und das Licht weniger, bis irgendwann kaum mehr zu unterscheiden ist, wo das Dickicht endet und wo die schneebedeckten Wiesen beginnen. Nur eines erregt seine Aufmerksamkeit: der Überhang, der sich fast wie eine schützende Hand über den See legt, der jetzt gespenstisch in der

Dunkelheit schimmert und damit die Sicht seitens Efferston beharrlich versperrt.

»Wir reiten zum See hinunter«, entscheidet er und gibt seinen Männern das Zeichen, ihm zu folgen. »Zum Auslauf im Nordwesten, wo der Wald beginnt. Dort werden wir unsere Truppen finden.«

Der Platz ist so gut geschützt, dass es lange dauert, bis sie an eine Stelle kommen, wo sie freie Sicht darauf haben. Und selbst dann ist es schwierig in der Dunkelheit zu unterscheiden, ob sich am See Tiere tummeln oder tatsächlich ein paar Männer der eigenen Truppen.

»Seht, mein Kral«, ruft einer der Reiter aus, »Dort unten ist Feuer!«

Tarabas folgt seinem gestreckten Arm, doch der Mann deutet nicht hinunter zum See. Seine Finger zeigen weiter nach Norden. Viel weiter nach Norden!

Der Blick des Anführers ist starr, während er die Lichter zählt, die ihm von dort entgegenkommen, wie eine bedrohliche, glühende Schlange. Eines, zwei, zehn, hunderte.

»Das sind nicht unsere Männer!«, sagt er und dabei ist jeder Klang aus seiner Stimme gewichen. »Das sind die Naori! Sie werden unsere Leute überrumpeln!«

Ein Raunen geht durch die Runde, die Krieger drängen sich dicht aneinander, damit sie selbst einen Blick auf die nahenden Truppen werfen können.

»Los!«, schreit Tarabas schließlich, »wir müssen dort sein, ehe sie unsere Männer erreichen!«

Es ist nur noch ein dünner Streifen Land, der die Naori-Krieger von den Pretariern trennt. Allen voran Tarabas und seine tapferen zwei Dutzend Reiter, etwas weiter dahinter folgen die anderen Pretari-Truppen, die sich nach und nach zu ihnen gesellen, unwissend, dass der totgeglaubte Anführer zurückgekehrt ist, um seinen Männern zur Unterstützung zu eilen.

Immer schneller treibt der Kral von Efferston seine Krieger auf die Pretarier zu, die Speere und Schwerter gezogen und bereit erbarmungslos zuzustoßen. Im Dunkel sehen sie nicht, wie viele Feinde vor ihnen liegen. Sie verlassen sich auf die Berichte des Spähers, der heute beim Ausritt das riesige Lager der feindlichen Truppen entdeckt hat.

»Halt!«, befiehlt Tarabas seinen erwählten Kämpfern, »Lasst die Schwerter stecken und entzündet eure Fackeln!«

»Aber wir werden sichtbar sein«, kommt es von den Reitern, »einfache Ziele!«

»Sie sollen uns sehen!«, gibt ihr Anführer zurück. »Und sie sollen sehen, dass wir nicht kämpfen wollen!«

Die Männer tun wie geheißen, auch wenn so manches Gesicht deutlich macht, dass die Krieger eine offene Schlacht der Gefahr, gemeuchelt zu werden, vorziehen würden. Nach und nach werden Feuer entzündet, bis zwei Dutzend Lichter die gegnerischen Reiter begrüßen.

Ein paar Atemzüge lang steht Tarabas bloß da und starrt auf die sich nähernden Männer, die wie eine Gesteinslawine auf ihn zu donnern. »Bleibt stehen«, flüstert er in die Dunkelheit. »Haltet an!« Mit jedem Schritt, den die Pferde auf ihn zu machen, glaubt er weniger an seinen Plan, er ist bereits kurz davor, blank zu ziehen und seine Männer zum Angriff zu rufen. Doch noch hält er inne. Greift an das goldene Amulett, das an seinem Mittelgurt baumelt, anstatt zum tödlichen Schwert. »Haltet an!«

Es ist nur ein kurzer Moment, den er die Augen schließt, doch als er sie wieder öffnet, ist es passiert. Es liegt kaum mehr ein Acker zwischen seinen Männern und den Naori, doch die Reiter haben aufgehört, sich in ihre Richtung zu bewegen. Wie ein tosendes Flammenmeer stehen sie gegenüber und bilden eine glühende Front. So lange und so weit, dass Tarabas nicht mehr sagen kann, wer nun in der Überzahl ist und wer unterlegen. Nur eines ist gewiss: die Schlacht würde auf beiden Seiten unzählige Opfer fordern.

Ohne sich noch einmal nach seinen Männern umzusehen, reitet Tarabas los, um sich alleine den Naori zu nähern. Es ist nicht schwer zu erkennen, wo sich der Anführer befindet, ist doch er es, um den sich die stärksten und besten Kämpfer scharren, um ihn zu schützen. Auch das feuerrote Haar sticht hervor und hebt den Kral von der dunklen Masse seiner Krieger ab.

»Hört mich an!«, schreit Tarabas, ein weißes Tuch schwenkend, noch bevor er die Hälfte des Ackers überquert hat. »Gewährt mir einen Augenblick, mich zu erklären!«

Die Reiter zeigen keinerlei Reaktion, unbeirrt zeigen ihre Schwerter in seine Richtung, dazwischen ragen die Speere empor und gieren nach Blut.

»Hört mich an!«, ruft er erneut, während er direkt auf den Naori-Kral zusteuert. »Wir sind nicht hier, um zu kämpfen! Wir sind alle getäuscht worden!«

Für kurze Zeit treffen seine Bernsteinaugen direkt auf die grünen Augen des rothaarigen Herrschers der anderen Seite. Die beiden fixieren sich, halten sich gegenseitig fest im Blick, ohne ein einziges Wort zu verlieren. Zivadin wirkt überrascht, Tarabas zu sehen, die Gerüchte über den Tod seines Schwagers und ehemals Verbündeten, haben ihn schon vor einiger Zeit erreicht, wenn auch keine der Geschichten so richtig Sinn ergeben wollte.

Tarabas kann die Spannung fühlen, die zwischen ihm und der Truppe liegt, so als würde sich jederzeit der Himmel auftun, seinen Unmut mit Donner und Blitzen zu entladen. Wie in Trance nimmt er wahr, dass der Kral von Efferston seine rechte Hand hebt und mit einer einzigen Bewegung seinen Männern signalisiert, dass sie ihre Schwerter stillhalten sollen, anstatt anzugreifen.

»Folgt mir«, sagt Zivadin und klingt dabei so ruhig und selbstsicher, wie nur der Kral eines riesigen Reiches klingen kann. »Ich werde Euch Gelegenheit geben, Euch zu erklären.«

Darina:
VERLORENE TRÄUME

Wir haben die Nacht in unseren Lagern verbracht, doch viel geschlafen hat niemand. Bei jedem Knarren sind die Köpfe hochgefahren und das Gemurmel ist erneut los gegangen. Ein paar der jüngeren Mädchen haben die ganze Nacht geweint, andere haben versucht, sich gegenseitig zu beruhigen. Auch ich habe eine Kameradin in die Arme genommen, wollte ihr sagen, dass uns nichts geschehen wird und dass die Pretarier keine Krieger sind, die Frauen schänden und Kinder töten, wenn sie es wirklich bis über die Mauern schaffen sollten.

»Sei still«, hat es dann geheißen und zwei eisblaue Augen haben mich böse angefunkelt. »Du bist doch selbst eine Pretarierin! Dir wird freilich nichts geschehen!«

»Ich bin keine Pretarierin. Ich komme aus einem einfachen Dorf im Süden des Landes«, habe ich zu erklären versucht, doch es hat ohnehin niemanden interessiert. Und dann kam das nächste Geräusch von draußen und ich war ohnehin wieder vergessen.

Es ist schon früh am Morgen, als mir auffällt, das ein Bett in unserer Kammer leer geblieben ist.

»Wo ist Katalina«, frage ich die zierlichen, dunklen Zwillinge, die weiter hinten direkt neben dem unbenutzten Bett weilen.

»Man hat sie fortgebracht«, antwortet eine der Schwestern.

Zu ihrem neuen Gemahl, denke ich. Der Lohn für ihren Verrat. Der Lohn dafür, dass sie Dimitras und mit ihm die Pretarier ans Messer geliefert hat.

»Sie ist krank«, setzt der zweite Zwilling nach und ich drehe mich überrascht um.

»Krank?« Das Bild der blassen Katalina drängt sich zurück in meinen Kopf, schwach und zerbrechlich, wie ich sie gestern im Hof gesehen habe.

»Wo ist sie?«, frage ich an das Mädchen gewandt.

»Du kannst nicht zu ihr! Da würdest du dir höchstens den Tod holen! Sei froh, dass sie sie weggebracht haben!«

Es ist kein Schweres, herauszufinden, wohin die Kranken abgeschoben werden. Ein paar Mal mit den Wimpern klimpern, und ein Wachmann verrät mir, was ich wissen will. Katalina habe Glück, sagt er, dass sie sie nicht raus vor die Tore getrieben haben. Wäre sie aussätzig, hätte man bestimmt damit ihr Schicksal besiegelt.

»Katalina?«, meine Stimme stört leise die Dunkelheit in der kleinen Kammer, die gut versteckt auf der anderen Seite des Innenhofes liegt, in dem wir jeden Morgen unseren Reigentanz üben. Ein leises Stöhnen ist zu hören, noch ehe meine Kerze vermag, mir den Weg zur Kranken zu leuchten.

»Darina, bist du das?«

»Ja«, nicke ich und sinke neben dem Bett auf den Boden.

»Du meine Güte, Katalina, du siehst schlimm aus!«, rutscht es mir heraus und ich beiße mir sofort auf die Zunge, als ich sehe wie sie gequält die Augen niederschlägt.

»Was willst du? Willst du dich an meinem Anblick weiden? Hier, sieh her! Ich habe gekriegt, was ich verdient habe! Und jetzt verschwinde und lass mich alleine!«

Ohne Rücksicht auf ihren Protest lege ich ihr meine Hand auf die Stirn, die sich normal anfühlt. Trotzdem sieht man auf den ersten Blick, dass es dem Mädchen alles andere als gut geht. Von ihrem Handgelenk schlägt mir das Blut in unheilvoll schnellem Rhythmus entgegen.

»Wie lange geht das schon?«

»Wieso interessiert dich das?«, gibt sie böse zurück, doch nachdem sie meinen Blick sieht, wird ihre Stimme ebenfalls etwas sanfter.

»Seit ein paar Tagen. Ich kann nichts essen, mein Körper will einfach nichts bei sich behalten.«

»Kannst du dich aufrichten?«

»Es dreht sich alles, wenn ich es versuche. Gestern im Saal bin ich zusammengesunken, weil mir so schwarz vor Augen war.«

Traurig sieht mich die ansonsten so starke Katalina an, ihre goldbraunen Augen haben einen fahlen Ton angenommen.

»Ich werde sterben, Darina! Jetzt, wo mein Leben endlich gut werden hätte können!«

»Gut werden? Du meinst, weil du dir mit dem Verrat an deinem Volk eine gute Partie erkauft hast?«

Katalina dreht ihren Kopf zur Seite. »Du verstehst nichts, Darina. Du verstehst nicht, was ich alles mitgemacht habe. Du weißt nicht, wie es ist, wenn dir schon als Kind jeder sagt, dass dein Gesicht das einzige Kapital ist, das deine Familie hat. Wenn die Frage, ob deine kleinen Geschwister satt werden oder nicht, einzig und alleine davon abhängt, ob du einen Mann finden kannst, der genügend Land für dich hergibt. Und wenn sie dann trotzdem nicht zufrieden sind, sondern wie die Geier immer mehr verlangen. Wenn deine eigenen Eltern dir sagen, dass du ohne Rang und Namen nicht zurückkommen brauchst, weil du eine Schande für sie bist! Wenn sie dir sagen, dass du nicht mehr zur Familie gehörst.«

Als sie sich umdreht, sehe ich die Tränen in ihren Augen glitzern.

»Du musst mehr trinken«, sage ich.

»Ich versuch's«, flüstert sie, irritiert über den plötzlichen Themenwechsel.

256

Als ich draußen im Hof Geräusche höre, springe ich hoch.

»Ich muss gehen, der Tanz fängt an.«

»Warte Darina! Kommst du wieder? Ich glaube nicht, dass irgendjemand sonst noch kommt! Sie denken alle, ich würde den Tod bringen!«

»Ich werde sehen, was ich tun kann«, antworte ich, ehe ich aus der Tür husche.

Der Tanz hat noch nicht begonnen, als ich in den Hof komme. Rasch füge ich mich in die Reihe, beginne die obligatorische Bewegung am Morgen. Natürlich frage ich mich, ob denn die Übung wirklich Sinn macht, jetzt wo die Männer alle fort sind, die Schlacht mit den Pretariern zu schlagen. Doch das scheint niemanden zu kümmern. Ganz im Gegenteil, heute gilt es sogar einen neuen Tanz einzustudieren. Einen der besonders aufreizenden Sorte! Wir laufen im Kreis, wiegen die Hüften, fassen uns an den Händen und springen von einer Seite zur anderen, ehe wir unsere Beine heben, sodass die Röcke ein gutes Stück weit nach oben rutschen und unsere Unterschenkel den Blicken freigeben. Das ist aber längst nicht alles, denn auch die Kleider, die man uns anprobieren lässt, sind eine einzige Schande. Sie sind noch dünner als die ersten und oben herum so durchscheinend, dass man jeden Bauchnabel und jeden Nippel erkennt.

»Das kann ich nicht!«, kreischt eine der beiden Zwillingsschwestern entsetzt.

»Das ist erniedrigend«, stimmt selbst die Blondine zu, die sich vor Kurzem bei der Feier noch so unverfroren den Kriegern an den Hals geschmissen hat.

»Ihr könnt und ihr werdet«, ist der knappe Befehl der Herrin, mit dem sie jeden Protest beendet. »Wir wollen unseren tapferen Männern heute Abend eine besondere Vorführung bieten! Es gibt Anlass zur Freude!«

»Heute Abend?«, frage ich überrascht.

»Keine Sorge, Goldlöckchen, nachdem du unrein bist, wirst du bei der ersten Aufführung ohnehin nicht dabei sein. Und bis zur nächsten bleibt genug Zeit, dass du die Schritte lernst.«

»Aber der Krieg…«, stammle ich und ernte nur verständnislose Blicke.

Es dauert bis zur nächsten Pause, dass mich eines der Mädchen aufklärt, dass die Krieger zurück in der Burg sind.

»Es gab keinen Kampf?«, frage ich verwundert und die Kleine schüttelt den Kopf.

»Es heißt, der Pretari-Kral habe ein Friedensangebot vorgebracht.«

»Ein Friedensangebot?«

Meine Hände beginnen so zu kribbeln, dass ich sie zusammenpressen muss, um sie ruhig zu stellen. Dimitras hat den Frieden erklärt! Er hat den Krieg verhindert, den seine eigene Mutter unbedingt wollte! Ich bin so nervös, dass ich unentwegt von einem Bein aufs andere treten muss. Ich kann keine Erklärung finden, es muss irgendetwas vorgefallen sein, das ihn umgestimmt hat. Oder das Zatira umgestimmt hat.

»Man sagt, die Verhandlungen laufen noch«, flüstert ein anderes Mädchen und ich stelle sofort die Ohren auf.

»Der Kral ist hier?«, frage ich überrascht.

Ich erhalte keine Antwort mehr, weil uns die Spielleute mit Laute und Flöten erneut zum Tanz rufen, doch in meinem Kopf überschlagen sich die Bilder. Dimitras ist hier in der Burg! Und er ist als Gast hier, um mit seinem Onkel, dem Naori-Kral, einen neuen Pakt zu schließen! Mein Herz macht Sprünge, und das nicht nur, weil wir eben wieder begonnen haben, uns an den Händen zu nehmen und im Kreis zu hüpfen. Dass Dimitras da ist, bedeutet noch etwas anderes: meine Tage hier sind gezählt!

»Ich möchte mittanzen«, sage ich am Abend, als die Mädchen sich zur Körperpflege und zum Ankleiden einfinden. Im Festsaal, so hoffe ich, werde ich Dimitras begegnen. Ich bin sicher, er weiß, was zu tun ist. Er wird mich sehen und er wird mich mitnehmen wollen, diesen Wunsch wird man ihm bestimmt nicht verwehren. Hier am Hof bin ich nur eine von vielen. Ein Niemand, den ohnehin keiner vermissen wird.

»Ausgeschlossen.« Ohne mich anzusehen schiebt mich die Herrin von der Tür weg, die zum Waschraum führt.

»Aber ich bin wieder in Ordnung«, protestiere ich.

»In Ordnung? Keine Frau ist nach einem Tag wieder rein!« Ihre Stimme klingt jetzt belustigt. »Abgesehen davon, wird dir ein weiterer Tag Übung nicht schaden, um den Tanz zu beherrschen.«

»Aber ich…«

»Schluss! Ich will nichts mehr hören! Geh in die Kammer und ruh dich aus! Gestern hast du noch um die Ruhe gebettelt!«

Wie schon gewohnt, versucht sie auch dieses Mal mich mit ihren wild fuchtelnden Handbewegungen zu verscheuchen, bis ich aufgebe und den Rückzug antrete. Es wird noch einen anderen Weg geben, Dimitras zu begegnen. Es muss einen anderen Weg geben!

Wie am letzten Abend, warte ich auch heute bis Ruhe eingekehrt ist, um nach draußen zu huschen. Ich weiß, dass ich eine ordentliche Tracht Prügel riskiere, doch wenn ich vermag, Dimitras zu finden, kann ich es schaffen, meinem Schicksal zu entkommen.

Ich harre aus, bis die Gänge frei sind, husche den dunklen Weg hinunter, um in den Haupttrakt zu kommen. Keine Ahnung, was ich mache, wenn ich erst einmal dort bin. Ich kann selbstverständlich nicht in den Festsaal platzen, das würden die Wachen zu verhindern wissen. Die Türen zum Saal sind mindestens ebenso gut gesichert, wie die Tore, die hinaus in die Freiheit führen. Das Einzige, was ich machen kann, ist ein gutes Versteck suchen. Eine Nische oder Kammer, in der ich warten kann, bis die Feier ihren Höhepunkt erreicht. Wenn die Herrschaften sich aufteilen, austreten oder gemeinsam mit dem Mädchen ihrer Wahl den Saal verlassen, dann ist meine Chance gekommen, Dimitras zu suchen. Ich weiß, dass der Plan gefährlich ist, doch ich muss es wagen.

Mein Schritt ist bestimmt, ich sehe mich um, bevor ich um die Ecke biege, gehe den Wachen aus dem Weg. Doch noch bevor ich den Korridor erreichen kann, lässt mich ein jämmerliches Winseln aufhören.

Ich brauche nicht lange zu überlegen, wer hier so jammert und leidet. »Katalina«, spreche ich ihren Namen aus wie einen Fluch, weil ich es ohnehin nicht übers Herz bringe, sie zu ignorieren. Kurzentschlossen ändere ich meinen Plan und steuere auf die dunkle Kammer zu, in der sie abgeschoben und alleine ihr Leid beklagt. Ich erschrecke geradewegs, als ich ihr Antlitz erblicke. Sie sieht noch viel schlechter aus als am Morgen. Die Lippen sind weiß und trocken, die Augen eingesunken und ausdruckslos.

»Hast du nichts getrunken?«, frage ich und beuge mich über sie, um erneut die Hand auf ihre Stirn zu legen. Sie glüht nicht, ganz im Gegenteil, ihre Haut fühlt sich kalt an wie Eis.

261

»Doch natürlich«, antwortet sie schwach, »doch ich schaffe es nicht, etwas bei mir zu behalten.«

Vorsichtig hebe ich ihre Hand, halte sie vor mein Gesicht.

»Was tust du da?«, fragt sie, als ich mit Daumen und Zeigefinger die Haut an ihrem Handrücken nach oben ziehe, bis sich eine Hautfalte bildet.

»Du bist ausgetrocknet«, sage ich knapp, während ich beobachte, wie ihre Haut noch eine Weile stehen bleibt, ehe sie sich ganz langsam wieder glättet.

»Aber ich trinke doch genug Wasser!«

»Vielleicht ist das nicht das Richtige«, murmle ich, während ich nach draußen eile, um nach Endea zu suchen.

Es dauert eine Weile bis ich eine der Zofen erblicke, die ich bitte, nach meiner Vertrauten zu sehen. Misstrauisch beäugt mich die Frau, die gewiss schon viele Winter auf der Burg hinter sich hat, sie weiß genau, dass es mir eigentlich nicht zusteht, durch die Gänge zu laufen und Wirbel zu machen.

»Es ist wichtig«, flehe ich und hoffe auf ihr Mitgefühl.

»Du hast hier drüben nichts verloren«, sagt sie knapp, »wenn die Herrin dich hier findet, prügelt sie dich zurück in die Kebsen-Kammer!«

»Bitte«, versuche ich es erneut, »ich brauche Endeas Hilfe!«

262

»Was willst du denn von ihr? Vielleicht kann ich dir helfen«, sagt sie, doch ich kann spüren, dass an ihrem Angebot etwas faul ist.

»Nur etwas Suppe«, sage ich leise.

»Essen? Ihr bekommt doch genug!«

»Aber es ist doch nicht für mich...«, will ich erklären, doch sie ist in ihrer Rage nicht mehr zu bremsen.

»Scher dich fort!«, schimpft sie, »ihr Kebsen bekommt mehr zu essen als alle anderen hier!«

Es hat keinen Sinn. Ich drehe mich um und gehe, bevor die Alte tatsächlich noch ihre Drohung wahr machen und meine Herrin rufen kann. Vielleicht kann ich selbst herausfinden, wo die Vorratskammern sind, vielleicht gelingt es mir auch, in der Küche jemanden zu bezirzen, mir ein Schälchen Suppe abzugeben.

Gerade als ich in den nächsten Gang abzweigen will, öffnet sich neben mir eine Tür und jemand zieht mich in die Kammer.

»Psst!«, höre ich die leise Stimme meiner Vertrauten.

»Endea, Gott sei Dank!«

»Ich habe Euch mit der Zofe gehört. Mit der ist nicht gut Kirschen essen, kann ich Euch sagen. Wir machen alle einen Bogen um sie, wenn es irgendwie geht.«

»Endea, ich brauche deine Hilfe! Katalina geht es schlecht. Sie muss dringend etwas Flüssigkeit zu sich nehmen. Kannst du ein wenig Haferschleimsuppe auftreiben?«

»Haferschleim? Warum gebt Ihr Katalina kein Wasser? Und überhaupt, was hat Euch das zu kümmern?«

»Sie verliert das Wasser schneller als sie es trinken kann«, erkläre ich, ohne auf die andere Frage einzugehen. »Ich habe das früher schon einmal gesehen, als mein kleiner Bruder das verdorbene Fleisch gegessen hatte. Meine Großmutter hat dann Schleimsuppe gekocht und ihn mit kleinen Löffeln gefüttert. Das war das Einzige, das das Kind bei sich behalten hat können.«

Endea gibt sich geschlagen, »Na gut, ich weiß, wo Katalina untergebracht ist. Ich hole die Suppe und treffe Euch dort.«

»Langsam«, ermahne ich Katalina wenig später, nachdem uns Endea mit einem großen Becher Haferschleim alleine gelassen hat. Ich reiche ihr einen Löffel nach dem anderen, jeweils nur mit ein paar wenigen Tropfen der schleimigen Flüssigkeit.

»Und das soll helfen?«, fragt sie skeptisch, schluckt aber dennoch brav alles hinunter, was ich ihr gebe. Ich denke, sie weiß, dass sie sich in einer Lage befindet, die ihr keine Wahl lässt.

»Du hast Tarabas wirklich geliebt, oder?«, fragt sie irgendwann unvermittelt, nachdem ich sie schon so

264

lange mit Suppe gefüttert habe, dass mir die Finger weh tun.

»Ja, das habe ich«, nicke ich, ohne große Lust über meine verlorene Liebe zu sprechen. »Hast du jemals richtig geliebt?«

Katalina sieht nach oben, als könne sie dort die Antwort auf meine Frage finden.

»Es hat jemanden gegeben, ja. Aber das ist schon sehr lange her.«

»Wir haben viel Zeit«, fordere ich sie auf, denn ich würde gerne ihre Geschichte hören, wenn schon noch ein halber Becher Suppe vor uns liegt und darauf wartet in winzigen Portionen von ihr verschluckt zu werden.

»Er war ein Junge vom Nachbardorf«, beginnt sie und ich kann hören, wie ihre Stimme einen schwärmerischen Ton annimmt. »Wir haben uns heimlich in der Scheune seiner Eltern getroffen, wenn sonst niemand mehr auf war. Er war ein attraktiver junger Mann, groß gewachsen und mit breiten Schultern. Langes dunkles Haar trug er, fast wie ein Krieger. Doch von seinem Wesen war er alles andere als wild. Er war ein zärtlicher Junge und ein einfühlsamer Liebhaber.«

Verschwörerisch wendet sie sich mir zu und ich wundere mich über die plötzliche Offenheit der sonst so abweisenden, verschlossenen Kralica.

»Eines Nachts, ich hatte kaum meinen vierzehnten Sommer hinter mir, haben wir uns oben am Heubo-

265

den getroffen. Es war spät in der Nacht und seine Eltern waren gewiss schon zu Bett, ebenso seine Geschwister. Er hatte nur eine Kerze bei sich, mit der er mir den Weg nach oben leuchtete und mich die Sprossen hinauf führte, bis ich sah, was da vor mir lag. Der ganze Boden war voller Stroh, darüber ein weiches Bett aus Heu, geziert von einem riesigen Herz aus frisch gepflückten Margeriten. Er hat die Kerze neben uns zwischen zwei Holzplanken gesteckt, dann sind wir niedergesunken und er hat mich in seine Arme gezogen. Es war wunderschön. Ich habe noch nie zuvor gesehen, dass jemand etwas derartig Schönes für mich getan hat!«

Katalina sucht meinen Blick, als würde sie auf meine Zustimmung warten. Ich nicke, während ich den Löffel erneut an ihre Lippen setze, füttere sie mit ein paar Tropfen Suppe und fordere sie dann auf, weiterzuerzählen.

»Er hat mir gesagt, dass er mich liebt. Und ich habe ihn auch geliebt. Mehr als alles andere in meinem Leben. Er wollte mich heiraten! Er hat es versprochen! Niemand könne ihm das verbieten, hat er gesagt, und ich habe ihm geglaubt.«

»Was ist dann passiert?«, frage ich neugierig und muss an das junge Liebespaar denken, das damals bei meiner Heimreise von Preto zu mir auf den Heuboden kam.

»Er hat angefangen, mich zu küssen. Erst auf die Lippen, dann auf meinen Hals und Nacken, bis ihm das nicht mehr gereicht hat. Er hat begonnen mein Kleid aufzuschnüren und ich habe ihn gewähren lassen. Was hätte ich tun sollen? Ich war jung und ich war so wahnsinnig verliebt! Ich dachte, dass er sein Versprechen hält. Dass er mich zur Frau nehmen würde und dass niemals jemand von dieser Nacht erfahren müsse. Von dieser einen Nacht, die für mich alles bedeutet hat und die mir alles nahm.

Es war so wunderschön, wie er meinen nackten Körper ansah. Voller Bewunderung. Voller Begierde. Voller Liebe und Zärtlichkeit. Er hat sich die halbe Nacht Zeit genommen, jedes Stückchen Haut zu erkunden, er hat mich überall gestreichelt und kleine Küsse auf meinen Körper gehaucht. Ich kann mich an das himmlische Gefühl erinnern, als seine Lippen meine Scham gefunden haben. Zärtlich. Vorsichtig. Es war, als würden die Engel für mich singen. Als würden sie mich auf ihren Flügeln in die Höhe heben, weit fort tragen, in eine Welt, die nur aus Sinnlichkeit und reinster Freude besteht. Ich habe gezittert, als er mich dort mit seiner Zunge berührte. Mich unter ihm gewunden, als wolle ich entkommen und dabei habe ich nur gehofft, dass er niemals wieder aufhören möge.«

Ihr Blick sucht meinen, fragend und prüfend, ob ich sie verurteile oder verstehe. Sie scheint zufrieden zu sein, denn sie erzählt weiter, bloß unterbrochen von den kleinen Löffeln, die ich immer wieder vor ihre Nase halte.

267

»Ich habe gebettelt, dass er weitermacht, als er sich abwandte, um seine eigenen Kleider zur Seite zu legen. Bin in seinen Augen versunken und mit seinen Lippen verschmolzen, als er sich endlich auf mich legte. Es hat nicht weh getan, als er sich in mich hineinschob, ganz im Gegenteil. Es war das süßeste Gefühl, dass ich jemals erleben durfte.

Er hat sich bewegt in mir. Erst vorsichtig, dann schneller. Fester. Ich habe gestöhnt vor Verlangen, gewimmert vor lauter Lust. Ich war nicht mehr fähig zu sprechen. Auch nicht zu denken. Ich konnte bloß noch fühlen - besser und intensiver als jemals zuvor. *Ich liebe dich*, habe ich an sein Ohr gestöhnt und er hat mir selig versichert, dass er dasselbe empfindet. Das war das Letzte, bevor…«

Katalina setzt ab und schiebt den Löffel beiseite, um sich eine Träne aus dem Auge zu wischen.

»Bevor was?«, frage ich ungeduldig.

»Bevor die Kerze umgefallen ist.«

»Ein Feuer?«

»Die ganze Scheune ist binnen weniger Augenblicke lichterloh in Flammen gestanden. Ich dachte, wir kommen nicht mehr hinaus!«

»Aber ihr habt es geschafft?«

Traurig schüttelt Katalina den Kopf.

»Er hat mich nach draußen gestoßen. Ich bin über die Böschung hinunter gefallen, doch ich hatte Glück, denn ich bin in der weichen Wiese gelandet.«

»Und dein Freund?«

»Er hat es nicht geschafft.« Ihre Stimme wird leise. »Noch während er mich zur Seite geschubst hat, habe ich gesehen, wie ein Balken von der Decke krachte.«

Erneut weint sie und ich versuche ihr über die Schultern streicheln, sie zu animieren, die letzten paar Löffel der Suppe zu essen.

»Das ist schrecklich«, sage ich. »Tut mir sehr leid, dass dir das passiert ist!«

»Mir hat es auch leid getan«, sagt sie. »Jeden Tag! Und wenn ich einmal nicht daran gedacht habe, dann haben mich alle daran erinnert. Seine Eltern. Seine Geschwister. Meine eigenen Eltern. *Hure*, haben sie mich geschimpft. Haben mich angesehen, als wäre ich persönlich der Teufel, der den Jungen in die Hölle geschickt hat. Meine Eltern haben mich eingesperrt. Sie haben mich bloß noch mitgenommen, wenn ich in der Mühle helfen musste und selbst dann haben sie mich niemals aus den Augen gelassen … Bis zu dem Tag, als Tarabas kam und mich mitnahm.«

»Dann warst du froh über die Vermählung?«

»Natürlich war ich das. Bloß geliebt habe ich ihn nicht. Und auch keinen der anderen. Keinen, außer… dem Jungen, der für mich in den Flammen gestorben ist.«

»Es war nicht deine Schuld, Katalina«, sage ich und stelle die leere Schale beiseite. »Versuch jetzt, ein wenig Ruhe zu finden. Ich komme morgen Früh wieder, um nach dir zu sehen.«

269

»Darina«, ruft sie mich zurück, als ich schon fast aus der Tür bin.

»Ja?«

»Danke!«

Darina:
ENDE DER EWIGKEIT

Ich habe gar nicht bemerkt, dass ich eingenickt bin und wie viel Zeit vergangen ist, bis mich eine tiefe Stimme ermahnt. Erschrocken reiße ich die Augen auf, sehe mich um, orientierungslos, wo ich eigentlich bin.

»Was machst du hier in der dunklen Ecke«, fragt die Stimme. »Wieso bist du nicht mit den anderen Mädchen in den Festsaal gekommen?«

Erst als er vor mich tritt, erkenne ich den jungen Krieger, der sich schon zwei Nächte zuvor mit mir unterhalten hat.

»Veigar«, grüße ich etwas verlegen, angesichts meiner kompromittierenden Lage.

»Verrate mir eines, meine Schöne«, sagt er charmant, »wer ist der Glückliche, auf den du hier draußen wartest?«

»Der Kral«, flüstere ich wahrheitsgemäß und zucke selbst erschrocken zurück, als ich sein Gesicht sehe.

»Zivadin? Unser König?«

»Nein, ich hatte gehofft einen Blick auf den Kral der Pretarier zu erhaschen.«

»Ich muss dich enttäuschen, da kommst du zu spät.«

»Er ist nicht beim Fest?«, frage ich enttäuscht.

»Nicht mehr«, sagt der Krieger, »er hat sich schon früh zurückgezogen, weil er am Morgen zeitig aufbrechen wollte.«

»Dann sind die Verhandlungen abgeschlossen?«

»Sieht so aus.«

Mit einem Lächeln im Gesicht, das nur bedeuten kann, das beide Seiten mit den Ergebnissen zufrieden sind, dreht sich Veigar weg, um zu gehen.

»Wartet«, rufe ich ihm hinterher. »Wann ist zeitig? Kann ich ihn noch sehen?«

Er bleibt stehen und sieht noch einmal kurz zu mir zurück. »Wenn du dich beeilst, vielleicht.«

Ich will ihn noch fragen, wo ich meine Suche nach Dimitras beginnen soll, doch im selben Moment kommen andere Leute den Gang herunter. Betrunkene Männer, kichernde Mädchen. Ich hüte mich, ein Wort zu verlieren, denn ich will nicht auch noch riskieren, der Herrin in die Arme zu laufen. Also warte ich, bis wieder etwas Ruhe eingekehrt ist, bevor ich mich still und heimlich davon schleiche.

Er muss im Kriegertrakt sein, denke ich. In einem der eleganten, großen Gemächer, in die ich in der anderen Nacht auf meiner Suche nach Endea gestolpert bin. Dort, wo herrschaftliche Himmelbetten, kostbare Fellvorleger und mühselig gefertigte Kunstgegenstände darauf warten, bei Zeiten den wichtigen

Besuchern ein würdiges Quartier zu bieten. Im Augenblick bin ich weit von diesen Kammern entfernt und es ist kein Leichtes, all die Wachen zu überwinden, die den Weg bis dorthin besetzen. Immer wieder muss ich stehen bleiben und mich in irgendeine Nische schieben oder in eine andere Kammer ausweichen, um nicht aufgegriffen und in den Dienstbotentrakt zurückgebracht zu werden.

Dimitras, denke ich. Ich muss zu ihm! Er muss mich einfach mitnehmen! Ich halte kein weiteres Fest aus. Nicht, wenn ich dann wieder dem Stiernacken in die Hände falle.

Ich habe es fast geschafft, als ich lautes Gepolter etwas weiter im Süden höre. Schwere Schritte, die den Gang hinunter führen. Ein Rasseln, leises Gemurmel. *Das müssen sie sein*, denke ich. Sie sind bereits auf ihrem Weg aus der Burg und mir bleibt keine Zeit, um lange zu überlegen. Ich muss alles auf eine Karte setzen, wenn ich hier fort will.

Die Geräusche werden lauter, als ich den Gang entlang laufe, um den Männern zu folgen.

»Wartet«, rufe ich, doch sie sind so laut und ich bin noch so weit entfernt, dass sie mich gar nicht wahrnehmen.

Ich muss näher ran, denke ich. Dimitras muss mich erkennen!

Weiter vorne sehe ich einen leuchtenden Halbkreis. Licht, das vom südlichen Tor zu uns herein dringt und das Dunkel im Inneren der Burg verdrängt. Mehrere Wachen sind links und rechts neben dem Ausgang postiert, während sich die Traube aus Männern vor mir, langsam hindurch schiebt. Ich sehe Häupter mit dunklem, meist sehr langem Haar, so wie es die Krieger tragen. Nur ein, zwei darunter tragen es kurz. Kupferrot ist kein einziger Schopf, den ich sehe. Dimitras muss schon hinaus sein.

»Dimitras!«, rufe ich dennoch seinen Namen, doch die Männer drängen sich unbeirrt vorwärts, bis sie das Freie erreichen. Sie scheinen meine Stimme in all dem Tumult gar nicht zu hören. Nur ein einziger Kerl, der ganz hinten steht, dreht seinen Kopf in meine Richtung. Erwartungsvoll eile ich ein paar Schritte voran, spähe um die Ecke, damit ich sein Gesicht sehen kann. Es ist nicht Dimitras, der stehen geblieben ist, und auch sonst kein Pretari-Krieger, den ich kenne. Es ist einer von hier, der jetzt mit langsamen Schritten und einer bedrohlichen Zornesfalte auf der Stirn auf mich zukommt, um mich meines Platzes zu verweisen.

»Du wagst es, Weib«, setzt er an, während ich im Hintergrund die Tür zufallen sehe, »unsere Gäste zu belästigen?«

»Wartet! Nicht!«, schreie ich erneut, ohne den Mann zu beachten.

»Ich spreche mit dir!«, zischt er noch wütender als zuvor und packt mich am Arm. Schnellen Schrittes zerrt er mich den Gang hinauf, zurück in die Richtung, aus der ich gekommen bin. Fort vom Tor. Fort von Dimitras.

Ich habe Glück im Unglück, dass die Herrin nicht zur Stelle ist, als mich der Wachmann zurück in die Kebsen-Kammer befördert. Vermutlich wird er ihr von meinem Vergehen erzählen, aber vielleicht vergisst er auch bis zur nächsten Begegnung darauf.

Im Schlafsaal herrschen Ruhe und Frieden, die Mädchen sind alle erschöpft von der letzten Nacht und hüten die Lager. Ich tue es ihnen gleich und sinke auf das unbequeme Stroh. Die Erinnerung an mein Himmelbett in der Pretari-Burg ist so blass, dass ich schon fast vergessen habe, wie es ist, auf seidenen Stoffen und mit Daunen gefüllten Tuchenten zu schlummern.

Bald sinke ich in einen so tiefen Schlaf, dass ich erst wieder zu mir komme, als die Herrin uns alle zur Morgentoilette ruft. Am heutigen Abend steht kein Fest an, wie ich erleichtert vernehme, aber dennoch schaffe ich es erst bei Sonnenuntergang zu entkommen, um einen Abstecher in die Küche und den anschließenden Krankenbesuch vorzunehmen.

»Wie geht es dir, Katalina«, frage ich, als ich die Tür öffne und bleibe im selben Moment erschrocken stehen, weil ich ein leeres Bettlager vorfinde.

Angst steigt in mir hoch, sie werden Katalina doch nicht etwa fortgebracht haben? Vor die Stadtmauern getrieben oder Schlimmeres? Ich muss sie suchen,

275

denke ich und will schon aus der Kammer stürzen, als ich hinter mir am Gang leise Schritte höre.

»Darina, du bist gekommen«, vernehme ich Katalinas Stimme.

Noch immer blass im Gesicht drückt sie meine Hand und huscht an mir vorbei, um sich niederzulegen.

»Es tut mir leid«, sage ich, wohlbewusst dass ich heute reichlich spät komme, ihr die Schleimsuppe zu bringen. »Du musst fürchterlichen Hunger haben, nicht wahr?«

»Keine Sorge.« Sie deutet auf eine leere Schale. »Endea war heute schon bei mir und hat mir denselben Haferschleim gebracht, den du gestern dabei hattest.«

»Endea?«

»Ja. Ich denke, sie mag mich nicht besonders, aber sie hat irgendetwas gemurmelt, dass sie das für dich tut oder so ähnlich.« Katalina schüttelt dabei verständnislos den Kopf, aber ich kann ihr ansehen, dass sie dennoch dankbar ist.

»Ich hab' dir noch eine Schale mitgebracht«, sage ich schließlich.

Katalina nimmt sie mir aus der Hand und beginnt selbst, winzige Löffelspitzen des Schleimes an ihre Lippen zu führen.

Ich kann ihr ansehen, dass es ihr besser geht, als am Abend zuvor, nur leider scheinen damit auch ihre

Redseligkeit und Freundlichkeit wieder Geschichte zu sein.

»Na gut«, sage ich, »dann lasse ich dich alleine. Es scheint, du kommst jetzt auch wieder ganz gut ohne mich klar.«

Der Mond steht noch nicht einmal am Himmel, als sich meine Kameradinnen und ich nach dem Abendmahl in den Schlafsaal zurückziehen. Die letzte Nacht hat an unser aller Kräften gezehrt, die heutigen Tanzübungen haben ihr Übriges getan. Mein Körper fühlt sich so schwach und müde an, dass ich mir nichts Schöneres vorstellen kann, als eine lange, ungestörte Nacht auf meinem Strohlager zu verbringen. Nicht einmal der Gedanke an die Flucht, der mich sonst jeden Tag hier angetrieben und am Leben gehalten hat, vermag es heute in meinem Kopf Fuß zu fassen. Ich bin schlichtweg zu erschöpft, um mir Neues zu überlegen. Morgen, wenn ich ausgeruht bin, so hoffe ich, werde ich mich daran machen, neue Pläne zu schmieden.

»Das Fest gestern war toll«, höre ich eines der Mädchen sagen. »Zu schade, dass ihr nicht dabei wart.« Es wirft mir und den Zwillingen vorwurfsvolle Blicke zu, so als ob wir die anderen aus freien Stücken im Stich gelassen hätten. »Ihr habt eine rauschende Feier verpasst.«

»Und einen attraktiven Kral«, fügt eine verträumte Stimme hinzu.

277

Kichern breitet sich im Raum aus, zustimmendes Nicken und Flüstern.

»Der Pretari-Kral gefällt euch?«, frage ich neugierig in die Runde und freue mich schon darauf, irgendwann einmal Dimitras davon berichten zu können.

»Oh ja«, sagt eine kurvige Brünette. »Er sieht toll aus. So kraftvoll und männlich!«

»Männlich?«, frage ich, verwundert darüber, dass die Mädchen von dem zierlichen Jungen so angetan sind.

»Ja doch, ein ganzer Kerl. Und diese Muskeln!«, schwärmt eine Blondine. »Nur das kurze Haar finde ich komisch für einen, der schon so lange Kriegerkönig ist.«

»Lange?« Jetzt verstehe ich gar nichts mehr. »Findet ihr nicht, dass noch ein paar Sommer fehlen, ihn zu einem richtigen Mann zu machen?«, frage ich.

»Meinst du wegen dem komischen Anhänger?«, fragt die Brünette. »Ja, das habe ich auch eigenartig gefunden. Ich meine, welcher Mann trägt schon ein goldenes Medaillon?«

Ein goldenes Medaillon? Entsetzt sehe ich sie an. »Was sagst du da? Was hat er getragen?«

»Na diese dumme Kette, golden und mit Blumenranken verziert, so wie es sonst nur Weiber tragen.«

»Also ich fand das total süß mit der Kette«, mischt sich die Blondine wieder ein, doch ich höre den beiden nicht mehr zu.

278

Mein Medaillon, rattert es in meinem Kopf. *Der Anhänger meiner Großmutter, den ich Tarabas gegeben habe, damit er ihn beschützt.* Das, was die Mädchen sagen, ergibt keinen Sinn. Der langjährige Kriegerkönig. Der starke, erwachsene Mann. Alles was sie sagen, klingt nach Tarabas und doch weiß ich genau, dass er es nicht sein kann. Sie müssen Dimitras meinen! Bloß, dass ihre Beschreibung überhaupt nicht auf den jungen Kral zutreffen kann.

»War sein Haar kupferrot?«, frage ich und spüre wie das Blut durch meine Adern peitscht.

»So wie das des Naori-Krals, Zivadin?«, die Blondine kichert. »Nein, so außergewöhnlich ist er nicht. Er hat pechschwarzes Haar, so wie die meisten Pretari-Krieger. Nur, dass es so ungewöhnlich kurz geschoren ist.«

Mein Herz rast, ich muss mich zurück lehnen und an die dunkle Wand starren, um meinen Atem zu beruhigen. Was hat das alles zu bedeuten? Wollen sie mir damit sagen, dass es ein anderer war, der als Kral der Pretarier hierher gekommen ist? Wer wäre so dreist? Der Husar? Nein, da passt die Beschreibung gewiss nicht. Oder wollen sie am Ende behaupten, dass Tarabas selbst von den Toten zurückgekehrt ist? Ein Schauer jagt durch meinen Körper, eisig kalt von der morbiden Idee und zugleich prickelnd heiß, voller Hoffnung. Zwei, drei Mal muss ich ansetzen, bis mir die eine, alles entscheidende Frage über die Lippen kommen will.

»Kennt ihr seinen Namen?«, flüstere ich so leise, dass mich nur die paar Mädchen im näheren Umkreis verstehen.

Bedrohliche Stille liegt im Raum, während ich zitternd auf die Antwort warte. Ich bete, dass es der seine ist und fürchte mich zugleich so sehr davor, dass es mir kalt den Rücken hinunter läuft. Er kann es unmöglich sein. Er ist tot. Er kann nicht…

»Tarabas«, sagt die Blondine und lacht mich aus. »Das weiß doch jeder!«

Meine Knie sind noch immer weich, als ich am nächsten Morgen nach Katalina sehe. Routiniert prüfe ich ihre Temperatur und den Herzschlag, stelle den neuen Haferbrei ans Lager, den ich aus der Küche stibitzt habe, und nehme die alte Schüssel von gestern an mich.

»Mir geht es besser«, sagt Katalina, »ich denke, ich komme ab jetzt wieder alleine klar.«

Als sie sieht, wie ich zurückweiche, fügt sie etwas sanfter hinzu. »Trotzdem danke, Darina, für deine Besuche. Ich weiß das zu schätzen!«

»Tarabas ist zurück«, platzt es aus mir heraus, ehe ich es verhindern kann und ich greife mir sofort auf den Mund.

»Was?« Katalina richtet sich in ihrem Bett auf und sieht mich mit großen Augen an. »Was heißt, er ist zurück?«

»Die Mädchen sagen, dass er es war, der gestern die Verhandlungen geführt und die Feier besucht hat. Es gibt keinen Zweifel, sie haben ihn beschrieben und seinen Namen genannt.«

»Das ist unmöglich!«

»Ich weiß! Und doch haben sie ihn gesehen!«

»Sie lügen.«

»Wieso sollten sie?«

Katalina zuckt die Schultern. »Was weiß ich? Aber er kann doch schlecht von den Toten auferstanden sein!«

»Nein, bestimmt nicht«, sage ich und schüttle den Kopf. »Aber es gibt noch eine andere Möglichkeit.«

Katalinas Augen werden noch größer, während ich versuche, die richtigen Worte zu finden.

»Er war niemals tot!«

Einen Moment lang schweigen wir uns an, überlegen beide, was wir tatsächlich wissen und was es bedeutet. Hat er den Angriff überlebt? Hat es überhaupt einen Angriff gegeben? Ohne Katalina in die Verschwörungsgeschichte einzuweihen, frage ich mich, ob Zatira und der Husar Tarabas am Ende entkommen haben lassen.

»So oder so«, sage ich schließlich. »Ich muss es wissen! Ich muss zurück nach Preto und zwar so schnell wie möglich!«

»Hast du denn einen Plan?«

»Noch nicht, aber mir wird schon etwas einfallen.«

Der Tag geht vorüber, ohne dass ich auch nur in die Nähe einer Lösung komme. Immer, wenn ich meine, einen guten Ansatz zu haben, ermahnt mich die Herrin und zwingt mich irgendeine Übung zu machen, die meine volle Aufmerksamkeit erfordert. So vergeht der ganze Tag, bis die Sonne sich verabschiedet und uns verkündet wird, dass wir am heutigen Abend zum nächsten Fest zu erscheinen haben.

»Keine Ausreden heute«, heißt es in meine Richtung. »Du hast letztens schon behauptet, die unreinen Tage hinter dir zu haben!«

»Aber ich ... ich fühle mich nicht wohl«, versuche ich es, doch die Frau zeigt keine Gnade.

»Du bist heute dabei und wenn ich dich an den Haaren in den Festsaal schleifen muss! Denkst du, ich habe das kostbare Gold, das mir der Kral anvertraut hat, dafür ausgegeben, dass du Nacht für Nacht gemütlich in deiner Ecke schlummern kannst?« Auf ihrer Stirn sind mehrere tiefe Furchen zu sehen, die sich noch verstärken, während sie mit mir spricht. »Wenn du hier nicht von Nutzen bist, muss ich mir ein neues Mädchen holen und dich woanders zu Geld machen. Glaub mir«, sagt sie bedrohlich leise, »das würde nicht gut für dich ausgehen!«

Resignierend schließe ich die Augen und folge ihr zu den Waschräumen, um mich für den neuen Abendtanz vorzubereiten und eines der geschmacklosen, durchscheinenden Kleider anzuziehen.

»Los, rein da«, kommandiert die Herrin und schiebt mich mit den anderen Kebsen in den Saal, wo schon dutzende Krieger mit gierigen Augen auf uns warten. Auch die Spielleute stehen schon bereit und heben einsatzbereit Laute und Flöten.

Achtsam sehe ich mich um, betrachte einen Naori nach dem anderen, in der Hoffnung nicht zu finden, wonach ich suche. Doch noch ehe ich die Länge der Tafel durch habe, erkenne ich schon den stämmigen Mann mit dem Stiernacken, mit dem ich es in der ersten Nacht zu tun hatte. Auch heute wirkt er betrunken, genau wie in der anderen Nacht. Schnell sehe ich weg, aber es ist zu spät. Er hat mich ebenfalls entdeckt und ich kann selbst aus dem Augenwinkel noch sehen, wie er sich gierig die Lippen leckt. Oh nein! Mir schwant Furchtbares!

Ich schwitze, verkrampfe mich und zittere, während die ersten paar Töne unseres Liedes erklingen. Mehrmals muss mich meine Nachbarin anstupsen, damit ich mich in Bewegung setze. Ein Glück, dass wir den Tanz so oft geübt haben, dass meine Beine inzwischen jeden Schritt auswendig wissen, denn meinem Kopf wären sie jetzt gewiss nicht mehr eingefallen.

Wir springen und hopsen, heben unsere Beine und schlagen die Röcke nach oben, um unsere Schenkel zu zeigen, alles begleitet vom Gegröle der Krieger. Es ist schrecklich und dennoch würde ich lieber weiter tanzen, als mich zu den Männern zu gesellen. Doch es gibt kein Zurück.

Als die Herrin uns zur Tafel winkt und uns deutet, unserer Pflicht nachzukommen, habe ich einen neuen Plan gefasst. Ich muss mit dem Kral sprechen und ihm sagen wer ich bin. Jetzt, wo es Frieden zwischen den Pretariern und den Naori gibt, soll er wissen, dass es eine Kralica ist, die er gefangen hält. Eine Ehefrau seines Verbündeten.

»Der Kral hat schon Gesellschaft!«, zischen mir die Stimmen der beiden hübschen, dunkelhaarigen Kebsen entgegen, die es sich auf dem Schoß des Anführers gemütlich gemacht haben.

»Gewährt mir nur eine Minute, mein Kral«, bitte ich nichtsdestotrotz.

Doch der König sieht mich nicht einmal an. »Jetzt nicht!«, sagt er so scharf, dass ich zurückweiche.

Unentschlossen sehe ich mich um. Die Herrin steht in der Tür wie eine bedrohliche Mauer. Ich muss mir Gesellschaft suchen, bevor sie das für mich macht. Ich muss mit jemandem reden, bevor ich wieder dem Stiernacken in die Hände falle. Erleichtert stelle ich fest, dass Veigar wieder an derselben Stelle sitzt wie am anderen Abend. Also schiebe ich mich an der hinteren Seite der Tafel vorbei, wo ich dem Wüstling nicht begegnen kann, um neben ihm Platz zu nehmen.

»Darina«, begrüßt er mich lächelnd.

»Veigar«, verneige ich mich.

Ich muss ein Gespräch beginnen, doch mir will nichts Brauchbares in den Sinn kommen. Das Wetter? Der Krieg? Die Speisen am Tisch? Ich bin dankbar, als Veigar das Wort ergreift und mir die Entscheidung abnimmt.

»Hast du den Pretari-Kral noch gesehen?«, will er wissen.

Ich schüttle den Kopf, »Nein leider, ich war wohl zu spät.«

»So ist das, wenn man die Gelegenheit verpasst.« Er lächelt milde, wie jemand, der genau weiß, wovon er spricht.

»Ich hoffe, dass sich eine andere auftut«, sage ich und werfe einen Blick zum Kral, nur um festzustellen, dass er noch immer äußerst beschäftigt aussieht.

»Entschuldige mich«, sagt Veigar unvermittelt, steht auf und lässt mich mit verdutztem Gesicht alleine zurück. Leider bin ich nicht die Einzige, die ihm mit großen Augen nachsieht, als er zum anderen Ende der Tafel marschiert. Es dauert keine drei Wimpernschläge, bis sich der Stiernacken erhebt, um mit wankendem Schritt und bebendem Bauch in meine Richtung zu kommen. Nein! Nein, nein, nein!

Ich sehe mich panisch nach einer Fluchtmöglichkeit um. In der Tür treffen meine Augen die der Herrin, die mich drohend ansieht. Am anderen Ende des Saales stehen Wachen, die akribisch die Ausgänge bewachen. Der Trunkenbold kommt siegessicher auf mich zu. Reibt sich die Hände, während seine Augen lustvoll über das Kleid wandern, dass sich oben herum viel zu eng an meine Brüste schmiegt. Es gibt kein Entrinnen. Keine Rettung.

»Verzeihung«, höre ich eine vertraute Stimme neben mir und blicke auf lange Beine, die vom selben, durchscheinenden Stoff, wie ich ihn trage, verhüllt sind.

»Katalina?«

»Ihr entschuldigt? Wir müssen zum Kral«, sagt sie so bestimmt, dass dem Stiernacken gar nichts anderes übrig bleibt, als zustimmend zu nicken.

Die wütenden Blicke der beiden Kebsen ignorierend, drängt sich Katalina mit einer eleganten Verbeugung ins Blickfeld des Krals.

»Katalina!«, sagt er verdutzt. »man hat mir gesagt, du seist … unpässlich?«

»Ich hatte mir nur etwas den Magen verdorben«, entgegnet sie und schenkt ihm ihr unwiderstehlichstes Lächeln. »Jetzt geht es mir wieder gut und ich hatte gehofft, dass wir heute Gelegenheit finden, über den Gefallen zu sprechen?«

Der Herrscher sieht erst zu den beiden Kebsen auf seinem Schoß, dann zurück zu Katalina., »Also gut«, sagt er, und schiebt die Mädchen von sich runter. »Ihr beiden wartet in meinem Gemach.« Dann wendet er sich Katalina zu. «Folge mir nach draußen.«

Irritiert sehe ich, wie sie nach meiner Hand greift, um mich ebenfalls hinter sich her zu ziehen. Auch der Herrscher wirft ihr einen fragenden Blick zu.

»Es ist wichtig, dass Darina uns begleitet«, meint sie und wirft damit mehr Fragen auf, als Antworten zu geben.

»Wozu?«, will er wissen.

»Ich muss euch etwas Wichtiges über sie sagen.«

»Mmh...«, überlegt er und nickt schließlich.

Der Kral führt uns die dunklen Gänge entlang bis wir zum großen Ratssaal kommen, in dem kunstvoll gewebte Teppiche die Wände bedecken und flauschige Felle den riesigen Eichentisch umrahmen, an dem sich jetzt der Herrscher in seinen breiten Stuhl fallen lässt.

»Als ich zu Euch gekommen bin und Euch vom Angriff berichtet habe, da habt Ihr mir einen Gefallen versprochen«, beginnt sie. »Steht Ihr noch zu diesem Wort?«

»Dein Gefallen war wertlos«, kommt es zurück und ich kann sehen, wie Katalina noch blasser wird, als sie ohnehin noch immer ist. »Der Kral selbst ist gekommen, um den Krieg zu verhindern und sich mit mir zu verbünden. Vielleicht hätte ich ihm zum Dank deinen Kopf überreichen sollen? Wäre es nicht das, was eine Verräterin verdient?« Er schweigt einen Augenblick, beobachtet die Nervosität, die sie langsam überkommt, ehe er fortsetzt. »Keine Sorge, ich bin ein Mann, der sein Wort hält. Also, was ist es, das du begehrst?«

287

»Ich habe nach einem guten Mann gefragt, doch inzwischen hege ich einen anderen, vordringlicheren Wunsch.«, sagt Katalina, sichtlich erleichtert.

»Sprich weiter«, verlangt er ungeduldig.

»Es geht um Darina. Sie ist keine Dirne. Sie war eine Kralica des Krals von Preto, genau wie ich. Bis er uns genommen wurde, wie wir beide dachten. Doch nun haben wir von seiner Rückkehr erfahren und Darina muss dringend zu ihm gebracht werden.« Katalina senkt den Kopf und sieht ihm ehrfürchtig in die Augen. »Mein größter Wunsch wäre, dass Ihr Darina gehen lässt.«

Mich gehen lassen? Ich sehe Katalina an, überrascht von ihrer plötzlichen Selbstlosigkeit. Dann fällt mein Blick auf den Kral, der jetzt unschlüssig eine Schreibfeder in den Händen zwirbelt.

»Meine schöne Spionin«, sagt er schließlich, »selbst wenn ich euch gehen lassen würde - denkst du denn, euer Kral wünscht sich zwei Verräterinnen zurück?«

Er widerspricht nicht, geht es mir durch den Kopf. *Er weiß, dass Tarabas noch am Leben ist!*

»Nein«, schüttelt Katalina den Kopf, »Darina hat damit nichts zu tun. Ich alleine war es, die vom Angriff erzählt hat.«

»Dennoch ist sie jetzt eine Kebse. Beschmutzt und unwürdig eines Krals.«

»Ich habe nichts Verwerfliches getan, mein Kral«, mische ich mich ein. »Ich habe mich keinem Krieger hingegeben und es hat mich keiner genommen!«

288

Er zwirbelt seinen Bart, überlegt eine Weile, wie er mit der Situation umgehen soll.

»Ich könnte sie als Pfand hier behalten. Als Druckmittel, falls die Pretarier ihren Schwur nicht halten.«

»Bei allem Respekt, mein Kral, Tarabas ist kein Mann, der sein Wort bricht«, entgegnet Katalina.

»Nein… das ist wahr. Aber wenn ihm daran liegt, sein Liebchen wiederzusehen, ist er vielleicht bereit, eine hübsche Menge Gold zu bezahlen? Man sagt, in Preto hortet er einen Schatz!«

»Mein Kral, erlaubt mir, einen Gedanken zu teilen«, sagt Katalina und wartet auf sein Nicken. »Wenn Ihr Geld fordert, wird man Euch Gier unterstellen. Doch wenn Ihr Darina zurückbringt, steht der Kral in Eurer Schuld. Und er wird gewiss seine Dankbarkeit zeigen - in Verbundenheit und in Gold.«

»Hmm… Man braucht Leute, die einem einen Gefallen schulden, nicht wahr?«, fragt er mehr sich selbst als uns.

Katalina bejaht eifrig und ich tue es ihr gleich.

»Gewiss wäre es eine großzügige Geste von mir, den Pretariern ihre Kralica zurückzugeben. Als Zeichen unserer Verbundenheit, sozusagen.«

Abermals pflichten wir ihm bei, bekräftigen die gute Idee.

Katalina und ich tauschen Blicke, während er seine Feder geschwind über das Pergament tanzen lässt. Ist das ein Trick? Will er mich tatsächlich gehen lassen?

Ich zucke zurück, als er eine Wache heranwinkt und dem Mann befiehlt, mich zur Herrin zu begleiten.

»Das übergibst du ihr«, sagt er und reicht mir den Schrieb mit seinem Siegel. »Ich lasse dir morgen in der Früh ein Pferd geben, zwei meiner Reiter werden dich begleiten.«

»Ihr schickt mich zurück?«, frage ich aufgeregt. Ich kann es gar nicht glauben. Ich lache, bin kurz davor, Katalina um den Hals zu fallen und dann dem Kral. Gerade noch schaffe ich es, mich zu beherrschen. Spreche meinen Dank aus und verbeuge mich immer wieder, bis mich der Wachmann zur Tür diktiert.

»Was dich angeht«, fährt der Kral von Efferston an Katalina gewandt fort, »so muss ich dich enttäuschen. Dich kann ich nicht gehen lassen.«

Sie sieht ängstlich zu Boden und mir wird mulmig im Magen. Wenn Katalina bestraft wird, dann meinetwegen. Sie hat ihre Zukunft für mich aufs Spiel gesetzt und ich fühle diese Last auf meine Schultern drücken, wie ein Dutzend schwere Steine.

»Du wirst hier bleiben«, wiederholt der Kral, »An der Seite deines Mannes.«

»Ihr werdet mich vermählen?«, fragt Katalina überrascht, dass er ihr diese Bitten trotz allem noch erfüllen will.

»Ich habe dich bereits Veigar versprochen, meinem Zeugwart. Und ich gedenke mein Wort zu halten!«

Als sich Katalina zu mir umdreht, treffen sich für einen kurzen Moment unsere Blicke. »Danke«, flüstere ich leise und sie schenkt mir ein kleines Lächeln. Sie sieht zufrieden aus, vielleicht sogar glücklich. Auf jeden Fall haben die goldenen Punkte in ihren Augen wieder angefangen zu funkeln.

Ich darf zurück! Ich werde Tarabas wiedersehen! Tarabas lebt! Es kommt mir so unwirklich vor. Ich kann noch überhaupt nicht glauben, was diese Worte bedeuten. Zu viele Nächte habe ich getrauert und zu viele Tränen geweint. Ist mein größter Wunsch nun wirklich in Erfüllung gegangen? Oder spielt mir die Wahrnehmung bloß einen üblen Streich? Vielleicht träume ich das alles nur?

Als ich zurück in den Schlafsaal gehe, fühlt es sich an, als würde ich schweben. Ich fliege nur so dahin, laufe leichtfüßig durch die Gänge und nehme nichts um mich herum wahr, so sehr bin ich in Gedanken versunken. Beinahe stoße ich gegen eine Gestalt mit dunklem Umhang, ich kann gerade noch ausweichen. »Entschuldigung!«, will ich rufen, doch die Gestalt ist schon fort. Alles was ich noch sehe, ist das wallende, rote Haar, das nicht einmal der Umhang zu verstecken vermag.

Tarabas: GEWINNEN UND VERLIEREN

Ein eisiger Wind weht über die Felder, als sich der Trauerzug vor dem Gotteshaus sammelt, um durch die Tore hinaus bis nach Osten zu den Felsen zu ziehen. Hunderte Männer, Frauen und Kinder sind gekommen, um den Tod Dimitras zu beweinen. Es waren bloß wenige Tage, die er ihr Kral sein durfte, doch es scheint, das Volk habe ihn bereits ins Herz geschlossen.

Tarabas Stimme ist ruhig als er das Wort ergreift, doch in seinem Inneren tobt ein Orkan. Den ganzen Weg vom Naori-Gebiet bis zurück in die Heimat hat er überlegt und gegrübelt, nur um immer wieder zu demselben Schluss zu kommen: Er konnte Zatira nicht gewähren am Trauerzug teilzunehmen. Selbst, wenn es schmerzte, Dimitras ohne seine Mutter zu verabschieden, es war die einzige Lösung. Zatira in Ketten vorzuführen, hätte Fragen aufgeworfen und nicht bloß Schande über sie, sondern auch über den Jungen gebracht. Und ihr die Freiheit zu geben, war gewiss auch keine Option. Da war es besser, die Hexe im Kerker zu lassen und dafür dem Jungen einen ehrenvollen Abschied zu gewähren.

»Er war mein Sohn«, sagt Tarabas und blickt in die Menge, »seit jenem Tag, an dem ich ihn zum ersten Mal in meinen Armen gehalten und euch voller Stolz als meinen Erben präsentiert habe. Ich habe ihn wachsen und gedeihen sehen, lernen und reifen. Er hat mich stolz gemacht, als er das erste Mal ein Schwert halten konnte und noch stolzer, als er gelernt hatte, wann es besser ist, es stecken zu lassen. Er hat seine Fehler gemacht und seine Lektionen gelernt. Doch er war ein guter Junge und er ist zu einem noch besseren Mann geworden. Zu einem guten Kral für sein Volk, als er vorübergehend meinen Platz einnahm. Jetzt bin ich zurück und muss den höchsten Preis zahlen, den ein Mann in seinem Leben zahlen kann. Ich muss mich von meinem Jungen verabschieden. Und dabei gibt es nur eines, das ich ihm noch sagen möchte: Dimitras, ich bin stolz auf dich! Wir haben dich alle geliebt!«

Ein andächtiges Raunen geht durch die Menge. »Wir lieben dich«, tönt es aus allen Ecken und Enden. Ein paar Frauen haben Tränen in den Augen, niemand wagt es, sich zu bewegen. In den Gesichtern kann der Tarabas ehrliche Anteilnahme lesen. Mitgefühl. Freude, dass er selbst zurück gekehrt ist, aber auch Trauer, dass es unter so grausamen Umständen sein musste. Es gibt nach wie vor viele Fragen, die das Volk unausgesprochen in seine Richtung schickt, doch heute ist nicht der Tag, sie zu beantworten. Dafür wird es noch genügend Zeit geben. Genügend Gelegenheiten. Der heutige Tag soll Dimitras gehören.

Es war richtig, denkt Tarabas, als er das Zeichen gibt, den Weg fortzusetzen, um hoch oben auf den Felsen den Leichnam zu verbrennen und die Asche dem Wind zu übergeben. *Es war richtig, Dimitras als meinen Sohn zu verabschieden.*

Später, als alle verköstigt sind und mit gefüllten Bäuchen von dannen ziehen, kehrt langsam wieder Ruhe in den steinernen Gemäuern der winterlichen Burg ein. Eine gespenstische Stille liegt in den Gängen, die Wachen stehen stumm auf ihren Posten und selbst die ansonsten geschwätzigen Frauen schweigen rücksichtsvoll, um dem Herrscher ihr Beileid zu bekunden.

Der große Ratssaal, in den sich Tarabas zurückgezogen hat, um seinen Gedanken nachzuhängen, scheint noch riesiger als sonst. Die Leere wirkt so bedrückend und beengend, dass er mehrmals an die Luken treten muss, um seine Lungen zu füllen. Es sind wenige Tage, kaum ein paar Wochen vergangen, doch es scheint ihm wie eine halbe Ewigkeit. Obwohl er es geschafft hat, das größte Übel abzuwenden und einen Krieg zu verhindern, kommt es ihm nicht so vor, als hätte er irgendetwas gewonnen. Es ist nichts als Einsamkeit, die ihn umgibt. Er hat nicht nur Dimitras verloren, sondern auch ein paar seiner treuesten Gefährten. Dazu Katalina, Helena und Darina, über deren Verbleib er noch immer nichts weiß. Der Verlust tut weh und es fühlt sich an, als könne er in jeder Ecke und in jedem Winkel die Abwesenheit spüren, die ihn so quält, als wäre sie ein Dämon der Nacht. Sie erinnert ihn mit jedem Atemzug schmerzlich daran, was er einst hatte und was jetzt verloren ist.

Unruhig geht er auf und ab, zu aufgebracht, um sich niederzusetzen, zu unentschlossen, den Saal zu verlassen. Erst ein lautes Klopfen an der Tür lässt ihn aufhorchen.

»Mein Kral, Ilian ist zurückgekehrt«, sagt ein Wachmann und erhält sogleich ein zustimmendes Nicken, den Mann einzulassen.

Für einen kurzen Augenblick kehrt das Leben in seinen Körper zurück. Tarabas spürt, wie sein Herz laut zu schlagen beginnt und wie seine Finger voller Freude und Verlangen kribbeln. Dann tritt der lockige, junge Krieger durch die Tür und mit einem Mal weicht alle Farbe wieder aus dem Gesicht des Herrschers.

»Es tut mir leid, mein Kral«, beginnt Ilian ohne Umschweife, »ich habe Darina nicht gefunden. Die Leute in ihrem Dorf sagen, sie wäre längst zurück nach Preto gekehrt.«

Tarabas starrt ihn mit offenem Mund an und seine Augen funkeln so böse, dass der unglückliche Bote schon befürchtet, er müsse selbst den Kopf hinhalten, um die schlechte Nachricht zu sühnen.

»Bist du sicher?«, kommt die knappe Frage.

»Ich fürchte ja, mein Kral. Das hat mir ihr Vater selbst gesagt.« Noch immer duckt er sich in seine Ecke, so als wolle er einem möglichen Schlag ausweichen. Er zuckt zusammen, als Tarabas schnurstracks auf ihn zugeht. Doch der Kral beachtet den jungen Mann nicht weiter, sondern eilt hinaus und lässt laut krachend die Tür hinter sich zufallen.

»Wo ist sie?«, schreit er in die Dunkelheit, lange bevor er das Verlies erreicht, in das er Zatira hat werfen lassen. »Was zum Teufel hast du mit ihr gemacht?«

Bis auf das Rascheln ein paar einzelner, davon huschender Ratten kommt keine Antwort zurück, doch damit hat er ohnehin nicht gerechnet. Wütend hetzt er voran, fest entschlossen, sie so lange zu würgen, bis sie ihm die Wahrheit verrät. Er ist so in Rage, dass er gar nicht bemerkt, was vor ihm auf dem dunklen Boden liegt, bis er kraftvoll mit dem Fuß dagegen stößt. Schnell greift er nach dem Zunder in seiner Tasche, macht die Lampe erneut an, die bei seinem eiligen Tempo nicht mithalten konnte.

»Verflucht!«, ruft er aus und springt einen Schritt zurück, als er den Körper sieht, der vor ihm in einer zähen Blutlache badet. Es ist einer der Wachmänner, die er noch vor dem Ritt nach Efferston hier abgestellt hat.

Er hetzt weiter, wohl bewusst, dass das nicht die einzige böse Überraschung ist, die der Keller für ihn bereithalten mag. Das Schwert hält er gezogen und mit der Lampe leuchtet er in jede Nische, obwohl ihm dämmert, dass das Verbrechen schon einige Zeit zurückliegen muss. Es lauert keiner auf ihn, lediglich zwei weitere Leichen warten um die Ecke darauf, entdeckt zu werden. Beide heimtückisch niedergestochen, genau wie die erste.

Selbst wenn ihm schon klar ist, was als Nächstes kommt, setzt er seinen Weg unbeirrt fort. Öffnet die letzte schwere Tür, die genauso wenig verschlossen ist, wie die beiden davor. Gähnende Leere empfängt ihn. Offene Ketten und offene Tore.

Er lehnt sich an die Wand, stützt die Hände auf seine Oberschenkel. »Warum?«, fragt er ins Nichts hinein. »Wie konnte ich nur so dumm sein?«

Hatte er tatsächlich gedacht, ein paar Wachen würden genügen? War er so naiv zu glauben, dass alle Verräter bereits verschwunden waren? Hatte er erwartet, dass sie brav hier sitzen würde? Sich Zöpfchen ins rote Haar flechten und ohne Widerstand auf seine Rückkehr und sein Urteil warten?

Wütend schlägt er mit der Faust gegen einen Pfosten, so hart und so fest, dass ein paar lockere Mörtelbrocken zu Boden fallen.

Dann stürzt er zurück nach oben, um die Verantwortlichen zu sich zu rufen.

»Wie konntet ihr das zulassen?«, schreit er die Männer an, die für die Bewachung zuständig waren. »Wie ist es möglich, dass niemand etwas bemerkt hat? Hätten nicht irgendwann Männer hinunter müssen, um die Wachen abzulösen?«

Verdutzte Gesichter warten auf ihn, keiner will etwas sagen, bis der Kral zum zweiten Mal die Stimme hebt.

»Ich will die Namen aller Männer, die zum Wachdienst im Kerker eingeteilt waren. Ich will wissen, wer heute hier sein sollte und es nicht ist. Und zwar sofort!«

Die letzten Worte stößt er so laut hervor, dass zwei der jüngeren Männer vorne erschrocken zusammenzucken. Dann dreht er sich um, geht in den Ratssaal und wartet ungeduldig bis man ihm bringt, wonach er verlangt.

»Es ist ein halbes Dutzend Männer«, sagt ein stämmiger Bursche. »Soll ich Euch die Namen vorlesen?«

»Nicht nötig«, entgegnet der Kral, überrascht, dass der Junge des Schreibens und Lesens mächtig sein will. Er nimmt ihm den Wisch aus der Hand, um selbst einen Blick darauf zu werfen. Tatsächlich sind drei der Wachleute abgängig, sowie drei andere Krieger.

»Ruf Ilian her. Ivanko. Golenko und Evgeni. Sie sollen jeweils eine Truppe von zehn Männern bilden und sich verteilen, um die Wälder zu durchsuchen. Und zwar noch bevor die Nacht anbricht!«

Als er wieder alleine ist, leert Tarabas den Becher Wein auf seinem Tisch. Es ist unwahrscheinlich, dass Zatira und ihre Komplizen noch in der Nähe sind. So töricht kann sie nicht sein. Wenn ihr irgendetwas an ihrem Leben liegt, wird sie fortgeritten sein. So weit und so fern, wie nur irgendwie möglich. Trotzdem bleibt ein kleiner Zweifel zurück. Was, wenn Zatira die Steine wichtiger sind, als ihre eigene Sicherheit? Was, wenn sie geblieben ist, um danach zu suchen?

Die Nacht vergeht, ohne dass er Ruhe findet und ebenso der nächste Tag. Erst nach Mittag kehrt die Truppe von Ilian aus dem Osten zurück, doch diese kann ihm von keinem Erfolg berichten. Ebenso wenig die Truppen von Golenko und Evgeni, die aus dem Süden und Westen kommen. Angespannt wartet Tarabas auf die letzten Reiter, doch diese lassen sich wahrlich viel Zeit. Erst als die Dämmerung anbricht, sichtet er vom Turm aus erneut jemanden und eilt voran, um seine Männer zu empfangen. Der Schrecken ist groß, als er erkennt, dass bloß drei Reiter zurückkehren, wo er doch zehn ausgeschickt hat, um im Norden zu suchen. Ihnen muss etwas geschehen sein, geht es ihm durch den Kopf und er bangt um seinen treuen Freund Ivanko. Er hat schon so viele Vertraute verloren in diesem Winter, da kann das Schicksal doch nicht so grausam sein, gleich noch einmal zuzuschlagen!

Tarabas geht auf und ab, kneift die Augen zusammen, um etwas zu erkennen. Es wird draußen schon dunkel, doch es ist ein letzter Lichtstrahl, dem sein Blick folgt. Ein Lichtstrahl, der genau auf eine lange, blonde Haarsträhne fällt, die sich gelöst hat und jetzt frech unter der dunklen Kapuze hervorlugt. Er muss noch einmal hinsehen, um es zu glauben. Doch dann hält ihn nichts mehr zurück.

»Darina?«, schreit er, als er hinaus in den Hof stürzt und auf die Reiter zustürmt.

»Darina! Bist du es wirklich?«

Wie ein Engel schwebt sie ihm auf dem weißen Schimmel entgegen, treibt das Tier an, schneller zu laufen, bis ihr der Wind die Kapuze vom Kopf reißt und ihre goldenen Locken durch die Luft wirbeln. Er bleibt stehen und starrt mit offenem Mund in ihre Richtung, als würde er es noch immer nicht glauben. Es kommt ihm vor, als wäre sie ein Hirngespinst. Eine Ausgeburt seiner Fantasie, die jeden Moment wieder am Horizont verschwinden könnte. Doch das tut sie nicht, Darina kommt näher und als sie nahe genug ist, schenkt sie ihm ein strahlendes Lächeln, das es vermag, direkt in sein Herz vorzudringen.

Mit einem gewagten Sprung hechtet sie vom Pferd, stolpert fast, weil sie auf ihr langes Kleid tritt, fängt sich gerade noch ab und läuft mit großen Schritten auf ihn zu. Erst eine Armlänge vor ihm bleibt sie plötzlich stehen.

»Ihr seid es tatsächlich«, sagt sie und sieht ihn mit großen, strahlenden Augen an. »Ich dachte, ich hätte Euch für immer verloren!«

Sein Herz klopft wie verrückt, als er die Arme ausstreckt und nach ihrer Mitte greift, um sie erst hoch zu wirbeln und anschließend ganz fest an sich zu drücken.

»Ich dachte, ich würde Euch nie wiedersehen«, flüstert sie mit feuchten Augen.

»Das dachte ich auch«, gibt er leise zurück.

Dann hält er es nicht mehr aus und presst seine Lippen auf ihre. Küsst sie und zieht sie mit einer solchen Leidenschaft an sich, dass sie ihn bremsen muss, um nicht gleich erdrückt zu werden.

Sie ist wieder da, geht es durch seinen Kopf, und alles andere nimmt er nur noch durch einen süßen Nebel wahr. Die Tafel, an die er die beiden Naori-Reiter einlädt, zum Dank, dass sie seine Geliebte zurückgebracht haben. Den guten Wein, den er seine Mägde zur Feier des Tages ausschenken lässt und den saftigen Braten, den sie servieren.

Er genießt das Essen, doch viel mehr genießt er, dass *sie* an seiner Seite sitzt. Dass sie bei ihm ist, ihm Gesellschaft leistet und dass er in ihrem Blick genau dasselbe lesen kann, das er selbst empfindet.

»Entschuldigt uns«, sagt er, kaum, dass die Nachspeisen aufgetragen sind. »Ich bitte euch, bleibt sitzen, esst und trinkt, so lange es euch beliebt.«

Dann zieht er Darina mit einer schnellen Bewegung hoch und führt sie so rasch hinter sich her aus dem Saal, dass ringsum nicht mehr als ein erstauntes Raunen durch die Reihe geht. Es ist ihm egal, was die Männer denken. Dass er gegen jede Etikette verstößt, schert ihn nicht. Er kann einfach nicht länger bleiben, nicht mit ihr an seiner Seite. Er muss sie für sich haben und zwar jetzt sofort.

»Wohin gehen wir?«, fragt Darina, als er sich doch wieder von den Treppen entfernt, die zu den Gemächern führen. Es dauert ihm zu lange, bis nach oben, deshalb schiebt er sie jetzt einfach durch die nächste offene Tür.

»Der Ratssaal?«, fragt sie und ein helles, aber nicht ganz unschuldiges Lachen ertönt.

»Ganz genau, meine Liebe!«, entgegnet er, während mit einem lauten Knarren die Tür hinter ihnen ins Schloss fällt.

»Ich habe dich vermisst«, flüstert sie leise, als sie alleine sind und kein Zwang zur Förmlichkeit mehr besteht.

»Ich dich auch. Und wie ich dich vermisst habe!«, sagt er lächelnd und schließt sie erneut in seine Arme.

»Jeden Tag!«

Er raubt ihr einen zärtlichen Kuss und gräbt seine Hände so tief in ihr Haar, dass sie seufzend den Kopf in den Nacken wirft.

»Jede Nacht!«

Seine Hände beginnen ungeduldig, die Schnürungen in ihrem Rücken zu lösen.

»Jeden einzelnen Augenblick!«

Mit einer hastigen Bewegung schiebt er den Stoff über ihre Schultern und lässt das einfache, weiße Leinenkleid zu Boden gleiten, das seiner Geliebten ohnehin nicht würdig ist. Einen Moment hält er inne, betrachtet ihren Körper mit all der Liebe, die er in seinem Herzen empfindet. Die helle Haut, die das Mädchen so zart und zerbrechlich erscheinen lässt. Die langen Beine und die schlanken Arme. Die geschwungenen Hüften, die vollen Brüste und den kleinen Bauch.

Er könnte ewig so stehen bleiben und sie einfach nur ansehen. Jedes Stückchen von ihr ausgiebig betrachten und ihre Kurven mit seinen bloßen Blicken streicheln. Doch Darina ist ein Wirbelwind, sie schafft es keine drei Atemzüge lang still zu stehen, ehe sie aus dem Stoffkreis zu ihren Füßen springt und sich erneut in seine Arme schmiegt.

»Ich will dich«, haucht sie und drückt sich so fest an ihn, dass er ihre nackten Knospen durch sein Leinenhemd spüren kann.

Sanft streicht er über ihre Schulterblätter, dann über den Rücken. Lässt langsam seine Finger ihre

Wirbelsäule hinunter wandern, bis er ihren festen Po erreicht.

»Was machst du mit mir«, seufzt sie voller Hingabe, als er sie hoch hebt und sie auf den großen Nusstisch setzt.

»Ich will dich so sehr!«, stöhnt er und macht sich an seinem Hosenstall zu schaffen.

Ein Lächeln huscht ihr übers Gesicht, als sie seine Muskeln betrachtet, die sich hart unter dem einfachen Leinenhemd spannen, während er sich über sie beugt. Vorsichtig streckt sie die Hände aus, um das Hemd zu öffnen, streicht mit den Fingerkuppen zärtlich seine kräftige Brust entlang und sieht ihn erwartungsvoll an. Er zieht sie an sich, verschließt erneut ihre Lippen mit seinen und küsst sie, bis beide nach Atem ringen.

»Nimm mich«, bettelt sie, »ich habe so lange auf dich gewartet!«

Ihr Blick wird feuriger, die Lippen hat sie leicht geöffnet, als sie sich auf seinem Tisch zurücklehnt und in himmlischer Langsamkeit ihre Schenkel für ihn öffnet. Sein bestes Stück zuckt ihr erwartungsvoll entgegen. Hart und bereit, ihr die Lust zu bereiten, die sie bereits für verloren hielt.

Er sieht ihr tief in die Augen, als er in sie eindringt. Hält sie mit seinem Blick fest, während er nach ihren Hüften greift und sie seinem Stoß entgegen zieht. Ein kleines Seufzen kommt über ihre Lippen. Ein süßes Wimmern, als er sich in sie schiebt, um sie mit seinem großen Speer zu dehnen. Erst bewegt er sich noch vorsichtig in ihr, dann immer wilder. Stößt tief und fest zu, bis beide stöhnen und keuchen vor lauter Begierde.

»Komm für mich, süße Kralica«, haucht er, als er sich über sie beugt und noch einmal von ihren Lippen kostet, während er spürt, wie er selbst immer härter wird und sie immer enger.

»Ich will es spüren«, flüstert er und treibt sie mit seinen harten Bewegungen in den Wahnsinn. Er hört nicht eher auf, ehe sich das zarte Wimmern aus ihrem Mund in ein lautes Schreien und Keuchen verwandelt. Zufrieden beobachtet er, wie sie unter ihm zu zucken beginnt, wie sie sich windet und wie ihr gesamter Körper zittert, während sie unentwegt seinen Namen keucht. Die Augen verdreht, als würde sie nicht mehr in seiner Welt weilen. Als hätten die Engel sie geholt, um sie nach Hause zu bringen.

Noch zwei, drei Mal stößt er fest zu, bis er sich selbst in ihr vergießt und das göttliche Gefühl der Erlösung durch seinen Körper strömt. Er drückt sie an sich, hält sie noch einen Moment fest, ohne sich aus ihr zurückzuziehen und sucht erneut ihren Blick.

»Ich liebe dich«, flüstert er und lächelt, weil sie seine Liebe erwidert.

Er lässt sie erst los, als ein Klopfen an der Tür zu vernehmen ist.

»Sie sind zurück«, erklärt ein junger Laufbursche und wartet, bis der Kral ihm deutet, sie zu ihm zu bringen.

»Es tut mir leid«, sagt er, als er zurück in seine Kleider schlüpft. »Das hier ist wichtig.«

Darina lächelt noch immer, gütig und verständnisvoll. Rasch zieht sie sich an, bereit den Saal zu verlassen.

»Bleib hier«, sagt er und nimmt ihre Hand, »es wird nicht lange dauern.«

Gleich darauf tritt Ivanko ein, das Haar nass vom Schnee, der jetzt in der Nacht wieder reichlich vom Himmel fällt.

»Mein Kral«, grüßt er und verbeugt sich vor seinem Herrscher. »Meine Kralica.«

Er tritt an den Tisch, so nahe, dass ein paar Tropfen von seinem Haupt auf das Nussholz fallen.

»Wir haben ihre Spuren gefunden«, kommt er gleich zum Wesentlichen, »und wir sind ihnen bis hoch in die nördlichen Wälder gefolgt. Doch irgendwo dort oben zwischen den Bergen haben wir sie verloren. Es gab frischen Schnee heute, zum ersten Mal seit Tagen, und der hat jede Spur verdeckt.«

»Zatira ist in den Norden geritten?«, fragt Tarabas etwas erstaunt. »Denkt sie, dass ihr Zivadin nach allem was passiert ist, noch Unterschlupf gewährt?«

Ratlos sehen sich die beiden Männer an, bis sie von Darina unterbrochen werden.

306

»Ich fürchte, Ihr habt recht«, sagt sie und erntet fragende Blicke.

»Womit genau?«

»Damit, dass Zatira Zuflucht beim Kral der Naori suchen könnte«, erklärt sie und die Männer hängen neugierig an ihren Lippen. »Mir scheint, ich habe sie in Efferston gesehen.«

Darina:
WASSER UND SCHNEE

Die zarten Strahlen der Wintersonne lassen den Schnee in allen Farben glitzern. Vorsichtig, fast zaghaft, streichen sie über die Landschaft, so als wollten sie alles berühren und sich doch nirgendwo niederlassen. Es ist ein schönes Bild, das sich draußen vor den Toren erstreckt, soweit das Auge reicht. Wiesen, Felder und Wege, sie alle sind in unberührtes Weiß gehüllt, als würde sie ein nicht enden wollender Teppich strahlender Eiskristalle bedecken.

»Los Bela, zum Fluss!«, sage ich und habe das Gefühl, dass mich der Schimmel genau versteht.

Ich weiß nicht, wie viele Male Dimitras und ich diesen Weg geritten sind, aber das Pferd würde die richtige Stelle bestimmt im Schlaf finden. Die Luft ist noch immer kalt, doch es tut gut, die Frische in meinen Lungen zu spüren. Reine, klare Luft. Das Gefühl der Freiheit. Bela scheint es ähnlich zu gehen, denn das Pferd wiehert vergnügt, als es los galoppiert, um mich über den weißen Teppich zu tragen. Ich frage mich, ob es Dimitras vermisst und Altinda, denn ich vermisse beide. Mit jedem Stück, mit dem wir unserer

308

Stelle am Fluss näher kommen, kann ich ihre Abwesenheit spüren. Die Leere, die die beiden zurückgelassen haben. Es ist eigenartig, Dimitras' Pferd am Flussrand festzumachen und dann alleine weiterzugehen. Die Schritte den Fluss hinunter scheinen mir mühsamer als sonst, der Weg weiter. Doch ich kämpfe mich voran, schleppe mein neues Kleid über Stein und Schnee, wohl bewusst, dass mich dafür tadelnde Blicke meines Krals treffen werden.

Es fühlt sich seltsam an, die Stelle zu besuchen, an der wir im Herbst noch gemeinsam gesessen und lange Gespräche geführt haben. Hier an der Flussbiegung wird mir sein Fehlen erst richtig bewusst. Zugleich scheint mir, als könne ich Dimitras noch immer vor mir sehen.

Ich kann mich gut an sein Lachen erinnern, an die Freude, wenn er mir von seinen Erfolgen bei der Jagd erzählte. Aber auch an den Ernst in seiner Stimme, wenn es um wichtige Themen, wie den Krieg der Naori gegen die Lakaren ging, der im Westen unseres Landes tobte. »Wenn ich einmal Kral werde«, sagte er dann zu mir, »dann wird es keinen Krieg mehr geben. Ich werde gegen alle Aufständischen vorgehen, noch bevor sie jemandem schaden können.«

Schade, denke ich, *dass es nicht ganz so einfach ist.* Das musste auch Dimitras einsehen.

»Trotzdem wärst du ein guter Kral geworden«, flüstere ich leise, nur begleitet vom Plätschern des Flusses.

Ich bücke mich, um einen Stein aufzuheben und werfe ihn flach aufs Wasser, so wie es mir Dimitras irgendwann beibringen wollte. Er trifft auf die zarte Eisschicht, die den Rand des Flusses bedeckt, springt einmal hoch und geht dann unter. Ich versuche es noch einmal, doch nun plumpst der Stein sofort in den Fluss und versinkt.

»Du warst kein schlechter Mensch«, murmle ich und spüre wieder diesen unerträglichen, bitteren Geschmack meine Kehle hochsteigen. Es wird leise um mich, fast scheint es, als ob der Wind aufgehört hätte zu wehen und der Wald nun die Ohren spitzte, um jedem meiner Worte zu lauschen. Ich spreche weiter, selbst, wenn meine Stimme jetzt zu zittern beginnt. Sage das, was ich eigentlich viel früher hätte sagen sollen und was ich neben Dimitras doch nie über meine Lippen brachte.

»Ich weiß, dass du Savanna nicht weh tun wolltest. Du hattest sie gern. Und du hättest alles getan, für die Menschen, die du gern hattest. Für Savanna. Für mich. Für deine Eltern.«

Ich kann spüren, wie meine Augen feucht werden, als ich an das denke, was mir Tarabas erzählt hat. Der Tod von Dimitras war so traurig und dennoch so viel heldenhafter, als es sich die meisten Krieger erträumen.

»Du hast ihn gerettet«, flüstere ich und bücke mich erneut, um einen Stein aufzuheben, »und dafür werde ich dir immer dankbar sein!«

Erschrocken fahre ich herum, als ich Schritte höre, sehe mich panisch nach einem Fluchtweg um. Ich weiß, dass ich zu Fuß laufen muss, denn der Angreifer schneidet mir genau den Weg ab, der mich zurück zu Dimitras' Pferd führen würde. *Zatira*, geht es mir durch den Kopf und ich spüre, wie mein Herz vor lauter Angst zu rasen beginnt. Sie weiß, das ich lebe! Sie ist hier! Sie ist gekommen, um mich zu holen!

»Darina!«, höre ich die aufgebrachte Stimme, als ich mich gerade ins Dickicht verdrücken will. »Bleib stehen!«

Wie angewurzelt halte ich inmitten von Wurzeln und Tannenzweigen inne, stiere auf die hässlichen braunen Flecken, die jetzt die zarte Spitze meines Rocksaums bedecken. Ich will gerade die Äste beiseite schieben, um mich einigermaßen würdevoll aus meinem Versteck zu befreien, als ich seine Hand vor mir sehe. Verlegen greife ich danach und lasse mir von ihm zurück auf die kleine Lichtung helfen.

»Ich will nicht, dass du alleine unterwegs bist«, sagt Tarabas und ich kann die Sorge aus seiner Stimme hören. »Nicht, solange die Verräter sich frei in unseren Wäldern bewegen. Sie könnten inzwischen überall sein und auf eine solche Gelegenheit, wie die hier«, er macht eine Pause um mich näher an sich zu ziehen, »warten sie nur!« Besorgt wandern seine Augen über mein Gesicht und sehen mich dabei so liebevoll und beschützend an, dass ich lächeln muss.

311

»Das ist kein Spaß, Darina«, sagt er und sein Blick wird ernster, »es wäre ein Leichtes für sie, dich zu töten, um mir damit weh zu tun!« Er zieht mich noch enger an sich und haucht mir einen zärtlichen, kleinen Kuss auf die Wange. »Ich will nicht, dass dir etwas geschieht. Versprich mir, dass du die Burg nicht mehr verlässt, ohne mit mir darüber zu sprechen!«

Ich nicke und er drückt mich fest an sein Herz. Sein Arm ruht auf meinen Schultern, während er mich zurück zu der Stelle begleitet, an der ich eben noch aufs Wasser gestarrt habe.

»Es ist schön hier«, sagt er. »Ich verstehe, warum du so gerne hier bist. Dimitras hat dich früher hierher begleitet, nicht wahr?«

Ich nicke stumm und beobachte eine kleine Amsel, die sich auf einer feinen Eisplatte am Wasserrand niederlässt, um mit ihrem Schnabel in den harten Untergrund zu picken. Keine Ahnung, ob sie dort unten Nahrung vermutet oder ob es ihr bloß Freude macht, die zarte Schicht zu zerschlagen. Aber sie macht sich mit großem Eifer ans Werk.

»Er hat dir nahe gestanden, nicht wahr?« Tarabas tritt hinter mich und legt seine Hände um meine Taille.

»Er war ein netter Junge. Es tut mir leid, was…« Ich breche ab, weil ich nicht weiß, wie ich meinen Satz vervollständigen soll. *Es tut mir leid, was passiert ist?* Nein, das wäre gelogen. Natürlich tut mir der Unfall

312

leid, der Tod, der Dimitras viel zu jung ereilt hat. Aber es tut mir nicht leid, dass er dort war. Und es tut mir auch nicht leid, dass er mir Tarabas zurückgebracht hat, so verwerflich und egoistisch dieser Gedanke auch sein mag.

»Kein Sohn sollte vor seinem Vater sterben«, sagt Tarabas so laut und bestimmt, dass die kleine Amsel aufflattert und erschrocken das Weite sucht. »Es ist einfach nicht richtig! Und dass er *für* seinen Vater gestorben ist, ist noch tausendmal schlimmer!«

Ich will schon sagen, dass das nicht ganz der Wahrheit entspricht, doch die Worte wollen mir nicht über die Lippen kommen. Wir beide wissen, dass Dimitras nicht sein leiblicher Junge war, doch das tut nichts mehr zur Sache. Ihr ganzes Leben lang, waren sie Vater und Sohn, da ist es nur recht und billig, dass sie das auch über den Tod hinaus bleiben.

»Du trägst keinerlei Schuld«, sage ich und drehe den Kopf zur Seite, um ihn anzusehen. »Du hättest nicht das Geringste tun können, um das Unglück zu verhindern. Es war das Schicksal, das nach seinem Leben verlangte und es sich nahm.«

Tarabas Arme schließen sich noch fester um mich, selbst durch die dicken Fellumhänge kann ich seine Wärme an meinem Rücken spüren.

»Du warst ihm der beste Vater, den er sich wünschen konnte. Du hast dir nichts vorzuwerfen. Ganz im Gegenteil!«

313

Wir bleiben noch eine ganze Weile stehen, sehen aufs Wasser und beobachten die Amsel, wie sie sich nun an einer anderen Stelle, etwas weiter flussaufwärts niederlässt, um dort ihr keckes Spiel fortzusetzen. Mit dem Schnabel fasst sie nach einem kleinen Holzstückchen, hält es fest und wirft uns einen Blick zu, der genauso viel Neugierde spiegelt, wie wir ihr selbst entgegen bringen. Dann schwingt sie ihre Flügel und flattert mit der Beute davon.

»Ich bin froh, dass du wieder bei mir bist«, haucht Tarabas so nahe an meinem Ohr, dass ich auf meiner Haut fühlen kann, wie sein warmer Atem die kalte Winterluft verdrängt. »Ich dachte, ich hätte dich ebenfalls verloren.«

Zärtlich streicheln seine Hände meine Seiten entlang, legen sich dann auf meinen Bauch und hinterlassen auch dort einen Abdruck der Wärme.

»Ich muss dir etwas sagen«, flüstere ich leise in den Wind, ohne mich umzudrehen. Ich bin nervös, die Worte auszusprechen und ich denke, ihn anzusehen, würde das bloß noch schlimmer machen. Ich weiß, dass es kein guter Zeitpunkt ist, für das, was ich sagen will, aber ich kann es auch keinen Tag länger für mich behalten.

»Du kannst mir alles erzählen«, versucht er mich zu ermuntern, als er mein Zögern bemerkt.

Ich sehe hoch in den Himmel, verfolge die kleine Amsel, die jetzt wieder ihre Kreise zieht und sich nicht entscheiden kann, ob sie zu uns zurückkehren oder das Weite suchen soll. Dann sehe ich hinunter zum Wasser und starre auf die dünnen Eisschollen am Rand.

»Also?«, fragt er.

»Es ist nur so ein Gefühl«, sage ich, weil ich es mir selbst nicht besser erklären kann, »doch es begleitet mich schon eine ganze Weile.«

Wieder sehe ich zum Fluss und hoffe, dort in den Fluten die passenden Worte zu finden.

»Ich habe nicht im Überfluss gegessen, aber dennoch scheint es mir, dass ich an Umfang gewinne.«

Tarabas streicht erneut über meinen Bauch, als wolle er mir stillschweigend zustimmen. Ich weiß, dass ihm das gestern auch aufgefallen ist, selbst wenn er es mit keinem Wort erwähnte.

»Ich war viele Male mit dir zusammen, bevor...«, beginne ich und es fällt mir schwer den Satz zu beenden.

»Bevor wir getrennt wurden?«, schlägt er vor und ich nicke.

»Und ich habe überlegt, wann ich das letzte Mal unrein war, doch ich kann mich nicht erinnern. Es muss schon mehrere Monde zurückliegen.«

Ich fühle, wie Tarabas nach meinem Arm greift und mich langsam zu sich herumdreht. Zögernd hebe ich den Kopf, um ihm in die Augen zu sehen.

»Willst du mir damit etwa sagen...?«

Ich kann sehen, wie der Bernstein zu leuchten beginnt.

»Ich denke schon«, sage ich leise. »Ich glaube, ich trage dein Kind in mir!«

Einen Augenblick lang ist es still zwischen uns und ich sehe ihn nur an, erschrocken von meiner eigenen Direktheit. Ich weiß nicht, ob er sich freut oder nicht. Ob er genau wie ich denkt, dass es die falsche Zeit oder der falsche Ort ist. Trotzdem bin ich froh, es ausgesprochen zu haben, denn ich kann fühlen, wie die Last von meinen Schultern fällt.

»Aaah!« Erschrocken kreische ich auf, als mich Tarabas in der Mitte nimmt und nach oben wirbelt. »Lass mich runter!«, will ich sagen, doch er hebt mich immer wieder hoch, bis er mich endlich zurück auf den Boden stellt und mir einen leidenschaftlichen Kuss gibt. Ein breites Lächeln ziert sein Gesicht, als wir uns ansehen. Es scheint fast, als wolle er mit der Sonne um die Wette strahlen.

»Du machst mich zum glücklichsten Mann der Welt«, sagt er leise, ehe er mich erneut in die Arme schließt und seine Lippen auf meine presst.

»Darf ich?«, er streckt die Hand, um meinen Bauch zu berühren. Doch noch bevor er in meine Nähe kommt, lassen uns erst die Glocken und gleich darauf die Rufe und die Geräusche hinter den Nadelbäumen aufhorchen.

»Mein Kral«, ruft einer der Leibwächter, die anscheinend ganz in der Nähe auf ihn gewartet haben, »wir müssen sofort zurück zur Burg! Es scheint ernst zu sein!«

Ohne ein weiteres Wort zu verlieren, nimmt mich Tarabas an der Hand und zieht mich hinter sich weiter, bis wir zurück zu der Stelle kommen, wo die beiden Wächter Bela und das schwarze Ross des Krals schon losgemacht haben. Ich kann in Tarabas' Gesicht sehen, dass er mich am liebsten mit auf sein eigenes Pferd ziehen würde, also schwinge ich mich rasch auf Belas Rücken, ehe er auf dumme Gedanken kommen kann.

»Mir nach«, schreit er und galoppiert so schnell los, dass ich zu tun habe, aufzuschließen.

Argwöhnisch blicke ich immer wieder über meine Schulter, versuche etwas in der Ferne auszumachen, doch ich kann nichts erkennen, außer schneebedeckte Wiesen und Felder, die friedlich die letzten Sonnenstrahlen des Nachmittags aufsaugen. Dennoch weiß ich, dass die Idylle trügen kann. Wenn die Wachen die Glocken läuten, dann mit Sicherheit nicht ohne Grund.

Kurz nach Tarabas reite ich durch das Tor. Im Hof herrscht reges Treiben, ein wahrer Tumult, sodass ich Mühe habe, mein Pferd durch die Leute zu führen.

»Was ist hier los?«, höre ich Tarabas schreien, als er auf den Hauptmann der Wache zusteuert.

»Naori-Krieger, mein Kral! Wir haben Sie nördlich des Felsverschlages gesehen! Sie kommen rasch näher!«

»Wie weit sind sie noch entfernt?«

»Nicht weit, mein Kral, wenn sie in dem Tempo weiter reiten, erreichen sie bis zur Dämmerung unsere Tore.«

»Wie viele sind es?«

»Viele mein Kral. Wir haben Reiter gesehen, soweit das Auge reicht!«

»Schließt die Tore! Macht alles dicht! Bewaffnet euch und bringt euch in Stellung!«

Tarabas übergibt seine Zügel dem Stalljungen und ich tue es ihm gleich.

»Du gehst in die Burg!«, kommandiert er.

»Aber...«

»Keine Widerrede! Du gehst sofort hinein und wartest gemeinsam mit Shana und den Mädchen im Versteck unter der Burg, bis ich euch hole!«

Sein Ton ist so finster und sein Blick so ernst, dass mir nichts weiter übrig bleibt als zu nicken. Dabei hasse ich es, mich von ihm zu trennen. Nicht zu wissen, was um uns herum vorgeht. In einem dunklen Loch zu sitzen und abzuwarten, bis mich jemand holen kommt.

Tarabas nimmt mich an der Hand und begleitet mich nach drinnen.

»Hol Shana!«, weist er eine Zofe an, die sogleich durch die Gänge hetzt und dabei gackert wie ein aufgescheuchtes Huhn.

Mit einer Fackel in der Hand führt uns Tarabas die Treppen hinunter, vorbei an den Verliesen und mehrere Abzweigungen hindurch, bis wir vor einer gut versteckten Tür stehen. Die führt zu einer verborgenen Kammer, in der ein kleiner Tisch mit ein paar Vorräten auf uns wartet.

»Versperrt hinter mir«, sagt er knapp, »und öffnet niemandem bis ich zurück bin!«

»Nein!«, schreie ich, als er sich umdreht! »Lass uns nicht alleine!«

Kurz bleibt er stehen, sieht mich an. Dann haucht er mir einen kleinen Kuss auf die Stirn und ist nach draußen verschwunden.

Tarabas:
AUF LEBEN UND TOD

Es sind hunderte Krieger, die Seite an Seite vor den Toren Pretos warten. Die ersten Reihen zu Ross, die dahinter auf ihren Beinen. Schwere Kettenhemden zieren ihre kräftigen Körper, stellenweise verstärkt von legierten Brustpanzern und Schulterplatten.

Die Gesichter der Männer sind grimmig, die Hände bereit, jederzeit die Schwerter zu ziehen, die Speere zu stoßen. Nur zu sprechen wagt keiner, denn alle warten ehrfürchtig auf den Befehl des Krals. Gebannt starren die Augen auf den Herrscher an ihrer Spitze, der immer wieder die Hand hoch nimmt, um sie zur Geduld zu ermahnen.

Die Naori sind bereits so nahe, dass man das Getrampel ihrer Pferde vernimmt. Der gesamte Boden zittert und bebt, so als müsse er sich selbst vor den feindseligen Besuchern fürchten. Das Klappern ihrer Rüstungen begleitet ihren Ritt wie eine bedrohliche Melodie.

»Halt! Haltet ein!«, schreit Tarabas ihnen entgegen, als die Männer vor dem Wald auftauchen, doch die denken gar nicht daran, ihre Pferde zu stoppen. Mit lautem Gebrüll galoppieren sie weiter auf die Mauer aus Pretari-Kriegern zu, die tapfer in Reih und Glied stehen, um den Zugang zur Burg zu versperren.

»Lasst uns von Kral zu Kral sprechen!«, brüllt Tarabas den feindlichen Kriegern entgegen, doch seine Schreie gehen im Getöse der Angreifer unter. Auch das Senken der eigenen Schwerter zeigt keinerlei Wirkung. Noch bevor die Naori in Hörweite sind, fliegen die ersten Brandpfeile durch den Himmel. Zischend schneiden sie durch die Luft, tauchen den dunkelblauen Himmel in gleißendes Feuer, bevor sie ihre Ziele finden. Schreie hallen von den Mauern wieder, ein paar dumpfe Knallgeräusche von den eisernen Spitzen, die ihr Ende in schimmerndem Metall finden. Der Lärm will nicht abreißen, genauso wenig wie der Regen aus glühenden Pfeilen, der den Herrscher zwingt, sein Schwert zu ziehen und in die Luft zu reißen.

»Angriff!«, donnert seine Stimme und es folgt ein düsteres Klirren, als die Männer ihre Waffen blank ziehen. Dann treffen auch schon die ersten Klingen aufeinander, die Lanzen bohren sich trotz schützender Kettenhemden tief ins Fleisch der Gegner. Blut strömt aus den Wunden und verwandelt das Ackerland in ein Schlachtfeld. Tapfere Männer brüllen vor Schmerz, winden sich, begleitet vom dumpfen Aufprall jener Körper, die bereits kraftlos auf den Boden sacken.

Es dauert nicht lange, bis der winterlich weiße Feldboden getränkt ist von Blut. Überall liegen Männer, Schilder und verletzte, zuckende Pferde, ein fürchterliches Durcheinander an verrenkten oder abgehackten Körperteilen. Dazwischen lodert das Feuer so hell, dass die Nacht fast unbemerkt über das Land hereinziehen kann.

Ich muss zu ihm durch, schießt es durch Tarabas' Kopf, während er mit seiner Klinge einen Feind vom Pferd stößt. Es sind zu viele gute Männer, die ringsum zu Boden gehen, zu viele mutige Krieger auf beiden Seiten, die sinnlos ihr Blut vergießen.

Doch es ist kein Leichtes, sich den Weg zum Herrscher zu bahnen. Immer wieder tauchen Reiter auf, die sich ihm in den Weg stellen und mit Speeren und Lanzen ihn und sein Ross attackieren. Der Kral ist geschickt darin, den Schwertern auszuweichen. Die vielen Kriege in der Vergangenheit haben ihn nicht bloß das Kämpfen gelehrt, sondern auch das Entkommen. Flink reitet er an den Angreifern vorbei, weicht mit schwungvollen Drehungen und waghalsigen Sprüngen den Pfeilen aus, die in seine Richtung fliegen. Er muss Schwerter zur Seite schlagen, um bis zum inneren Kern vorzustoßen, nicht bloß einen, sondern gleich mehrere Männer mit Schwerthieben attackieren.

Tarabas kann fühlen, wie sein Herz rast und wie ihm das Blut durch die Adern rauscht. Das Kämpfen strengt ihn mehr an, als er je zugeben würde. Die letzten Tage und Wochen haben ihre Spuren hinterlassen. Haben ihn geschwächt und zermürbt. Das muss er nun durch seine Erfahrung wettmachen. Durch die geschickte Taktik, die ihm erlaubt, jeden Angreifer mit ein paar wenigen Hieben unschädlich zu machen.

»Haltet ein! Hört auf!«, schreit er, als er das kupferrote Haar des Naori-Krals erblickt. »Lasst uns das sinnlose Blutvergießen beenden!«

Aus den Augenwinkeln sieht Tarabas, wie sich ihm vier Wachen nähern. Gerüstet und bereit, sich ihm in den Weg zu stellen, noch bevor er ihren Herrscher erreicht. Die Männer sehen stark aus, allesamt jung und voller Kampfgeist. Aber auch das kann ihn nicht beirren. Mutig reitet er weiter, treibt seinen schwarzen Hengst direkt auf den Anführer zu. Nichts kann ihn von seinem Vorhaben ablenken. Nichts, bis auf …

Ein wütender Schrei entkommt ihm, als er das lange, feuerrote Haar der Hexe erblickt. Mitten auf dem Schlachtfeld thront sie auf ihrem Pferd, umgeben und geschützt von einem halben Dutzend furchteinflößender Wächter.

»Wir haben Frieden vereinbart!«, schreit er erneut, um Zivadin an die Worte zu erinnern, die dieser selbst noch vor wenigen Tagen in den Mund nahm. »Haltet Euer Wort!«

Er registriert, dass der Kral die Hand hebt, seinen Männern zu warten befiehlt. Sein Antlitz lässt allerdings Böses befürchten.

»Ihr wagt es«, donnert Zivadins Stimme verärgert über das Feld, »das Wort Frieden in Euren Mund zu nehmen? Ihr wagt es, mich an mein Wort zu erinnern, wo Ihr selbst nichts als Lügen verbreitet habt? Ihr könnt Euch Eure Mühe sparen, hier führt Ihr niemanden mehr an der Nase herum! Meine Schwester, Eure eigene Gattin, ist gekommen, um mir die Wahrheit zu erzählen!«

Tarabas' wütender Blick fällt abermals auf Zatira, doch sie sieht an ihm vorbei, als wäre er Luft.

»Ihr habt meine Schwester entehrt!«, schreit der Naori-Kral und seine Stimme bebt vor lauter Wut über die Köpfe der Krieger hinweg. »Ihr wolltet meine Burg angreifen, als Ihr sie ungeschützt geglaubt habt! Wolltet Euch mein Reich unter den Nagel reißen! Und dann, als wir Eure gemeine List durchschaut haben, zurückkamen, um Efferston zu schützen, habt Ihr mir einfach ins Gesicht gelogen! Habt Euch eine wahnwitzige Geschichte ausgedacht, nur um Eure Feigheit zu vertuschen!«

»Sie lügt!«, schreit Tarabas. »Nichts von all dem, was sie behauptet, ist wahr!«

»Schweigt!«, herrscht ihn Zivadin erbost an, »Ich glaube kein Wort mehr, das aus Eurem Mund kommt! Ich werde Euch vernichten!«

Es schwingt so viel Hass in seiner Stimme mit, so viel Zorn, dass kein Wort es vermag, die eisige Kälte zu brechen, die den Herrscher umgibt. Er hat sich in etwas verrannt und es gibt bloß noch eines, das er sehen will: Blut.

»Ihr wollt mich vernichten?«, fragt Tarabas herausfordernd. »Nur zu! Steigt vom Pferd und kämpft gegen mich, wie ein Mann! Hören wir auf, das Blut unserer Männer zu vergießen! Klären wir den Disput unter uns beiden!«

»Ihr täuscht mich nicht mehr mit Eurer List«, kommt die Antwort. »Den Teufel werde ich tun, Euch noch einmal nahe zu kommen!«

»Wartet!«, sagt Zatira, an ihren Bruder gewandt und gibt sich dabei keinerlei Mühe die Stimme zu senken, um ihre Worte vor Tarabas zu verbergen. »Warum kämpft Ihr nicht gegen Ihn? Er ist schwach, seht ihn Euch an! Erschöpft von seinen Lügen und Intrigen! Es wird ein Leichtes für Euch, ihn zu besiegen und ohne ihn sind die Pretarier nicht mehr als ein jämmerliches Pack!«

Tarabas' Augen wandern von Zatira zu Zivadin, dann wieder zurück. Langsam hebt der Naori-Kral seinen Kopf zu einem Nicken. »Also gut, Ihr wollt einen Zweikampf, den sollt Ihr haben!«

Es ist ruhig geworden am großen Feld vor den Toren. Die Klingen haben aufgehört gegeneinander zu schlagen und anstelle der wilden, grimmigen Kampfschreie ist nur noch das Klagen und Wimmern der Verletzten zu hören. Am Feldrand drängen sich die Männer aneinander, scharren sich zuhauf im Halbkreis, um gute Sicht zur Mitte zu haben. Pretarier neben Pretarier, Naori neben Naori. Dazwischen sieht man ein paar lange Röcke über den eisigen Boden wischen, ein paar Frauen, die sich aufs Feld tummeln und die Verwundeten versorgen oder den Verlust ihrer Lieben beweinen. Dann werden die Rufe immer lauter. »Tarabas! Tarabas!«, krakeelen die einen und huldigen ihrem Kral. »Zivadin! Zivadin«, grölt es von der anderen Seite, wo die Naori ihrerseits dem König die Treue schwören.

Tarabas nimmt keine Notiz von der tobenden Menge. Seine Aufmerksamkeit gilt einzig und alleine dem Mann, der bereits in der Mitte eines durch die umstehenden Männer gebildeten Kreises auf ihn wartet, das Schwert gezogen, das Schild an der Linken und bereit, sich einem Kampf auf Leben und Tod zu stellen.

Seine Schritte sind schnell und kraftvoll, als er sich nähert. Zielstrebig und ohne zu zögern marschiert er auf den Gegner zu, der mit zusammengekniffenen Augen jede seiner Bewegungen verfolgt.

»Zieh dein Schwert«, schreit Zivadin in seine Richtung und das lässt sich der Kral nicht zwei Mal sagen. Mit einem Ruck hält er den kunstvoll geschwungenen Griff in seiner Hand, die blanke Klinge blitzt auf und deutet mit der tödlichen Spitze in die Richtung des Feindes. Er strahlt Ruhe aus in seiner Bewegung, ein Selbstvertrauen, das den Gegner unruhig von einer Seite zur anderen treten lässt. Fast scheint es, als würde dieser die Worte seiner Schwester noch einmal überdenken. Sollte der Pretari-Kral tatsächlich geschwächt sein, so ist es ihm zumindest nicht anzusehen. Aber es ist nun zu spät, den Entschluss zu ändern.

Ein Schrei ertönt, lautes Klirren folgt, als die Klingen das erste Mal aufeinander schlagen. Ein heftiger Schlagabtausch, bei dem sich die Kämpfer tänzelnd umkreisen. Zivadin ist geschickt mit seiner Waffe, jeder Hieb ist präzise geführt. Man kann sehen, dass der Naori-Kral mit dem Schwert aufgewachsen ist, dass es ihn in vielen Kämpfen und vielen Schlachten erfolgreich zum Sieg führte. Dennoch gelingt es ihm nicht, sein Gegenüber zu überraschen. Wo er auch zustößt und hin haut, ist Tarabas' Schwert oder Schild zur Stelle, den Hieb abzufangen und das feindliche Eisen zurückzuschmettern. Kraftvoll hält er jedem Schlag stand, lässt sich weder provozieren, noch zur Unachtsamkeit verleiten. Er attackiert, drängt mit ein paar geschickten Stößen seinen Feind zurück und setzt sofort nach, um ihn weiter nach hinten über das Feld zu treiben, wo die raunende Menge zurückweicht. Wieder trifft das Eisen aufeinander. Einmal, zweimal, dreimal. Die Männer drehen sich bei ihrem Kampf im Kreis, so gleichmäßig und schnell, als würden sie einen fatalen Reigen miteinander tanzen. Die Bewegung führt Tarabas herum, bis er nicht mehr nach vorne, zu den gegnerischen Truppen sieht, sondern zurück zu seinen eigenen

Männern. Gehobene Fäuste erkennt er im Hintergrund, hört wie sie ihn anfeuern und seinen Namen rufen. Ein Gesicht gleicht dem anderen, vor der Burg verschwimmen alle zu einer dunklen, tobenden Masse. Bis sein Blick an einem goldblonden Schopf ganz vorne in der ersten Reihe hängen bleibt und sich in dem zugehörigen Gesicht verfängt.

Sie ist hier, geht es ihm durch den Kopf! *Sie hat sich meiner Anweisung widersetzt und ist nach draußen gekommen! Hierher, wo der Krieg tobt! Wo die Gefahr lauert! Verdammter Dickkopf, warum kannst du dich nicht einmal an meinen Befehl halten?*

Er ist abgelenkt, als er sie sieht. Starrt einen Augenblick zu lange in Darinas hübsches Gesicht. Einen kurzen Moment, den Zivadin zu nützen weiß.

»Aah!«, schreit er auf, als die tödliche Klinge ihn trifft. Dreht sich gerade noch zur Seite, sodass der Hieb seinen Hals verfehlt, doch dafür reißt ihm die Schneid nun eine tiefe Fleischwunde in die linke Schulter.

»Sehr gut!«, hört er Zatira, die in der ersten Reihe steht und alles mit Argusaugen beobachtet hat, hysterisch aufschreien. »Töte ihn! Töte den Verräter und dann seine dreckige Hure!«

Erneut hebt Zivadin sein Schwert, will den zweiten, alles entscheidenden Schlag gegen Tarabas führen. Er kommt von links, wohl wissend, dass sein Gegner mit der verletzten, blutüberströmten Schulter nicht mehr die Kraft hat, sein Schild in der Linken zu heben, um seinen Körper zu schützen.

»Nein!«, hört Tarabas Darina schreien. Laut und ängstlich, panisch, ihn nun doch noch zu verlieren. Die Pein steht ihm ins Gesicht geschrieben, doch er duckt sich geschwind, springt zur Seite und vorbei am König des Nordens. Dann hebt er sein Schwert, um selbst mit einem einzigen, harten Schlag, seinen Gegner niederzustrecken. Aufschreie erklingen, als Zivadin zu Boden geht. Jubelrufe auf der einen Seite, Klagelaute auf der anderen. Wie angewurzelt bleibt Tarabas stehen, sieht in das schmerzverzerrte Gesicht des Getroffenen, der seine Hand gegen die klaffende Wunde in seiner Mitte presst.

Von der Seite sieht er einen Schatten, wallendes rotes Haar fliegt durch die Luft, bis sich Zatira auf ihren Bruder stürzt und ihn an seinem schweren Panzer nach oben zerren probiert.

»Steht auf!«, zischt sie, »steht auf und kämpft weiter!«

Sie ist zu schwach, ihn zu bewegen, muss einsehen, dass sie es alleine nicht vermag, ihn nochmals auf die Beine zu ziehen. Ihre Stimme bebt vor Wut, während sie erneut an ihm zerrt und rüttelt. »Du verdammter Feigling, jetzt steh endlich auf! Willst du nicht einmal in deinem Leben ein Mann sein?«

Er ist zu schwach, sich zu wehren. Müde versucht er sie zur Seite zu schieben, als sein Feind mit langsamen Schritten auf ihn zukommt, doch sie lässt sich nicht abschütteln.

»Du Feigling!«, gellt ihre Stimme, »du warst schon immer ein Nichtsnutz! Ein Schandfleck für unsere Familie! Ich hätte dich vernichten sollen, als ich die Gelegenheit hatte!«

»So denkst du von mir?«, stößt er röchelnd hervor, während er sich auf den kalten Boden stützt und seine letzte Kraft sammelt, um sich aufzurichten.

»Steh auf«, schreit sie, mit neuer Hoffnung in der Stimme. »Steh auf und töte ihn!«

Tarabas bleibt zurück, ignoriert die klaffende Wunde auf seiner Schulter während er ruhig und gefasst wartet, bis sein Gegner erneut auf den Beinen ist und mit zitternder Hand nach seinem Schwert greift. Hass füllt den Blick des stolzen Naori-Krals. Man kann sehen, dass ihm jetzt jede Bewegung schwerfällt. Die Wunde in seiner Mitte ist tief, das Blut läuft in Strömen seine Hüfte hinunter und färbt den weißen Schnee unter seinen Stiefeln nach und nach in ein tiefes Rot. Dennoch schraubt sich seine Hand tapfer um den Griff, mit einem Schrei holt er aus, um einen letzten, vernichtenden Hieb zu führen. Es ist totenstill, als er mit letzter Kraft herumwirbelt und die Klinge durch die Luft zischt. Fast kann man hören, wie sie durch das Fleisch schneidet, bis der Kopf mit einem dumpfen Knall auf den Boden rollt und mit erstarrten, weit aufgerissenen Augen liegen bleibt. Wallendes, zinnoberfarbenes Haar bedeckt die Erde, vermischt sich mit dem Blut zu einem einzigen Abbild des Grauens.

Stumm blickt Zivadin auf den toten Körper seiner Schwester. Nimmt ein letztes Mal seine Kraft zusammen und bleibt stehen, um seinem Gegner, dem Kral von Preto, in die Augen zu blicken.

»Tarabas! Es tut mir leid«, stößt er mit letzter Kraft hervor, »ich habe mich von ihr täuschen lassen! Doch nun hat sie ihre gerechte Strafe...« Bevor er den Satz beenden kann, verebbt seine Stimme.

Dann sinkt er auf seine Knie, bis er sich auch dort nicht mehr halten kann und kopfüber in den Schnee fällt, um neben seiner toten Schwester die letzte Ruhe zu finden.

Darina:
QUELLE DES LICHTS

Es ist noch immer kalt draußen, obwohl der Winter längst vorüber sein sollte, doch Tarabas lässt es sich nicht nehmen, mich hinauf zu den Quellen zu führen.

»Leg deine Kleider ab!«, fordert er ungeduldig, während ich regungslos in meinem Umhang verharre, obwohl er sich selbst längst alle Felle und Leinenstoffe vom Körper gerissen hat.

Doch ich lasse mich nicht von ihm drängen, zu sehr genieße ich den Anblick seiner Muskeln, die in der Mittagssonne glänzen, als hätte man sie mit fließender Bronze übergossen. Sein kurzes Haar ist zerstrubbelt vom Wind, die Bernsteinaugen leuchten spitzbübisch in meine Richtung.

»Du machst mich wahnsinnig«, sagt er, weil ich noch immer nicht reagiere und nichts weiter tue, als ihn anzusehen.

Dann dreht er sich um und springt schnurstracks in das warme Wasser, das so verführerisch in die kalte Winterluft dampft. Erst als er untergetaucht ist, beginne ich langsam, mich selbst zu entkleiden. Löse

332

die Schleife, die meinen schweren Umhang hält, und dann die Schnürung meiner dicken Gewänder.

Ich bin glücklich, denke ich, als ich in den klaren, wolkenlosen Himmel sehe. Ich bin glücklich, dass ich hier sein darf und ich bin glücklich, dass er bei mir ist. Das ist so viel mehr, als ich in den letzten Wochen gewagt hatte, mir zu erträumen oder gar zu erhoffen.

Ausgelassen drehe ich mich unter der Sonne, wiege mich zu einer imaginären Melodie, während die Stoffe an meinem Körper nach und nach zu Boden gleiten, bis auch das letzte Stück Haut unbedeckt die kalte Winterluft zu spüren bekommt.

Erst als mich der Schwindel zwingt einzuhalten und meinen Blick erneut auf die Quelle zu richten, sehe ich, dass Tarabas längst am Steinrand lehnt und mich amüsiert bei meinem kleinen Freudentanz beobachtet. Verlegen beiße ich mir auf die Lippe, sehe ihn kurz an, um dann in schallendes Gelächter zu verfallen.

»Du kannst tanzen!«, sagt er, als ich zu ihm ins wärmende Bad steige. »Ich kann gar nicht glauben, dass du dich in der Naori-Burg so schlimm angestellt haben sollst!«

»Nun ja«, grinse ich und lasse meine Finger erst über die inzwischen fast verheilte Schulter, dann über seine Brust wandern, »Vielleicht braucht es einfach das richtige Publikum, um mich in Bewegung zu setzen!«

»Ich könnte dir ewig dabei zusehen!«

Er greift nach meinem Arm und zieht mich so schnell durchs Wasser, dass ich erschrocken aufstöhne, bis er mich an seinen kräftigen Körper drückt. Ich will etwas sagen, doch mir sind die Worte entfallen. Stattdessen verliere ich mich in seinem Bernsteinblick. Vergesse den Wald um mich herum und den Winter, alles, was noch zählt sind seine Lippen, die sich weich gegen meine pressen und seine Zunge, die sich zärtlich in meinen Mund schiebt. Gierig drücke ich mich an seine nassen Muskeln und schlinge meine Beine um ihn.

»Lass mich nie wieder los«, verlange ich und genieße das herrliche Prickeln auf meiner Haut, während seine Hände langsam den Rücken hinunter wandern.

»Nie mehr«, verspricht er, als seine Finger fast meinen Po erreicht haben und er mich noch fester gegen seine Mitte presst, um mich seine harte Männlichkeit spüren zu lassen. Mit einer schnellen Bewegung wirbelt er mich herum, bis ich selbst mit dem Rücken zur Felswand zu stehen komme. Eingeklemmt zwischen seinem starken Körper und den runden Steinen, zittere ich vor Verlangen. Ich schließe die Augen, weil ich so seine Nähe noch stärker fühlen kann. Noch intensiver.

Der Moment, den er mich warten lässt, fühlt sich unendlich lange und qualvoll an. Ohne Atemluft auszukommen, erscheint mir einfacher, als ohne seine Küsse zu leben. Umso größer ist die Lust, als er sich endlich wieder über mich lehnt, um meine Lippen mit seinen zu verschließen. Süße Schauer jagen meinen Rücken hinunter und lassen mich wie eine Besessene aufstöhnen und nach mehr lechzen. Er ist so nahe, dass ich spüren kann, wie sein Herz im selben, schnellen Rhythmus schlägt wie meines. Unaufhaltsam breitet sich das Kribbeln von meiner Mitte aus, bis es nach und nach Beine, Brüste und Arme erreicht. Ich habe das Gefühl, lichterloh in Flammen zu stehen, als seine Hand mein Intimstes berührt und seine Zunge meine Knospen umkreist.

»Mehr« bettle ich und er ist bereit mir mehr zu geben. Mir alles zu geben.

Ein lautes Seufzen entkommt mir, als er sich in mich schiebt, um mich mit einem einzigen, festen Stoß zu erobern. Ich lasse mich in seine Arme fallen, lasse mich von ihm tragen und gebe mich hin, während er sich unerbittlich in mich drängt. Irgendwann schließe ich die Augen, lehne mich zurück auf mein Haar, dass mir jetzt als weiche Unterlage auf den harten Steinen dient. Ich will nichts mehr sehen, nichts mehr hören, bloß noch fühlen. Seinen Körper an meinem. Das sanfte Plätschern des warmen Wassers, das immer wieder gegen meine Haut schwappt, als müsse es mich zurück in das Hier und Jetzt holen.

Das Feuer wird stärker, bringt das Blut in meinen Adern zum Kochen. Hektisch schnappe ich nach Luft, während mein Körper unweigerlich auf den Höhepunkt zusteuert und damit droht, in der Hitze der

Leidenschaft hoffnungslos zu verglühen. Ich keuche und stöhne, wimmere und winde mich unter den Stößen, doch mein Liebhaber vergönnt mir keine Pause. Unerbittlich macht er weiter und treibt mich mit jeder Berührung weiter der Sonne entgegen, bis ich nicht mehr kann und in seinen Armen in gleißendes Licht zerfließe. Er drückt mich an sich, hält mich fest und schiebt sich noch einmal tief in mich hinein, ehe er selbst laut keuchend seinen Gipfel erreicht.

»Dein Reich ist größer als je zuvor«, flüstere ich, während er mich von hinten umschlingt und mein Schlüsselbein mit kleinen Küssen verwöhnt. »Der Süden. Der Osten. Der gesamte Norden! Bis zu den Bergen und dann noch einmal so weit.« Lächelnd folgt er meinem Blick zu den schneebedeckten Gipfeln, ehe er seine Nase erneut in meinen Haaren vergräbt.

»Wie kannst du das alles halten? Wie verwalten? Du kannst doch nicht überall sein!«

»Mach dir keine Sorgen, Darina, ich habe nicht vor, überall zu sein.« Zärtlich knabbert er an meinem Ohrläppchen. »Eigentlich will ich nirgendwo sonst sein, als hier bei dir. Bei euch.«

Langsam legen sich seine Finger auf meinen Bauch, streicheln zärtlich über den kleinen Hügel.

»Aber wie willst du…?«

»Es gibt viele gute Männer in meinem Reich. Leute, die mir zur Hand gehen können. Ivanko selbst wird

336

in Efferston bleiben und nach dem Rechten sehen, gemeinsam mit seinem Sohn Ilian. Und Veigar, der Zeugwart der Burg, wird ihnen als Verwalter unter die Arme greifen, denn er ist mit dem Reich der Naori bestens vertraut. Ein kluger Mann, wie mir der einstige Kral selbst berichtete und einer, auf den man sich verlassen kann.«

Der Mann von Katalina, denke ich und würde zu gerne wissen, wie es den beiden ergeht. Ob sie glücklich sind miteinander? Vielleicht sogar verliebt? Irgendwann, wenn die Zeit gekommen ist, werde ich sie besuchen und mich überzeugen, das nehme ich mir fest vor.

»Es scheint, dass sich alles zum Guten wendet«, sagt Tarabas nachdenklich und lässt seine Hand auf meinem Bäuchlein ruhen.

Hier im warmen Wasser, mit dem Gesicht zur Sonne, umgeben vom herrlichen Winterwald, kommt es mir vor, als läge alles Böse ein halbes Leben zurück. Verbitterung, Trauer, Angst, Hoffnungslosigkeit. So sehr sie mich auch bedrängt haben, so weit sind sie nun in die Ferne gerückt. Vergessen sind Zatira, der Husar und die gemeinen Intrigen. Es ist, als wäre der Frieden endlich zu uns zurückgekehrt.

»Eines möchte ich noch wissen«, sage ich und sehe meinen Kral neugierig an. »Du hast mir alles erzählt, von der Gefangenschaft, von der Folter. Von der gemeinen Tortur, der du ausgesetzt warst, ehe du sie hierher geführt hast, um ihnen zu geben, was sie verlangten. War es letztendlich die Wahrheit? Hast du dein Versprechen gehalten? Oder hast du sie bloß in die Irre geführt?«

Tarabas lächelt, als er erkennt, worauf ich hinaus will.

»Du denkst, ich hätte sie belogen? Selbst als ich dachte, dein Leben stünde am Spiel?«

Ich zucke die Schultern. »Hast du?«

»Niemals, Darina! Das hätte ich nicht gewagt!«

»Aber…«, ich blicke mich suchend um, doch ich sehe nichts weiter als Bäume um mich. Erde, die an manchen Stellen noch von Schnee bedeckt ist, an anderen bloß noch von der Nässe, die die Sonne davon übrig ließ.

»Du möchtest wissen, wo die Steine sind!«, stellt er fest und ich nicke.

»Komm mit!«

Mit einem kräftigen Schwung, zieht er sich erst selbst aus dem Wasser, dann mich. Er setzt sich an den Rand und ich tue es ihm gleich. Folge seinem Blick nach oben zum Licht und dann wieder zurück nach unten zum Wasser. Da ist nichts, weder beim ersten noch beim zweiten Mal hinsehen. Ich frage mich, ob er mit mir spielt, ob er sich vielleicht einen Scherz erlaubt. Doch sein Blick ruht auf der Quelle, der Körper beharrlich gebückt in der unbequemen Position.

»Du musst genau hinsehen«, weist er mich an und ich bemühe mich, es ihm recht zu tun.

Blinzle gegen das himmlische Nass, das mich eben noch so schön gewärmt hat, während ich jetzt zitternd die Stoffe um meinen nackten Körper schlinge und an mich presse.

Und dann sehe ich sie plötzlich so klar und deutlich, dass ich gar nicht glauben kann, sie bisher übersehen zu haben. Sie funkeln wie tausende Sterne am Himmel, nur schöner und bunter, als diese jemals leuchten könnten. Dunkelblau, grün und rot, dann wieder so hell wie pures Salz.

Ich strecke meine Finger aus, will danach greifen und die unzähligen kleinen Kanten berühren. Doch das Bild täuscht, denn alles, was ich greifen kann, ist gewöhnlicher Fels. Die Stellen, wo die Edelsteine funkeln, sind viel tiefer unten, als dass ich sie mit bloß einem Arm erreichen könnte.

»Sind sie nicht wunderschön?«, fragt er und ich nicke.

»Wie konnten sie die Steine bloß übersehen?«

»Nur die Sonne kann sie zum Leuchten zu bringen. An einem trüben Tag, verstecken sie sich.«

Ich nicke, während Tarabas sich zurück ins Wasser gleiten lässt, um sich noch einmal vor der kalten Winterluft zu erholen.

»Aber vielleicht benötigt man auch ein reines Herz, um wahre Schönheit zu sehen.«

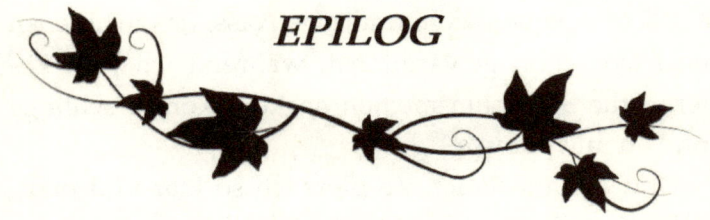

EPILOG

Durch die Luke im Schlafraum beobachte ich die Morgenröte, die langsam hinter den östlichen Felsen beginnt und nach und nach den ganzen Himmel mit ihrer unbändigen, wilden Schönheit für sich einnimmt. Das düstere Schwarz der Nacht weicht langsam einem tiefen, geheimnisvollen Violett, das in leuchtendes Purpur übergeht, dann allmählich in ein feuriges Rot, ehe auch diese Farbe Platz macht für den einzigen Ton, der dem heutigen Tag würdig erscheint: strahlendes Gold.

Fasziniert sehe ich zu, wie die Sonne emporsteigt, um als leuchtend gelber Feuerball ihren rechtmäßigen Platz an der Spitze des Himmels einzufordern. Unter ihr die Wiesen, Felder und Dörfer, wie ein weicher, schlafender Teppich, der nur darauf wartet, wachgeküsst zu werden.

Freudestrahlend tut die Sonne ihre Pflicht, schickt ihre wärmenden Strahlen los, um der spätsommerlichen Landschaft nach und nach neues Leben einzuhauchen. Ein Hahn kräht und irgendwo in der Ferne kann ich zwei fleißige Bauern erblicken, die ihre Schafe auf die Weide führen.

Ein Klopfen an der Tür zum Turmzimmer lässt mich herumfahren. »Seid Ihr bereit, Kralica?«, ertönt eine helle Stimme.

Ich nehme den Zeigefinger an die Lippen und deute Endea leise zu sein. Dann folge ich ihr auf Zehenspitzen aus dem Gemach. Ein letzter Blick auf meinen schlummernden Schatz, dann ziehe ich die Tür hinter mir zu und folge Endea zu den Waschräumen und zur Ankleide. Sie hat ein wunderschönes, traubenrotes Kleid für mich ausgewählt. »Für diesen besonderen Tag«, wie sie lächelnd erklärt. Sie bringt mir noch eine kleine Stärkung, doch viel Zeit bleibt nicht, denn es liegt eine lange Reise vor uns.

Als ich in den Hof komme, stehen Wagen und Führer schon bereit und beide Zugpferde scharren erwartungsvoll mit den Hufen. Galant hält Endea den Vorhangstoff zurück, während ich hinein klettere.

»Wo bleibt Tarabas?«, frage ich ungeduldig.

»Der Kral ist bestimmt jeden Augenblick bei Euch.« Lächelnd eilt sie zurück zur Burg.

Tatsächlich höre ich schon von Weitem das Klappern der Hufe, als er mit seinem Ross auf uns zukommt. Er hat es sich nicht nehmen lassen selbst zu reiten, den Wagen wollte er lieber uns Frauen überlassen.

»Guten Morgen, meine erste Kralica«, sagt er und schiebt den Stoff zur Seite.

»Einzige Kralica«, verbessere ich grinsend, denn seit der großen Sonnwendfeier gibt es keinen Zweifel mehr daran.

»Kann die Reise bald losgehen?«

Ich nicke und deute zur Burg. »Sie werden gleich da sein!«

Tarabas' Augen leuchten, als er Endea über den Platz kommen sieht.

»Guten Morgen, Sonnenschein«, sagt er lächelnd und streckt seine Hand aus, um nach dem Bündel in ihren Armen zu greifen, während Endea zu mir in den Wagen steigt. Verschlafen erwidert der kleine Sohn seinen Blick. Gähnt herzhaft, ehe er beschließt, noch ein bisschen weiter zu schlummern.

»Ist er nicht wunderschön?«

Ich nicke, als ich den kleinen Dimitri in die Arme nehme und drücke ihn stolz an meine Brust. Ja, das ist er. Ein kleines Wunder.

Es ist ein herrlicher, spätsommerlicher Nachmittag, als wir das Dorf am Donnerwald erreichen und uns langsam dem Gutshof meiner Familie nähern. Die Sonne lässt das Gras in saftigen Grüntönen leuchten, immer wieder unterbrochen von hellblondem Weizen und goldenem Hafer.

»Das ist das Zuhause deiner Großeltern«, erkläre ich dem kleinen Dimitri, der mit großen Augen nach draußen sieht, als wolle er die neue Welt bestaunen.

»Sie kommen! Sie sind gleich da!«, höre ich Margrit, die Magd rufen und sogleich eilen Mutter, Vater, meine Zwillingsbrüder und die Erntehelfer in den Hof, um uns zu empfangen.

»Wie schön, dass Ihr da seid!«

»War die Reise beschwerlich?«

»Geht es Euch gut?«

Wir werden gedrückt und geherzt, mit Fragen geradezu überschüttet. Voller Freude und mit Ehrerbietung begrüßen meine Eltern ihren Kral und nehmen dann mich in die Arme. Doch die Aufmerksamkeit währt nur kurz, denn als Endea mit dem kleinen Dimitri aus dem Wagen steigt, ist alles andere vergessen. Und der Kleine freut sich über den Trubel und schenkt uns sein bezauberndstes Lächeln.

»Wo ist Ella?«, frage ich, als wir später zu Tisch sitzen und ich die leeren Gedecke erspähe.

»Sie werden jeden Augenblick hier sein«, sagt Margrit und beginnt die Tafel mit allerlei Köstlichkeiten von unseren sommerlichen Feldern zu füllen.

Ich müsste lügen, zu behaupten, dass ich nicht nervös bin. Ehrlich gesagt, klopft mein Herz viel zu schnell und nicht einmal mein kleiner Sohn schafft es, mich abzulenken, obwohl er allerliebst jauchzt, während ihn seine Großmutter herzt.

Es ist das erste Mal, dass ich meine Schwester und ihren Mann wiedersehe und ich habe keine Ahnung, wie es ist, den beiden plötzlich gegenüber zu stehen. Wie wird es sich anfühlen, Timotei in die Augen zu blicken? Haben ein halber Winter, ein Frühjahr und ein Sommer ausgereicht, um Gras über die Sache wachsen zu lassen? Vergessen zu können, dass mein Besuch ihr Glück beinahe zerstört hätte?

Schweißperlen treten mir auf die Stirn, als ich draußen Schritte höre. Ellas helles Lachen erklingt im Gang. Sie klingt zweifelsohne glücklich. Unbeschwert und heiter, ganz so, als ob sie meine Sorge nicht teilte.

»Schwester!«, stößt sie aus, stürzt auf mich zu und drückt mich überschwänglich an sich. Ein Kuss auf die Wangen, dann wandert ihr Blick auf das glucksende Bündel in Mutters Armen.

»Ist das mein Neffe?« Entzückt greift sie nach dem Kleinen, streichelt über die winzigen Ärmchen und Beine. »Darf ich?«, fragt sie und ich nicke. Sehe zu, wie sie ihn freudestrahlend hoch nimmt und vor sich durch die Luft wirbelt.

Mein Blick wandert von Dimitri, der ganz offensichtlich Gefallen an der vielen Aufmerksamkeit findet, zurück zu Ella, ihre strahlenden Augen, ihr lachendes Gesicht. Der kleine Bauch, der sich unter ihren moosgrünen Kleidern verbirgt.

»Im frühen Winter«, antwortet sie, noch bevor ich die Frage stellen kann. »Er wird ein kleiner Eismann!«

»Er?«, frage ich erstaunt.

»Oh ja,«, strahlt sie. »Wir haben das Gefühl, dass das Erste ein Junge wird. Aber dann will ich unbedingt noch ein Mädchen! Oder zwei. Oder drei!«

Glücklich läuft Ella aus der Tür, um ihren Liebsten zu sich zu holen, der anscheinend noch von unseren Zwillingsbrüdern abgefangen wurde. Ich starre stumm zum Eingang, warte darauf meinen Schwager zu begrüßen. Meinen besten Freund aus Kindheitstagen, der in Kürze zum Vater meines Neffen wird.

Doch es ist nicht Timoteis brünetter Wuschelkopf, der an Ellas Seite zu uns herein lugt. Es ist viel mehr das lange, schwarze Haar eines fremden Mannes.

»Das ist Petar«, sagt meine Schwester und streicht stolz über den Arm ihres Geliebten. »Er ist aus der Stadt am See und wir haben uns kennengelernt, als er auf der Durchreise war und nach einer Herberge fragte.«

»Sehr erfreut!«, sagt der groß gewachsene, gut aussehende Mann und verbeugt sich vor Tarabas, dann vor mir.

Ich bin so überrascht, dass ich kein Wort herausbringe, als ich ihm die Hand reiche, um seinen Gruß zu erwidern.

»Was ist mit Timotei?«, frage ich Ella, als ich sie einen Moment für mich habe.

»Er ist ein guter Mann«, sagt sie achselzuckend, »aber eben nicht der richtige für mich.«

Ich habe lange überlegt, aber als unser letzter Tag am Familienhof anbricht und ich mich mit Endea und Dimitri auf den Weg mache, Nonna einen letzten Besuch abzustatten, habe ich mich entschieden.

345

»Ich möchte einen kleinen Umweg machen«, sage ich zu meiner Zofe und Freundin. »Lass uns einen alten Freund besuchen!«

Interessiert begleitet mich meine Vertraute und freut sich, Bekannte aus meiner Heimat zu sehen. Ich führe sie an den Bauernhof seiner Familie, wo vorne auf der Wiese drei schwarze Kätzchen miteinander durchs Gras tollen. Das kleine zierliche und die größere mit den weißen Ohren huschen rasch zur Seite und bringen sich unter einem breiten Busch in Sicherheit, von wo aus sie uns ungestört beobachten können. Das dritte Kätzchen bleibt neugierig stehen, dann stürmt es auf mich zu und schmiegt sich um meine Beine.

»Mani-Manko?«, frage ich und beobachte den drolligen Kerl, wie er zu Endea wechselt, um auch sie schnurrend zu begrüßen.

»Wir rufen ihn einfach nur Manko!«, höre ich Timoteis Stimme, noch bevor ich ihn sehe.

»Timotei!«, sage ich, erleichtert, meinen Kindheitsfreund gesund und gut gelaunt vorzufinden.

»Ich bin gekommen, um dir jemanden vorzustellen!«

Mit großen Augen mustert er Dimitri, legt vorsichtig seine Hand auf den kleinen Bauch.

»Das ist Dimitri«, sage ich, »mein Sohn.«

»Er ist wundervoll!«, sagt Timotei, als er seinen Blick vom Kleinen losreißen kann. »Ich freue mich für dich, Darina.«

»Danke!«

Einen Augenblick sehen wir uns nur an und es gibt so vieles, das mir durch den Kopf geht. *Wie es ihm ergangen ist,* will ich wissen. *Wie er das letzte Frühjahr verbracht hat. Ob ihm die Trennung von meiner Schwester schwer gefallen ist oder ihre Heirat mit einem anderen Mann? Ob es in seinem Leben auch wieder ein Mädchen gibt?*

Doch als ich bemerke, dass seine Aufmerksamkeit längst nicht mehr mir gilt, sondern an einer anderen Stelle ruht, vergesse ich meine Fragen.

»Wer ist deine hübsche Begleiterin?«, will er wissen.

»Endea«, antwortet sie selbst, ehe ich es tun kann und hält ihm die Hand hin.

Verwundert sehe ich von ihm zu ihr, dann von ihr zurück zu ihm. Ich weiß nicht, ob ich es mir einbilde, aber mir scheint, das just in dem Moment als sie sich ansehen, ein paar Schmetterlinge um uns zu flattern beginnen.

LIEBE LESERINNEN, LIEBE LESER,

ich hoffe, dass die Lektüre meiner Geschichte ebenso viel Spaß gemacht hat, wie das Schreiben!

Ich freue mich über Rezensionen und bin gerne für Kommentare, Anregungen und Fragen per Email erreichbar: leona.ravens@gmail.com

Alles Liebe,

Eure
Leona Ravens

DANKSAGUNG

Mein herzlicher Dank gilt meinen Lektoren und Korrektoren, die Stunden um Stunden damit verbracht haben, die Rechtschreibung, Grammatik und Beistrichsetzung zu kontrollieren und die nicht müde wurden, meine Geschichte immer wieder auf Konsistenz und Logik zu überprüfen. Vielen Dank für die Tage (und Nächte), die wir diskutiert, analysiert und gemeinsam die Vergangenheit erforscht haben.

Ganz besonderen Dank an E. und K., die sogar ihren Urlaub verschoben haben, um das knappe Timing für die Buchveröffentlichung schaffen zu können!

Danke auch an meine Testleser auf Lovelybooks, für die vielen Rückmeldungen, das tolle Feedback und die konstruktive Kritik, die dabei geholfen haben, meine Geschichte zu verbessern!